日月星辰悄悄

洪 露 著

命运之神没有怜悯之心，
上帝的长夜没有尽期。
你的肉体只是时光，
不停流逝的时光。
你只不过是每一个孤独的瞬息。

SPM 南方出版传媒 广东人民出版社
·广州·

图书在版编目（CIP）数据

日月星辰悄悄 / 洪露著．—广州：广东人民出版社，2019.1（2023.7重印）

ISBN 978-7-218-13334-8

Ⅰ．①日…　Ⅱ．①洪…　Ⅲ．①散文集—中国—当代　②小说集—中国—当代　Ⅳ．①I217.2

中国版本图书馆CIP数据核字（2018）第299365号

RIYUE XINGCHEN QIAOQIAO

日 月 星 辰 悄 悄

洪　露　著

出 版 人： 肖风华

责任编辑： 杨冰然
装帧设计： 奔流文化
责任技编： 周　杰

出版发行： 广东人民出版社
地　　址： 广州市越秀区大沙头四马路10号（邮政编码：510199）
电　　话：（020）85716809（总编室）
传　　真：（020）83289585
网　　址： http://www.gdpph.com
印　　刷： 三河市华东印刷有限公司
开　　本： 889毫米×1194毫米　1/32
印　　张： 11　　　**字　　数：** 200千
版　　次： 2019年1月第1版　2023年7月第2次印刷
定　　价： 39.00元

如发现印装质量问题，影响阅读，请与出版社（020-85716849）联系调换。

序

在无数个自由如风的夜晚，她穿梭在梦的世界里。此梦非彼梦，它既不遵从弗洛伊德，又敢于挑衅庄子。

踢踏的脚步是狂热的探戈舞曲，所有的前尘往事，一切的如烟幻画，都夹杂着烈火般的烤漆味，那是属于她梦境独有的味道。前调是水生的蓝色鸢尾，中调是森林的白雪冷松，后调是腐朽的烂熟尸体。

形容词是饰品，所有的意象化的词汇都不过是牡丹花。当如骊歌又如战曲的梦之呢喃伴随着呼吸沉沉睡去，黎明的钟声混合着黄昏的小调响起。物化的、外在的、内里的，都不及年少时她进入的那一片森林，满眼的绿是真正的舞台，那儿有不知名的独角兽，有似曾相识的年轻驯兽师，甚至还有她的王。

无数个夜晚她自己造梦，她的梦里有千军万马，有呼啸山庄，有铁血男儿郎，更有为被男儿郎一见倾心的祸国妖姬。他们的面孔无比鲜活地存在于她的眼中。

她是这场梦里的任何一个人。

梦啼妆泪红阑干时她是妖艳的舞姬，水袖的朱色艳得能滴出血来，一如将军眼里那片塞外的孤寂红日，更像是战场上浮尸万里的鲜血。透过那片红望去，她即为千万人，即为大好河山。现实里的她未必是杰出的演员，演技甚至称得上是拙劣。但自提笔的那一刻起，她的眼里，有任何一个演员都无法望见的落日。

那是啼血的红，是末世的最后，是梦的开始。

目录

散 文

小　说

散文

爱是我命定的原罪

"什么都不是爱的对手，除了爱。"
——王小波

春去秋来，又是一季。任何人来这一世，都须经历无数个轮回的四季。

草芥枯了又长，寒冰凝固后又融化。自然的规律如同人类的宿命一般无法逃避，固定的场景和漂泊无定的人都不过是命运的媒介。命定的一切无法被打破，该承受的终是会经历，而"无常"到最后，也终究会变成"有常"。

不同于金基德以往"残酷无情"的爱欲，这一次的《春夏秋冬又一春》更显平和安定。不论是峰壑攒春水的青山小景，还是一身蓝布长衫的小和尚，都多了那么一份静谧。

生于佛门净地的小和尚，自幼眼鼻口耳皆是青灯黄卷的眷影。"色欲"之于他本是空，是不曾触及的认知。但纵然如此，他在遇见患病少女后，也终究敌不过身体的本能欲念。由私欲延伸于爱，这段"禁忌之恋"酿成不可挽回的罪恶。

爱疯了的和尚无法承受她的出轨，举起了刀刃锋利的弯刀，亲手结束了他这一生第一个也是最后一个会爱的女人的生命。

很多年以后的一个冬日，刑期已满的小和尚出狱归来。在白茫茫的大雪之中，他踏上了赎罪与自我忏悔的路途。由上帝的视角俯瞰这一片荆棘丛生的山野，我们可以看到一个裸露着上身的中年男子负重百里，怀里抱着的是他的佛。

不知道这时跪在漫天雪地里，仰头瞻仰着他的佛的小和尚回首往事，是否会想：重来一次，我再也不要爱上你。

事实上，金基德在影片中已经告诉了我们答案。

回到影片的开头处，就已经埋下了“恶”的种子。此时正值万物复苏的春季，还是幼童的小和尚发于“天性”般的绑缚同样幼小的动物。这种看似玩乐性质的动作是小和尚血液中的“恶”在作祟，就如他无法自拔的“爱欲”，这是他生命中逃不开的“原罪”。所以即使老和尚试图通过让他“感同身受”来阻止他作恶，却也只是一时之为，终究无法改变他的人生。

俗世这一趟弯路，个人都有个人的活法，不为任何人所动。而之于小和尚来说，命中我遇见你，爱上你，这是我生命中唯一的罪孽，也是我生命轮回一季后，回首所能存在的唯一意义。

山间的一隅天地与世俗的尘世，就如分别的四季一般，既有差异又互相联系。本不连贯的春夏秋冬在轮回中串成一条线索，引导着观影者经历四季中的人物情感变化。

恪守良久的无形房墙在月夜下被“淫欲”轻易推倒，原始的人欲比兽欲更加可怕，换个角度来看，那是命运的驱使。一切都在轮回中按部就班的发生，即使稍有脱轨，也终究会在来年春天时，回到原点。

“木盛则春，火盛则夏，金盛则秋，水盛则冬，四季交替，冬去春来。运命之石，轮回，业报，修行，顿悟，救赎。你将你的佛放在哪儿？是随手可触的案台上，是遥不可及的远山上，还是你的心里？”

青灯古佛，化不开我的原罪。自降世之时所赋予我的爱人之力，终是敌不过命中的爱。

“什么都不是爱的对手，除了爱。”

爱与自由献给在天堂里的任航

——纪念任航去世一周年

任航，一年过去了。

二〇一七年二月二十四日，你永远地离开了我们。

天才与疯子往往存在于同一具肉体中，因为他们的灵魂是共通的。就像你。

在很多的人眼中，你是一个疯子，是一个不被理解的人。

你所创作的每一幅影像，都像是一个压抑的故事，他们拥有你的灵魂，透过画面呐喊着，承载着无限的哀思，或是还有一些常人所不能理解的，只属于你的东西。

艺术家是徘徊在生与死之间的矛盾生物，你能看得出他每一帧画面透露出来的绝望吗？

前年你的诗集《太阳》出版了。

对于很多人来说，认识任航，都是从你的诗开始的。

任航的诗，没有任何多余的修饰。但它就像有人静悄悄的朝你的心脏开了一枪，低头的时候，你才发现，原来那里早就破了一个洞。

其实每一个人都死于永无止境的自我束缚，且活在其中，任航尤是如此。

所以他的诗就像是那个自我束缚的线头，将每个人心底的绝望一缕一缕缠绕。

任何残漏的身体都能找到他们的那一缕空洞。

其实在任何时候提到你，总像是看见了黑暗深处的一点若隐若现的烛火，好像随时会熄灭。

又似一阵风，一个梦。

每一个透过屏幕去到你的世界的人，都沉浸在你的抑郁中，令人心痛。

因为对于所有喜欢任航的人来说，我们都知道，离开之于你，也许是最好的结局。

留在这里，是无尽的黑暗与等待，是致死的孤独与冰冷。这红尘间的热闹只是一时的消耗品，而撑起你人生的，是整个的孤独。

就像博尔赫斯的那首诗：“命运之神没有怜悯之心，上帝的长夜没有尽期。你的肉体只是时光，不停流逝的时光。你只不过是每一个孤独的瞬息。”

一年后的今天，我们依旧记得你的诗句，相册里依旧保留着你的影像。

任航离开了我们，但任航的作品永远会留在我们心中。

最后，想为你唱一首《If I die young》，

“若吾早逝，为我着红装。若吾早逝，置我于花床。吾身栖夕河，吟我情意歌。青空七彩桥，慈母相安顾。”

任航，一路走好。

挣脱大地粗暴的束缚，去触摸上帝的脸吧。

这儿不属于你，你值得更好的。

二〇一八年二月二十四日凌晨

摆渡人

前几周去看陈凯歌的道士下山，观后实在是唏嘘不已，几个朋友扶着茶杯只道江郎才尽，想起当年霸王别姬的风采，我喟叹几声，再不做声。

其实一个导演制作一部影视作品，就是给我们呈现他的价值观与人生观。实际上陈凯歌并没有什么变化，只是霸王别姬是他的巅峰罢了。就像我看了李安与王家卫许许多多的电影，却永远只记得断背山与东邪西毒一样。

常说人生如戏，戏中总有高潮，将戏里的故事情节推到一个巅峰。只不过我们身处人生这场迷局之中，而不自知。

在我写这篇文章的时候，我去翻阅了我九岁到十岁时的文章，如今细细读来，实在是自愧不如。并不是我在后退，而是如今我过于卖弄文采见识。心境与当初大有不同，当时的我与现在的我都处于一个极端。往日我满腔热血，绝不会感慨世事无常。忆起旧时我看满世界皆是倾盆大雨，青色油柏路上泡沫涌起破裂，当晚记日记，寥寥数字：今日下午大雨倾盆，路上朵朵泡沫破裂。我一边看一边笑，想起半年前台风席卷落雨之时，雨汽漫天，氤氲四寮。随手记下几句话，特去翻阅一番。大意与往日那篇并无大异，只是字里行间多了几分愁绪，大有伤春悲秋之意。

过去我看泡沫破裂，就是泡沫破裂罢了。而搁在半年前，我眼望大雨瓢泼，泡沫破裂，定是心生悲凉，感慨世事无常。若是如今，我看泡沫破裂，也不过就是泡沫破裂，定不会再愁绪万千，心比易安居士。

我一共看了三遍霸王别姬，头一次看是我九岁时随母亲浅薄一观，而后便是我疯狂迷恋张国荣那段时间，但我只是反反复复翻来覆的去看霸王别姬里张国荣最后毒发那一段，也不看其他。

我记得最后一次看霸王别姬，哭得很是伤情。

“我本是女娇娥，又不是男儿郎……”程蝶衣的性别意识是模糊的，他头一次唱成了“我本是男儿郎，又不是女娇娥……”因此被师傅毒打，而程蝶衣本是男儿郎，但他却身为旦角，这也为他今后的同性恋情埋下伏笔，因为他的性别意识在幼时已经处于一个混沌状态。

程蝶衣一生入戏，直到最后唱《思凡》，他才终于脱离那个不疯魔不成活的世界。他过于入戏，而段小楼又过于现实。这注定了他们不可能走到一起。所以段小楼最后和菊仙凑了一对，而程蝶衣以悲剧收尾。

陈凯歌在霸王别姬中使用反复蒙太奇的手法，几段不同的时间段反复循环。当初我看霸王别姬，沉浮之间懵懵懂懂。也不深究电影手法，只觉得恨极了段小楼与菊仙，尤其是后半段四儿背叛程蝶衣，上台与段小楼唱戏之时。我看得泪流满面。

今年六月，我独自去了星光大道与哥哥跳楼的地方，去吃了当年他去吃过的车仔面。希望能走过他走过的街道，看他看过的风景。

我走在维多利亚港旁的星光大道上，蹲下身把手印在有张国荣名字的地方。耳边好像是他唱当爱已成往事的声音。我看张国荣的戏，总会觉得他就是为戏里的那个人而生的，换种角度来说，他就是戏中人。

在某些地方，他和程蝶衣是有异曲同工之妙的。

最后一次看霸王别姬，我想起了王国维。在电影中，霸王别姬这出戏，在“文革”时期几度想被改成样板戏。古老的文化被冲击而演绎传承这文化的人无一不受到迫害。

而王国维的遗书中讲道：五十之年，只欠一死。经此事变，义无再辱。

王国维对于世事看得过于透彻，活得极其明白。他过世后家人整理遗物，发现了他自杀前的遗书，遗书条理清晰，思维缜密，这与张国荣生前表现相同。他们皆无异常举动，以至于给世人留下重重谜团。

梁启超曾说：“他（王国维）平日里对时局的悲观，本极深刻。最近的刺激，最近的刺激，则由两湖学者叶德辉，王葆心之被枪毙。”

由此看出，他也是“文化”的牺牲人之一。

王国维之死与程蝶衣之死，有一部分原因是当时的思想运动。也有一部分原因是自己的心境。

在我看来，不论是电影里的程蝶衣，还是现实里的王国维与老舍，其实都是摆渡人的一种。他们在人生这出戏中扮演各自不同的角色，为世人演绎属于他们的光怪陆离，声色犬马。他们的戏都十分出彩，并为世人所永久传诵。

但在他们自己人生的那出戏中，他们一派涂地。摆渡人，摇着船桨把人从这边摆到那边去，把自己的毕生精力用来传送他人，而自己却始终要回到原点。

人从哪里来，就要回到哪里去。我们来自土地，终究要长眠于地下。人这一生，不过数十载。心境决定了你在未来的那条路上可以走多远。

往事不可追，来日不可待。

背影

夜风湿冷，泛青的夜空似一块碧玉；浮游祥云刻蚀在青玉之上，弯弯绕绕，柔情万千。

迎风前行，骑楼高挂的红灯笼在晚风中轻柔摇荡，橘红色的烛火亮堂，照得女孩儿脸颊粉糯。迈开脚底下的步子，沿着青石板铺就的小路闲逛。黛眉下的一双花眸中盛满了潮州的夜景，雪白的骑楼与古朴牌坊，像是置身于民国之时。

我揣着本张爱玲的《少帅》，一身儿军绿色的及踝大衣随着步伐蹁跹摇曳，鸦色的马丁短靴在石板路上清脆作响，一路咔嗒声让我不禁恍惚起来。那些老上海的名媛淑女们身着绚丽旗袍，身姿婀娜地荡开莲步，风情万种的倩影像是那个时代的一面旗帜，在我的眼前临风挥舞。

寻了处僻静角落，突然便忆起张爱玲书中的景象来。那些不同时代的女人排成一排，有秩序的朝着一个方向，向前走去。

中华上下五千年，女性的角色与地位风云莫测，而她们的背影也随之变化多端。自原始的母系社会谈起，那时的女人背影，定是壮阔且巍峨的，因为她们是天地之间的王，有着延绵生命血脉的使命，她们是无数人的主宰者；流水年华匆匆忙奔流向前，母系社会好比天地间的一道曦光，转瞬即逝。

封建社会跨开强而有力的步子，接踵而至。那时的女人多半成为一种依附，一种男权至上的牺牲品。《论语》有三纲五常，夫为妻纲意为妻子对丈夫的绝对服从。不仅如此，翻阅古书，男尊女卑的概念比比皆是。如《列子·天瑞》更是直接指出，“男女之别，男尊女卑”。

历史的车轮碌碌前行，女人的背影也愈来愈渺小。她们头顶着繁复金冠，各式金钗步摇迷乱了众人的双目，那硕大而沉重的头冠像是唐长老之于孙猴子的紧箍咒；往下再瞧，绫罗锦绣织制为一件又一件的华丽衣裙，圈绕蜿蜒的图腾是等级的象征，那些宫妃与官夫人挺直了身板，在辉煌灯光之中自豪的倚着身边的男子，那是她们的依靠，她们的天……厚重凌乱的咔哒声儿在路上响起来，一双双锦布宫鞋套在个个盈盈三寸金莲上，花盆底随着小碎步蹒跚，摇摇晃晃。

这种残缺而扭曲的别样美感，反映出了那个时代的男性观念。他们期望贱内蜗居厢房之内，相夫教子，安分守己。

《少帅》中提及的那一队列，皆是由各色各样的女人组成，她们痴呆着目光，遥遥望向前方，前仆后继地向那一条路走去。那一条，沦为男人的附属品与生殖工具的道路。

其实历史的车轮驶至民国时期，女人的背影已是另一副模样了。例说张爱玲，也是身姿婀娜，背影傲丽的。

这时候的女子已不是往日那副模样了，她们蹬着三寸高的红底鞋，红唇艳丽，鬈发妖娆。虽说有一部分女子依旧以依附男人为生，但也有成千上万的新时代女性扛着“男女平等”的鲜亮旗帜，大跨着步伐进入了崭新的社会。

她们或饱读诗书，或漂洋过海眼界开阔；她们既可以激扬文字、抨击社会黑暗势力，也可以英姿飒爽、一身笔挺军服英勇作战。她们的背影，就好比中华新文化的先锋，是标杆，是那个时代文化进步的缩影与代表。

这部分女性的崛起，代表着中国古老男权贵族的时代已成为过去，这是腐朽没落文化的衰败，也是平等共和新路的开拓发展。

那些形态各异的背影依旧在历史中向前走去，不同的是，往日无人依附便蹒跚摇晃的背影，已换作今日笔挺磊落的模样。因为她们身负重任，不仅仅是血脉的延绵，更是她们身为女性独有的傲骨，她们深受中华文化的积极影响，因读史而明事理，因了解传统而富有美德。

我挺了挺身板，脚下迈开大步，心中的方向明朗，眼前的道路广阔，历史化作清风，时刻指引我向前。

月色朦胧，似温柔的湖面。我的背影在波光粼粼中挺拔而坚定，就像一块沉淀多年的青玉。以历史为沉淀，以天地为玉。

不忘初心

人类，是天地万物中，最渺小的存在。

时光荏苒，秒针、分针，在不停地转动着；时间的年轮，在不经意间，如数增加，我们的生命，在岁月中，缓缓流逝。

在这个世界上，我们每个人，都会拥有很多朋友，他们或是真心诚意对你，又或是为了某些目的接近你，我们无法孤身一人屹立于世俗之中，因为需要有人陪伴你走至人生的终点。你需要一个支撑点，你需要有那么一群人，在你失望时安慰你，在你伤心时陪伴在你身旁，在你跌入绝望的深渊时，将你拉至希望的大地，但事与愿违，总有那么一群人，你愿意相信他们是真心对你的存在，可他们却在你受伤时站在某处看着你，冷笑；在你跌进深渊时再踩一脚，落井下石。

我们总是希望自己拥有的是第一种朋友，可在这世间，第二种人远比第一种人更多，他们在人生的道路上遇见了分岔口，而他们却被贪婪和欲望蒙蔽了双眼，他们丧失了人最基本的良知和道德，他们偏离正确的轨道愈走愈远。

每个人，都会遇到抉择，每个人，都会遇到人生的岔路口，可我们又能如何抉择?

我想，只有人最初的本质，人最原始的信念，才能引导我们走上最正确的道路，人总是在成长中失去那些最美好的东西，我记得我曾经看过一句话：成熟不是心变老。没错，我们在成长中历练，我们在成长中拥有更多的阅历，我们成熟，我们成长，但这不意味着我们的心会变老变得有杂质，我们仍然可以在成熟地面对一切时坚持最初的信念。

人类，终究抵不过时光的远去，缓缓变老，但我们的心，若依旧如当初般，明如星辰，那就没有什么是值得我们害怕的。

不远游

坐在车上补妆，斑驳的光影落在镜子上，映得里头的人像有几分迷离。恍恍惚惚总觉得眼前这个场景说不出来的熟悉。车窗外几个穿校服的女学生一晃而过，突然记忆就复苏了。

高三那会儿，大多素面朝天。唯独每周六下午放学回家那会儿，我必定扯着个小镜子，对着窗外的浅色夕阳光亮，往脸上细细的抹粉。偶尔有熟识的好友来班门口等我放学，站在窗外等得不耐，冲我喊，“怎么要回家还化上妆了？”

这时候我总是像征性地拿眼神往她那儿一瞥，以示安抚。手上的动作却不见停，蘸着肉色遮瑕的手指飞快地在眼底下划拉：“我妈一会儿来接我。”

“哈？见你妈还化什么妆。”

“啪——”一声儿，遮瑕盘的盒子盖上了。我把几样化妆品往包里一丢，提上书包走向她。“这几天睡得不好，脸色太难看了，怕她一会儿见了我又得叨叨半天。”

说话的时候，浅粉色的唇蜜亮晶晶的。

有一回卸了妆，我习惯性往我妈怀里一躺，正美滋滋刷手机刷得忘情，突然就听见她冷着嗓子问我：“你的脸怎么回事？”

我顿时吓了一跳，立马坐起身子来。心里“咯噔”一下：玩儿完，怎么就忘了抹点晚安粉在脸上呢。我打了个哈哈，刚想迅速撤离灾难现场，却被她盯着我脸细瞧的眼神吓得一动不敢动，只好皱着眉头问她："看什么呢你？"

她又凑近了些，目光直直落在我暗黄的脸颊和乌青的眼眶上。"前几天去学校看你，脸还好好的，怎么这会成这样了？"

我"啊"了一声儿，下意识地往她身上蹭过去："那不是化了妆嘛。"

"神经。"她在我屁股上拍一下，"在学校还化什么妆？学生就该有学生的样子，干干净净一张小脸多好，少在脸上糊弄东西。"

我缩在她怀里，点了点头。她的手在我的头上一下一下地抚着，像给心爱的猫咪顺毛。

下意识地想撒娇，我用了点力，抱紧她些。

"呀，别抱这么紧。"语气里带着笑意。

这一年老往外头跑，忙起来又黑白颠倒，常常十天半个月打不了几个电话给她。有时候赶场，碰上堵车是常有的事儿，坐在车里朝外头的车水马龙望过去，总有几个提着菜往前冲的女人混在人堆里。

这会儿我总会想起我妈，想她这会儿吃饭了没有，想她今天去哪儿了，这会儿在干什么。想着想着，大脑就一片空白，只会盯着窗外缓慢后退的苍白天空傻愣。

有一回正呆想着，车子突然一个急刹车。等我回过神来，才发现前头有个骑着摩托车的女人不规则变道，从一边杀上来，吓了我和司机一大跳。坐在旁边开车的是个暴脾气，正要摇下窗子破口大骂，一句“你他妈会不会看路”还没开嗓，就被我拽了回来。

“算了，人家赶着回家给老公孩子做饭呢。”我的眼神儿落在那女人车前边的筐里，一大篮子红红绿绿的青菜和肉装得满满当当。

暴脾气顿了一下，一边打方向盘把车往后挪了点儿让她过去，一边儿问我：“你咋知道？”

“哦，我妈也那样儿。”

以前离家近的时候，倒真是没怎么想过她，反而常常和她拌嘴。一年三百六十五天，但凡有一天在家，都得争辩上两句。

在外头有相熟的朋友提到我，总说我这人脾气好，从来没瞧见过我和谁急脸。有一回我妈听说了这事儿，冷哼了声儿，就差翻个比天还高的白眼。“就你还脾气好？你就是个炮仗。”

有时候我也在想，为什么面对她的时候，我就容易着急上火，一句话没顺意就要扯着嗓子喊，声音大的震天响。哪怕是现在常常在外头跑，一年大半的时间不在她身边儿，回家两人还是照吵不误。

后来难得有一次两人歇战，我心平气和的向她请教这个问题的缘由。她一个眼神儿都不给我，一边剪指甲一边冷嗤道：“在外头你敢冲谁吼？个个都得罪不起，你就是看准了你妈好欺负，受了一肚子气就来我这撒野。”

柳眉一蹙，下意识地想驳回去，嘴张得大大的，一下子却哑了声儿。

她说得还真对。我居然找不到一句话去反驳她。撇撇嘴，嘟囔了句，“小样儿，别人和我吵我还不乐意搭理她呢。”

我妈“哼”一声儿，一副懒得和你计较的小模样。

“切——”

这会儿又在赶场，路况不大好。车子一颠一颠的，晃悠得人瞌睡。我戴着耳机，巨大的电音轰鸣声儿呲呲作响。一曲终了，一首《梁祝》突然切进来。我抬了抬眼皮，习以为常的听下去。

年头开了个音乐包，打那以后我妈就和我共用一个账号听歌了。不得不说，两代人的音乐口味相差果然是甚远，这一年我常常在日推的歌单里听到上世纪九十年代某港台歌星的靡靡之音。刚开始听着烦闷，后来听久了反而觉得有种别样的情怀在里头。说不上哪儿特别，只是没由的觉得心安，像是在经历她的过去一样。

曾经有朋友告诉过我：“我们这代人，是站在巨人肩膀上成长的一代人。”

大概也是因为起点高了，眼界自然开阔。心里的梦想总是无限大，总想着离家万里，不问归期。从前我也这样，不能免俗。但这会儿突然就想回去看看了，那种渴望归家的愁绪，清晰，而真实。一阵阵地往喉咙眼钻，连带着胃里都泛起酸来。

泪眼模糊之间，特别想给打个电话回家。不是诉说思念，只是单纯地想听她在电话那头或轻或重地唤我一声儿：

“丫头，怎么了？”

潮州风格

我记起王家卫某次让他的演员翻译 I love you，有的演员翻译成我爱你。墨镜王说，怎么可以讲这样的话，应该是“我已经很久没有坐过摩托车了，也很久未试过这么接近一个人了，虽然我知道这条路不是很远。我知道不久我就会下车。可是，这一分钟，我觉得好暖”。

这就是属于王家卫的风格吧。

外头枝丫上苍繁叶密，远山繁花似锦。万水千山四季更替，人间处处有光景。

一个地方，有一个地方的风格。就像墨镜王，言语之间全是他的风范。

游人站在广济桥的桥头上眺望远处挺拔的北阁佛灯，水波澹澹清风徐来，秋风拂面吹得人微醺；夜晚市区金三角的流光溢彩有几分老上海的迷醉，笙歌佳酿、佳肴野蔌吃得来人满口留香；路人路过路边玉兰树，鼻尖尽是清香。

你跟着导游来到潮州，随着他走遍潮州的繁华，听着他侃侃潮州的历史。你会知道，这是一个古城，这曾经是一处蛮荒之地，民风彪悍。

只是你也许知道，潮州，是个有故事的地方。但你并不了解她。

雨后天晴，雾浓露重。我骑着辆老式自行车咿呀啷当地行进西马路，随意把车往哪个小店门口一靠。脚底下是潮州的古街，泛青的石板路带着湿气；一旁的城墙千沟万壑，那些曲折的印记里头，藏着似水流年远去的声音；徒步穿过大街小巷，男人女人的棉布裤衩花色睡裙在头顶上飘荡，像五色斑斓的彩旗迎风扬起；街头形形色色的人摆着各式摊子，吆喝着方言吸引着来人的目光。

空气里是雨后独有的松林青草味儿，还有的，就是人味儿。

前几日离开潮州，坐在车上看着车窗外的山色水景逐一掠过，我想起前段日子听父亲的几个朋友谈起潮州说潮州人聪明且精明。我仔细思想一番，东南亚一带遍布潮州人，生意做得极大，曾经蝉联多年亚洲首富的李嘉诚也是潮州人。我点头应和，又听一人说他走南闯北的经商，每每与潮州人打交道皆是感觉，这地方的人有些地方上带来的气儿。我问他，气儿是什么？他笑着说，潮州有句俗语，叫宁睡地板也要做老板。

许是一方水土养一方人吧。

我抬眼，电视里头正播着张家界的宣传片。

我从前看任何一座城的宣传片，皆是美极。激荡人心的曲子伴着镜头转悠，五光十色的霓虹灯与层出不穷直逼云天的高楼大厦，幻化出一片屹立在泥土上的水泥钢筋森林；街上简约带着贵气儿的橱窗五花八门，行走的熙攘路人步履匆匆。

起初我看到它们，总会误认为那是上海或是北京。直到最后几处名山好水显现，我才晓得是哪个地方。

说起宣传片，我忆起前些日子行车去外地，坐在候车室里头打盹儿，半梦半醒之间瞧见了电子屏幕正播着潮州的宣传片。

老区的牌坊街由远处拉近，青色天烟雨飘摇，老人撑把伞颤悠着慢走；潮州特色菜式色相鲜艳，直叫人食指大动；大吴泥塑像台上的戏子般，一颦一笑像是吴光给予了他们生命……

一片终了，心里头全是欣慰。

无数的片段与烟火气息拼凑出属于潮州的风格。

此时此刻，我站在东经一百一十六度二十二分北纬二十三度二十六分处，靠近北回归线，头顶艳阳天，惠风和畅。

我想起这座城时挺直腰板，感谢她给予我的风格与荣耀。

尘埃

零零散散的晨曦之光透过雕花木窗如潮水般涌来，寂静又喧闹的一天在漫天辉煌的红光中遥遥而来，光芒在微微扇动的眼睫下投射出一片柔和的阴影。轻轻垂眸，困意消散。

抬头，远远望去。见满天无际的火烧云如海涛澜漫至天际，雅兴顿起，开窗，歪头，手轻轻分担头的重量，满天飘洒的尘埃与周围的空气融合，暖中透凉的盛夏晨风轻轻拂过脸庞，阵阵凉意弥漫开来，小勺轻轻摇动杯中的咖啡，浓郁的香气顿时四溢。

感受着舌尖的味蕾跳动着华丽的圆舞曲，鼻子贪婪地嗅着晨起特有的沁香。摇动咖啡的手停下，缓缓伸开，满天飘洒的尘埃不知曼舞到何处，安详地停在手心中，好似沉睡了一般，再无之前那一秒的斐然。整个世界仿佛在尘埃落定的那瞬间寂静了下来，秒针转动的声音空无，一切声音仿佛都在刹那不知踪影，而时间的沙漏，仿佛也停止了……

轻轻抿了口咖啡，淡淡的苦涩之意在舌尖漫开。味蕾仿佛有一阵清风拂过，手中的尘埃仿佛又有了生命，随即跳动曼舞，时间的沙漏继而消逝，嘈杂的声音振动鼓膜，好不热闹，那一瞬间的寂静，仿佛全部消散。往下瞥了一眼，人的身高因为距离被缩小，没由的悲伤惆怅起来，人本就是渺小的，不是么？

也在不经意之间改变了舞步，悠长而缓慢的华尔兹奏起，脑海中翻滚着，想搜寻有关尘埃的信息。记忆浮动跳动，极不安分。尘埃，在许多本书中，都是极为渺小的存在。有些模糊，打开电脑。

想起百度百科中尘埃的注解。尘埃指的是飘浮于宇宙间的岩石颗粒与金属颗粒。在广袤而空旷的宇宙之间，在各种各样的恒星、大行星、彗星、小行星等等天体之外，并不是一片完全的真空。事实上，宇宙中存在着大量的宇宙尘埃，这些尘埃看似不起眼，却能对我们的生活产生不容忽视的影响。

想如郭敬明曾经的一句话，我们活在浩瀚的宇宙里，漫天飘浮的宇宙尘埃和星河光尘，我们是比这些还要渺小的存在。但尘埃虽小，凝聚后，却能对我们的生活产生不容忽视的影响。人又何尝不是呢？

人对比许多，都是极其渺小的存在，不论是高楼大厦，还是星球光尘，我们都是极为渺小的存在，但人类却能到达38万千米外的月球，人类拥有毁灭地球的力量，这都是绝不可忽视的。

人类也是弱小的，身体会有疾病，生活会挫折，朋友有可能轻视你，放弃你，爱人有可能背叛你，抛弃你，连至亲，有着血缘关系的，都有可能在某天因为某件你极其不理解的事与你断绝关系，初次之外还有你的仇人会时不时讽刺你……可我们依旧拥有着一颗火热的，跳动的心脏，我们会为了目标而奋斗，有一点希望都绝不放弃，这就是人类，看似渺小却有着不可忽视的力量的人类。

尘埃虽小，却决不可忽视；人类虽小，却更不可忽视。没有任何什么是值得我们忽视的，只要是存在于世间的，他自然就有他存在的必要，而那些不应该存在的，多余的，自然会随着历史的脚步被淘汰……

初夏小记

人生七苦，浮屠三生。奈何桥头三生石旁，都是形影相吊、茕茕孑立的魂魄。

无数悲欢在我们人生孤独的黑夜中反复交相辉映，千万人与我们擦肩而过又再次相见。它们成为记忆中的一悲，或是一喜。

很多年以前，我第一次明白“悲伤”的含义，是在我发现人之于死神的无力时，那种甚至来不及挣扎就已经结束的博弈。那是家中的一位长辈去了，举家匆匆北上，赶回故土吊唁。下葬那日，合棺的一瞬间，心底的悲鸣像巨大的古钟被敲响，年幼时的我第一次真切地感受到了生老病死的必然性。

这几年，家中的长辈一个接一个地离去，眼见着亲人离开却无能为力的虚弱感像急速伸张的藤蔓扼住了我的脖颈。没有人能与时间为友，他永远不会怜悯或是偏袒任何一个人。

人从黄土而来，终生，也只有黄土为伴。

无论你喜悲声色中的哪一人，都不会伴随你走完这一生。秦始皇死后坐拥千军万马，那又如何？人这一生，能带走的，只有受之母体的身体发肤。过了奈何桥，饮下一碗孟婆汤，连这沉浮一生的记忆，都不曾留下半分。

有诗云：除非黄土白骨，我守你百岁无忧。

只是白驹过隙，斗转星移之中，那来自远山大地的召唤，终究是会如期而至。

又是一年暑季，又是一路北上，回归故乡。那日的峰壑攒清水，薄雾重山脚，钟声迎风而来，万峦青色绵延百里，拨开水汽云烟，撑一竹篙，渡江而来。

拾级而上天师府，身处八卦阵之中，双手合十，心中默念：“独行道路，漫长而艰辛，只望一季又一季，平安喜乐。”

传统纸媒的没落，是否意味着老式文化载体的丢失？

二十一世纪蓬勃发展的互联网，成就了成千上万个网络自媒体，一种新的文化载体在形成。当然，这也意味着另一种文化载体——传统纸媒的悄然落幕。

早在二〇一四年，《21世纪经济报道》创始人刘洲伟、《逻辑思维》创始人罗振宇、虎嗅网创始人李珉就已嗅到了纸媒没落的必然结局，纷纷前后逃离传统媒体，转向网络新媒体。

如雨后春笋般出现的网媒二次创业是当下的大势所趋，也是传统媒体人必须面临的挑战。

纸媒的没落不仅仅意味着报纸杂志的没落。归根结底，传媒和网媒其实都不过是一种文学载体。令人忧心的，是新世纪人类之于传统文学兴趣的缺失。

现在的社会大环境过于浮躁，让人很难有一个良好的环境去沉下心来去接受有深度的文字。

而传统文学却多以这一类文字为主。首先，传统文学对笔者的文字功底一向具有较为明确的要求。情节铺陈要有基本的条理，叙述描写要贴合语境。这样的前提条件，就让作者下笔前，必须细细斟酌一番用词，像是老派的中国功夫，先运气，后出招。

而如今平铺直叙、清汤寡水般的网络文学则毫不讲究章法，想怎么写就怎么写，穿越重生随便来，以情节取胜。像是一记直拳，毫不留情地击碎了传统文学延续多年的老式写法。

这一类快餐文化如今占据了市场的半壁江山，且愈来愈为大众所喜爱与接受。

以咪蒙为代表的诗体时代，在悄然来临。两端缩进，一句一段，段间距两行，行间距一段。像是流水账似的排版，口水化的叙述，像是在引领读者失去断句的基本能力，到最后连半句传统文学都读不下来。

如若真到了那一天——传统的文学载体不再被接受，甚至即将被抛弃。大红大紫的“小明体”称霸天下，这么一想，着实令人感到恐慌。

读书如果不再是读书，而是像在平日里唠邻里八卦、家长里短，那也许我们思考的能力也在无声之中退化。当遇到需要思考的问题时，也无法再保持清醒的、有逻辑思维的头脑。

这是传统文学的泯灭，也是老式文化载体的丢失。

更是一个时代的悲哀。

电为主宰

一个帝国，雄辉之处就在于其现代科技发达，纵天横飞的飞机，冲破云霄的火箭，承载着从古至今人类的飞天梦，背后都源于电力的支持；而帝国的繁华之处就在于夜晚都市的光彩照人，这吸引了万千男女前仆后继兢兢业业的理想国，复杂密布的电路纵横交错。

电力促使它们运作，燃料转化为电力驱动它们运行，当壮丽的炫彩被你目睹时，请不要忘记，是电主宰着它们的运行。

一道天光划破天际，耀眼的光芒分叉着绽放，爆破声随即而来，最后跌落大地，转为我们所用的电。华灯初上，万家灯火暖冬风，辉煌照亮黑夜；夜半无人，街角盏盏路灯散发着柔软的光芒，给晚归的人些许光亮，照亮他们前进的道路；电视机的新闻频道为人们讲述近日来我国航空事业的蒸蒸日上。

近日火爆的电影《星际穿越》讲述了世间存在的五维空间形成实体、宇航员穿越时空的种种故事，宇宙飞船飞越星际银河寻找新的家园为人们所住，各类仪器判断出事物准确的走向，能源支撑着飞船火箭的巨大运行，在能源之前，宇航员悬浮在五维空间形成实体的过去记忆前，为人类生存危机做出最后的挽救与努力，利用手中的通讯设备了解外界的情况，希望自己的女儿能够明白这些奇怪的暗示。

在《猩球崛起》这部电影之中，人类为了能源请求猩猩之王恺撒允许人类在猩猩的家园之中建立能源站。巨大的水流推动，形成电流；有能源，人类才得以存活。

无论你身处何地，贫穷或富有，你都离不开电能，哪怕你是街边拾荒的老妪，你也依旧需要灯来为你点亮希望，点亮夜晚的灯火阑珊；而新时代的大部分人类，他们则是电能源的主要消费群体，各类新式家居、生活用品令他们着迷，写字楼里的空调一年四季不停转，他们活在信息高速运转的世界中。

电寻找着你的位置，为你服务，无时无刻。

在未来，蓝图即为所实，触摸便是未来，电，则是主宰。

繁华的背后叫悲凉

华灯初上，暮色苍茫。

明窗里，暖灯映出围聚一桌吃饭的家人；灰色中，黑夜笼罩了未归人的空荡屋房。

有很多人，他们碌碌无为，却比其他人更为努力地工作着。这是他们的选择。没有人会希望朝九晚五、辛劳苦怨的活着，但他们无力改变现状。

在这个高速运转的繁华社会之中，我把存在其中的人分为两种，有知识的人和没知识的人。

没知识的人过着上述生活，毋庸置疑。

当下，读书不一定有出路，但不读书一定没有出路。

有知识的人不一定活得好，名牌大学研究生刷盘子摆地摊的事例比比皆是。

知识造就人才是肯定的，但在如今，这种事例出现的概率逐渐增高，我们是否应该反思，是什么原因让高学历失去了“便利”的光环？

也许，正是这种光环让莘莘学子前仆后继地过分追求高学历，但拥有高学历却并不拥有知识，因为他们的高学历是为了高学历的学历而堆积出来的，就是我们寻常所说的“死读书”，而他们本人，则是“书呆子”。那么，在某些繁华都市中，当高学历如同过江之鲫般多时，这些高学历们，面临的则只有被淘汰。

但这并不能成为我们这些学子为所欲为的资本。因为正如上述，读书不一定有出路；但不读书一定没有出路。

在这个依旧注重学历却又看重能力的社会，你没有学历，依旧没有机会，哪怕你拥有通天的本事。

或许你可以说，千里马总是有伯乐的。但是，在这地大物博、人口众多的神州大地上，你有什么自信，那个伯乐一定会寻找到你。

韩愈的《马说》中，千里马最终未寻到伯乐，所以千里马“骈死于槽枥之间，不以千里称也”。

有通天本领却不能大施拳脚，实在是令人喟叹、自感失意。但你有能力的同时你必然在某方面异常得心应手，那你是否也算拥有知识?

自然是，这种形式的知识，比那种高学历似的知识，更有优势。而且拥有能力的人，不说阅历丰富，他的为人处世一定胜过常人。

那依旧无伯乐认领呢?

那既然你拥有知识，拥有阅历，你为什么不毛遂自荐?

世人并不人人皆为伯乐，但在某个领域已有建树的人，有眼光的比比皆是。他们不及伯乐，却拥有伯乐没有的摸爬滚打的经验。所以他们慧眼识珠，能够赏识人才。

想要在这个社会混得好一些，你就要顺应这个时代的潮流，什么是时代潮流？就是这个社会它需要什么，它兴盛什么。

只有你成为这个社会需要的人，你才能成才。

社会需要什么人？上述已提，有能力有学历的人。

在你寒窗苦读十年之后金榜题名，这是你知识积累的最好证明。但就是因为这个金榜题名太过诱惑人，让很多人忘记我们学习的初衷，我们为了什么读书？不是考试，是学习知识。但当今不是只有学生为了考试而学习，大部分家长也如此这般。

让我们要反思的同时，让人心感悲凉，为什么会这样啊？

这个社会怎么了？

这个灯火阑珊的夜晚啊，这个繁华辉煌的都市啊，这个叱咤风云的社会啊。

纸醉金迷迷幻了多少人。

繁华的一切一切，背后总是悲凉。

风波

东京靠海，七月的天气，也随着海面上的风波，阴晴不定。

涩谷的十字路口在大雨中迷茫一片，坐在二楼的星巴克里头朝下望去，看无数行人撑着透明雨伞在风雨中前行，步履急促。夜幕降临前的苍穹绚丽，滚落一地金光。屋檐下避雨的小猫抖抖身上的水，蹭了蹭一旁等雨的少女。一身儿粉红lolita装扮的女孩蹲下来，搔了搔小猫的头。宁静的落日余晖洒落在她们身上，安和而温暖。

低头看了看手机里的朋友圈动态，清一色的红色雄鸡与巨大的几个黑字——“中国领土，一点都不能少”，占据了整个屏幕。最新的几条微博推送，也皆是关于南海主权问题的。蹙了蹙眉，脑中分明记得南海问题早在13年就已拉开序幕，且13年初我国就已声明相关文令，表明对菲方观点坚决反对的立场。既然如此，南海风波又是如何在一夜之间炒得火热的呢？

一头雾水地放下手机，眼神飘忽地落在了窗外。雨后的涩谷，清澈的阳光明亮，涓涓细流般，高高低低地在众多行人身上溶溶涌动。一派靓丽夏景在眼前缓慢铺展开来。

趴在桌上，一条微博推送看得我一愣。“中国南海局势最新消息——日本超越底线，中国武装对抗。”

抬头看了看电视里正在播报的新闻频道，十多分钟内皆是关于日本各大财团的相关内容，并无半点儿南海的影子。百思不得其解下，我发了条消息给国内的朋友，意图了解一下国内的局势，不想他却义愤填膺的回复了我一句，“中国的领土一分都不能少！”无奈之下，我再次问他关于南海问题上，日方与中方两国的态度与目前形势如何。不想他也是一头雾水，了解的还不如我多。最后我们的对话只得以他的一句，“你还在日本那鬼地方呆着？！赶紧回来吧你”草草结束。

夜晚只身前赴京都，与朋友吃晚饭时我专门询问了她关于南海的问题。令我吃惊的是，她对此全然不知情。我翻了翻手机，发现人民日报的官微下，网民的热议与谩骂仍在沸腾，且以惊涛骇浪之势席卷了整个社交网站。

过了会儿，千里之外的朋友突然打电话给我，她焦急的问我：“日本发地震了？！你没事吧？”在确认我完好无恙后，她匆匆挂了电话，转发了一则信息给我，是关于日本重大地震的报告。

点开来看，图文并茂，时间精确到分钟。硕大的标题醒目——“日本重大地震，死伤三千万”，看到结尾处，一句“小日本都该死！！！”映入眼帘，接连三个血红的感叹号令人心头一震。而底下清一色的网友评论，皆是“活该”。

南海风波最终如何，我已无心过问。只是在南海问题中，涌现出来的铺天盖地的爱国赤子心背后，我们的国民素质与舆论导向现状都令人担忧不已。无数键盘侠抱着看热闹不嫌事儿大的心态守在电脑前，煽风点火，唯恐天下不乱。

不论两国局势如何，杜撰“日本重大地震”此类新闻都让人十分愤怒。国人拥有一颗爱国之心，也应该具备一个大国国民应有的素质。我们应该明白，爱国并不应该是在屏幕前挥舞着五星红旗谩骂纷纷，而应是在同胞有难时给予援手，尽微薄之力。民族仇恨固然存在，但当我们的国民对日本怀有偏见的同时，我们更应该看到日本的长处，全力赶超。

表明立场的同时，我们更应该怀着一颗赤子之心勇往直前。而不是一味去做语言上的巨人。

归乡客

迤逦的川流溶溶流向远方，摆渡人接过游子手中的竹篙，划开道道涟漪逼近了不远处的村庄。

袅袅白烟在孔雀蓝的天空中画出圆润的弧线，几只归巢的燕雀从那几缕烟圈中探出身来，一晃眼便消失在视线中。越过半人高的淡黄色芦苇，小船靠岸，缓缓停下了。

几个中年男子背着军绿色的登山包，用一双陌生的眼儿去观望脚下这片熟悉的土地。他们大多抱着包，在原地站了好一会儿。或许是离乡多年，如今一时惶惶，生怕自个儿成了异乡客。

停驻片刻，他们又尾随着摆渡人的脚步，神情期盼地往前走去。碾过泥泞的乡间小路，衣衫挂满了别人家地里的菜叶儿。转过几个拐角，便瞧见了红砖乌瓦的老房子，几个归乡客像是记起了些陈旧的回忆，久久地站立着，思绪缥缈。

一只鸡突然从厅堂里扑腾着翅膀飞出来，鲜艳的红冠高立着，嘹亮的鸡鸣像是迎客的唢呐声儿。一个身形魁梧的男人迈开步子，径直进了老屋的大堂。屋里头黯黯，愣是让那魁梧汉子没瞧见八仙桌旁还坐着位老妇。

那老妇人一身交领旗袍，高绾的发髻银白。她眯着一双眸子去看那汉子，脸上的褶子都皱到了一块儿。那汉子一个箭步冲了过去，“啪”一下就跪在那妇人面前。

“娘！”一嗓子带了哭腔。

老妇人身子晃了两晃，柴棍般的老手颤颤巍巍地贴上汉子的脸庞。“川儿，是川儿吗？”

被唤作川儿的大汉瞬间哭出声来，像只受伤的孤狼。

外头的那几个男人都是这汉子多年的弟兄，听见他的嚎哭吓得直往里冲，可不知怎的，却又纷纷在门边儿刹住了脚。

那汉子的朋友后来说：“大川一米九的个儿，赛只狗熊。可那天我突然就觉得他变小了，变得很小很小，小得像个没断奶的孩子，躲在娘的怀里号啕大哭。”

“我打十六岁那年就去了台湾，期间三十六年，从没和家里人有过半句联系。”大川轻叹了口气。“老家又偏又僻，即使是后来通上信儿了，也得三五月的才能知道个消息。所以呢当我知道两岸通航的时候，我就马不停蹄地往家里头赶了。”

“这么些年，老想家里了。”

“师傅，我想请您给我做把壶。”轻叹了口气，大川眼神儿悠悠望着远方。“我觉着，母亲就像我们家那老屋，红砖乌瓦，始终在那儿，好多年风风雨雨，可它就是在那儿，在那儿翘首盼望着那只船，那只载着她儿子回家的船。所以，我希望您能帮我做两把壶，一把是那远行千里返乡的小船，一把是那红砖乌瓦的老屋模样。”

老妇人九十大寿那会儿，敲锣打鼓，张灯结彩，红火的灯笼高挂着，各路宾客鱼贯而入，纷纷提着各式礼物前来祝贺老人家寿庆。

老妇人一身儿圆领旗袍，端坐在主位，笑眯眯的，眼睛像两弯月牙儿。她的眼神始终跟着她的大川走。

大川一步一步地向母亲走去，他身后是他几个挚交好友。大川走到母亲脚边儿，半跪下来，手举着一个红木木箱；他的好友跟着走上前来，也托举着另一个稍小儿的木箱。

老人的视野氤氲开来，水汽弥漫间，两个一大一小的壶像是有了生命。

万千波澜壮阔，摇起远洋巨轮，乡愁千匝，随着巨轮的风儿，吹向彼岸的台湾。

国民APP快手：走农村包围城市的新道路

近年来，中国的各类社区应用层出不穷，总体呈一个饱和状态。在这种情况下，“快手”APP却横空出世，并且取得了惊人的成绩。今天的快手APP，在中国的手机应用市场中，流量排名高居第四，仅次于新浪微博，日活量高达一千多万。

且早在二〇一五年，快手就已经是中国第一大短视频应用。那这个功能看似与其他短视频应用相差无几的APP，又是如何在一干软件中脱颖而出的？

打开快手，迎面而来的各类视频封面给人的第一感觉，就是“粗糙”。如果说打开其他视频软件，放眼望去，各类制作精良的视频封面大多是清婉可人的美女，抑或是风景秀丽的大好河川，那么相较之下，快手则像是一个毫无门槛的基层群众聚集地。你既可以站在菜市场门口尬舞，也可以拿起手机给全中国的网民直播你吃饭的过程。

这就是快手的与众不同之处，也是它脱颖而出的重要原因。一开始，快手锁定的人群与选择的道路就与众不同。

如今传统美女网红的热度与吸引力在渐渐走下坡路，有一部分人开始不满足于看美女端着身子在五星级酒店里喝下午茶这一类型的直播了，这太遥远，不切实际。他们在偶然间发现，原来网上还有一群生活在社会最底层的人也在直播。

这群人百分之九十都来自于农村，受教育程度低，又渴望靠网络走红一夜暴富。于是在金钱的诱惑下，底线一放再放，各类为博眼球的新鲜招数层出不穷：例说快手视频中常见的自虐，博主录下他吃各种反人类“食品”的过程，这类食品不受限制，往往由刷礼物的观众所决定，今天可以是蟒蛇壁虎蟑螂，明天也可以钢筋混凝土。

看完这些视频，大部分人第一感觉是“不适”；但这种“不适”感恰恰满足了很大一部分人的需要，他们在现实里畏畏缩缩兢兢业业，毫无存在感。但在看这类视频的时候却能有一种“施虐”的自豪感。

长此以往，人的三观便会愈来愈扭曲，审美也会在不知不觉中偏离传统意义上的“美”，而是在审丑的路上愈行愈远。

豹纹皮裤的红毛男人随着音乐胡乱摆动身体是可爱，八九岁的肥胖男孩模仿社会人抽烟喝酒文身是酷，六七十的大妈生吞黄鳝蟒蛇是勇敢……

这种以消费自我尊严慰藉观众的直播方式，在快手屡见不鲜，甚至可以说快手的官方在有意识地引导这一方向。这也是快手这几年迅速走红的根本原因。

也许这一种另辟蹊径能给投资人带来巨大的经济效益。但任何事都应该有底线。

如果为了吸粉不择手段，甚至故意营造一种以丑为乐、为时尚的环境，那终有一日这个社会对“美”的定义都将会模糊，那时也许反而会唯丑是道。

这样看来，快手平台倒是做了一回丑的推手。

快手的人群主要集中在农村，群众基数庞大，并且大部分不具备明辨是非的能力，极易被外界因素所影响。而快手所营造的这个环境则是让他们在潜移默化中愈来愈迷失自我。

像随意点开快手一个视频，评论清一色的“老铁666”，这是对一位拿鞭炮炸自个儿裤裆的仁兄的赞美。那鞭炮声也像是摧毁了什么东西，其实也就是人的底线，延伸来看，也可以说是底层的美德。因为自打这些人从为了金钱博出位开始自污和自残时，道德就被迫蒙灰了。

呼啸天涯

大漠的土地是枯草一样的颜色，那毫无生机的黯淡黄绿一直蔓延到天边，与地平线上最后一缕残阳接壤，模糊出一片灰鼠皮毛质地的感觉。

当夜色降临这片大地时，西伯利亚的西北风也应邀呼啸而来。那低低的风声像男人压着嗓子的吼声，压抑而有力；合着不远帐篷内此起彼伏的尖叫声，一扬一抑。

草原部落的小王子，在这曲并不美妙的晚间乐曲中，即将降世。

炽热的火把高高扬起，黄油一样黏稠厚重的光亮，为古老的加冕仪式铺盖上一层温暖。

身披玄色长袍的巫女举着硕大的银铃，跳着狂乱的舞蹈。不远处的茫茫星光下，占星师仰着头，观察着这一时段的星轨，握着羽毛笔的左手飞速地计算着。

草原大汗垂着手臂，安静地站在占星师的身旁，等待着聆听他的孩子的命运，那个草原未来的王。

一声凄厉的尖叫破开云雾。

大汗急匆匆往帐篷里赶的时候，占星师突然拉住了他。他驻足回头，看向占星师的那一瞬间，突然愣住了。

占星师眼里的恐惧像一潭死水。大汗顺着他的视线向天空望去，目光与夜空接触的那一刻，他的后背一僵，瞳孔像爆炸的烟花迅速扩大开来。

整个天空，只有一片死寂的黑色，所有的光芒都在那一声凄厉的尖叫中死去了，没有一丝光亮得以存活。

全身僵硬的大汗突然翻身上马，他向那无尽的黑夜不停地前行而去。

占星师沉静的眼眸中，那一片枯黄迅速被猩红的火苗所吞噬，一时间天地之间亮堂堂，火的红光与极夜的黑混合出瑰丽的绛紫色。

帐篷里的人跳起脚冲出来，却被那壮阔的紫色迷了眼。苍老的巫女双手合十，高声叫喊：“紫气东来，天降福瑞。”

白发苍苍的长胡子智者闻讯而来，他为小王子取名“无极”，并即时为他加冕。因为他是上苍赐给我们的王，智者如是说。他望着那明亮的天空的眼，像燃起了希望的火苗。

很多年以后，当无极真正从他即将离开的父亲手中接过那柄象征着王权的权杖时，铺天盖地的白雪，与永恒的极昼，让他的子民再一次陷入了无尽的狂乐之中。

这是神的旨意。所有人都这么认为。

舞乐之间，无极似乎听见耳边的风呼啸着，送来一曲低沉而有力的呢喃。

“爱，先于生命；

后于，死亡。

是创造的起点，

世界的原型。”

换白头

窗外的台风压低了声音咆哮，活脱脱一个喝醉了酒的汉子耍酒疯。他高高举起长鞭，用力地抽打着四方的树木，直至它们轰然倒下，才大笑着逃之夭夭。

黑云压顶，白天的屋里也是黑漆漆一片。拉亮灯的那一刻，我分明听见门外传来一阵急促的敲门声。

“这样的天气，有谁会来呢？”我皱了皱眉，起身去开门。

门外的女孩像是只迷了路的孤魂，浑身是水。她抬起头看向我，浮肿的眼眶泛着浅淡的一抹嫣红，湿漉漉的脸庞上，还残留着不知是泪还是雨的水珠。

我蹲下身来，看着她的眼里渐渐染上茫茫的水汽。我揉了揉她的头发，一声轻叹。

像捡了只在外流浪的小猫回家。我拿着蒲扇煮茶的时间，她就坐在一边的蒲团上，抱着膝盖安静地看着我。大而无神的双眼黑洞洞的，没有一丝光亮。

茶水入壶的声响儿一起，好像往事都浮上心头。几个月前的一天，也是这样的风，暴雨说下就下，硬是杀了我们一个措手不及。

一群人在老街边的屋檐下躲雨，突然一辆车在我们跟前停下来，明晃晃的车灯在黑夜里像个小太阳。一个男孩儿撑着黑色的长柄大伞向你走去。

相拥前行的两个人，在交错的光圈中像一个完美的剪影。你回头和我们说再见的脸庞，美得让我想起了古希腊神话中的女神缪斯。眼角眉梢都挂着笑，眼里燃着一小束甜蜜的火焰。

那时候的你像月亮，绕着是地球的他日夜旋转。提起他时的眉飞色舞与欣喜，如今仍旧历历在目。脸颊飞舞着的两坨嫣红与你今日发红的眼眶颜色像极了。

“思君令人老。”你突然笑了笑，嘴角扬起的弧度都透着凄婉。

我不说话，只是给你倒了杯茶。现在换作是我像一只安静的猫，等待着你的下文。

就着茶香袅袅，女孩儿轻语呢喃起他们的这一段过往。弯蹙着的柳叶眉捎了一丝丝苦恋，极尽风情。眼神儿飘飘荡荡像悬在空中的飞鸟，漫无目的地追寻着她早已死去的爱恨嗔嗲。说得累了，你饮下一杯茶润润嗓子，又忽而轻声吟唱起他为你写的情诗，那些过去的，浓密而炽烈的爱像一根又一根的丝线紧紧缠绕着你跳动的心。

一壶茶水饮干，我舞动着蒲扇煮茶，那火炉里温暖跃动着的火焰像你此时此刻炽热的心脏。

这个台风天的下午，我们喝了数不尽杯数的茶汤。清冽的山涧小泉配上这方红润油膏般的土地上产出来的茶叶，入口的那一秒是苦，而后升起来的是甜到心头的甘。

我看着你，你姣好的面容皱的像块抹布，浅淡的几道皱纹里镌刻着入骨的绝望。

“张小娴说，我没有很刻意地去想念你，因为我知道遇到了就应该感恩，路过了就应该释怀。可我只是在很多个小瞬间想起你。比如，一部电影，一首歌，一句歌词，一条马路和无数个闭上眼的瞬间。”

“此情无计可消除，才下眉头，却上心头。”你低垂着眼睫，又是期期艾艾地笑了一声，脸上明晃晃的绝望与落寞一览无余。

不忍去看她这时的绝望，我向窗外看去，台风后的月亮晕着一圈儿白沙。恍惚间似乎记起来，那天的月色也是这般湿漉漉的，温柔又撩人。

大概是因为悲伤吧，落在我手心里的这一寸月光暗暗的，应景地蒙上了一层黑纱。我伸手圈住发愣的女孩，在她耳边呢喃。

“月与灯依旧，不见去年人，泪满春衫袖。”

荒漠

风沙呼呼，扬起万丈尘土，满目荒漠，辽阔黄沙。

远方有个男人扛着把铜制的砍刀，背着硕大的麻布背包，佝偻前行。他沉默地向南方走去，饱经风霜的面庞千沟万壑，藏污纳垢，似是经历了一路风尘颠簸；沉重的行囊迫使他放慢了脚下的步子，长长的砍刀束缚着他的双手。

可即便如此，他依旧目光炯炯。

“一壶茶，两斤牛腿子肉，快些！”

那男人走了约摸十里路，才寻得一处得以落脚。简陋的木桌长凳，几根竹竿支起一片茅草地。他撑着头，疲倦地看着店主一人在这方圆十尺内忙活。

过了好一会儿，店主才吆喝着“上菜咯”，端了盆热气腾腾的牛肉在他面前，顺带着捎了壶白净得无味的茶。

男人捧着盆大的搪瓷碗大快朵颐，吃得很香。我静静地看着他，时不时小酌两口这白水样儿的绿茶。只听他粗声一喊：“老板，给我这壶装点茶水来。多谢。”

老板从柜台后头探出脑袋来，挑了挑眉问他，“方才不是装了壶茶搁你桌上了嘛。喏，”老板朝着他桌子的方向努努嘴，“瞧见没，那儿呢。”

男人皱眉，“劳烦您了，我只用我这壶喝茶。”说着便搁了把朱泥壶于桌上。

老板无奈地笑笑，提了壶去给他装水。

我越瞧他，越觉得颇有乐趣。那茶明明乏味得很，可他却豪迈，大口大口地就着壶嘴饮下肚，像是得了什么了不得的人间美味似得。

他突然眯了眯眸子，直直地向我看来。

我颔首一笑，从容举杯。

他看了我一眼，提了行囊便在我旁边落座。“小师傅哪儿去？”沙哑的音色像喉咙里头掺了把沙。

我双手一合十：“祖拉康。”

他突然一拍掌，爽朗笑道：“那敢情好，我也要去那儿。”

路途漫长而艰辛，一路苦旅，历时三个月才到达祖拉康。

我率先登上古寺，回眸一望，却突然愣住了。

漫天红霞，空旷的天地寂寥无人，唯有他炯炯着双目，虔诚的朝拜。

我托着他那把壶，静静地在一旁伫立着。暗暗黄昏下，那把壶像是燃起了金光，就如那神灵的眼睛一般，在风沙中闪烁着。

他的眼角眉梢，遍布岁月的痕迹，就像那壶周遭的流光，随着他一路南下，成为他沟壑中，新的一缕。

空山独酌

风雨满城，胡人铁骑兵临城下，宋城危亡在此一战，实乃千军即发之际。

副将梁欢束手无策，眼看南国门户要丢，迫不得已之下，匆忙遣人连夜去请连弋出山。

此时的连弋隐逸深山之中多年，整日喝酒种地，小日子过得十分惬意。偶尔对青山独饮，喝到兴头上，挥笔洒墨一番，作几首花前月下青山绿水的小诗怡情。

他似乎忘却了金戈铁马的过去，已然摇身一变，变成了今日这副闲情雅致的文人模样。

只是昨夜的铁马冰河入梦而来，让他有些许恍惚。那隆隆擂响的战鼓，在他的耳畔念念回响。他举起铜觥，眼神空茫地望着青山。

嘚儿嘚儿的马蹄声急促，他晃了晃神，沿着声儿看过去。

战盔着身的士兵迅速下马，“统帅，副将梁欢让我转告您，‘国难当头，宋城危急，望您即刻出山，主持大局’！”

连弋大笑三声，烈酒一饮而尽，摔杯上马。

马不停蹄赶到宋城的连弋并未休息片刻，他连夜整兵部将，制订计划。

梁欢瞧着方才下马时还是一副书生模样的连弋如今却站在诸将面前下达军令，转换为英姿勃发、铁骨铮铮的热血男儿形象似乎只在他一念之间。

连弋拔剑出鞘，冷冽的剑锋直指铁骑，他带队出征，一人一剑破开困势。

恍恍惚之间，留守城内的梁欢将眼前金甲铁剑的连弋与多年前的他重叠，他那骁勇善战、功勋无数的过往又在眼前重现。

一人扳回一城者，唯连弋也。

数年后，宋国太平，连弋退居山林，不问世事。整日于空山之中独酌，与山林野鸟做伴。

四念皆空，水空山空情空人空。

落差

第一次见到小芳，是在几年前的素席上。那一场出殡并不特别，如今留在我印象里的，唯有小芳那一身儿明晃晃的亮色人造皮草。

约莫是葬礼进行至尾声的时候，小芳才裹着浅粉色的皮草大衣匆匆赶来。在一水儿的黑衣黑裤中，她是唯一鲜亮的、出挑的存在。那会儿正是入棺的时辰，跪在棺材旁边的几个哭灵人抓着话筒哭得声嘶力竭，鼻涕眼泪像哗啦啦的瀑布一样止不住地淌在脸上。身旁的几个小孩儿不谙世事，捂着嘴哧哧的笑，站在不远处的小芳乜着刀子似的眼神，狠狠瞪了瞪那几个顽皮的孩子，她的目光触及我时，我的身子下意识地向后退了退，有些畏她。不想她朝我笑了笑，那笑意温和且友善，竟叫人有几分喜欢。

棺材板一丝一丝移动着，那块深色的木板渐渐掩去了老人家的身体。不知道什么时候，小芳褪去了那身亮眼的劣质皮草，此时的她只着一身及踝的素白纱裙，在晚秋的冷风中愈显单薄；强劲的凉风狠戾地卷起她的长发，再重重地拍在她脸颊上；晕花的浓妆混合着几串剔透的泪珠，整张脸尽是疲态与风尘。她一步一步地向坟堆走去，神态中的迷蒙恍若隔世，她脚下的步子放得很慢很慢。

小芳轻轻地弯下膝盖，她跪在坟头的另一端，离所有人都很远。小芳跪下的那一瞬间，似乎所有的声乐都停止了。在场的每个人都在看她，看她从一个仿造得极其劣质的大牌包包中掏出了两瓶四特酒。她仰着头喝酒的姿势极其潇洒，一大瓶四特酒很快见了底；紧接着，她把另一瓶酒尽数浇在了坟头。

“爹——女儿不孝，来得迟了些。不过我给您带了两瓶好酒，记得吗，从前过年的时候，我总馋酒，每次流着哈喇子想蹭上几口的时候妈都会骂我，但您总是偷偷拿矿泉水瓶给我装上那么一点儿，就一点儿，但那味道，棒呆。”

混在人群里的我始终注视着她，之于当时的我来说，小芳无疑是一个奇特的女子。她就像围棋盘中败局已定的落拓白子，万千黑棋像密不可分的潮水般包围着她。时至今日，我的记忆中，仍旧鲜明的保留着她那一副似笑非笑的落泪模样。那时的我还太小，尚未能读懂她神情中透露出的悲哀。只觉得她喝酒的动作实在是豪迈，像极了武侠小说里仗剑天涯的女侠，孑然一身，又潇然飒爽。

小芳是我妈的表妹，按辈分来说，我得管她叫小姨。但在仅有的几次会面中，她总是画着浓艳的妆容，嗲着一副实在算不上甜的嗓子让我唤她“小芳姐姐”。她的五官标致，排列也尚妥当，在乡村里倒真是难得一见的美人。稍大的女孩儿，哪有不喜欢漂亮姐姐的，于是我总会乖乖巧巧的叫她几声“小芳姐姐”。不过大多数时候，她几个哥弟，都会以一种极度嫌恶的训斥口吻告诫我，小芳是个在社会上混的坏女人，让我离她远点，别沾惹一身风尘狐媚气。

那些话语多半刻薄，且透着刺骨的疏离。我往往是垂着脑袋假装听训，眼神又往小芳那厢儿瞥，这时候她总会捂着嘴，与我相视一笑，眉眼间的俏皮劲儿可爱得紧。

后来有一次，我偶然撞见了小芳与她几个至亲兄弟的争吵，却又是另一幅我从未见识过的凶恶面孔。破口大骂时的言语之粗俗，甚至称得上是污秽。双方都极尽口舌之辩，毫不犹豫地将心底最深的怨恨投掷于对方。身为过往看官的我，当时都觉着实在是凉透了人心，更不要说身为当事人的小芳。再后来吵得多了，她也不再回来了。这个家唯一与她有联系的，似乎只剩下我母亲一人。

这几年过年总是见不着小芳的身影，家里的老外婆总记挂着这个又小又野的孙女儿，时常眯着眼睛问我母亲，“我的萍娃呢？她怎么又不回来看婆婆，婆婆好想她。”边说着，边缓缓弯着腰，将手探进床底去捞那一箱存了有些年头的四特酒。“萍娃是个小馋猫，打小就馋酒喝，她妈妈嫌酒贵，总不让她喝。没关系，咱们萍娃有婆婆疼，婆婆给你囤了一整箱等你回来喝……”

站在母亲身后的我，看着皱纹满面的老外婆红着一双浑浊的眼睛，厚重的泪水像一场大雾在她的眼里升起，那双看遍了四季更迭的眼睛里，毫不掩饰地充满对至亲之人的记挂与担忧。老外婆已经认不得几个人了，她看着我的时候，眼里是全然陌生，只有在母亲提起“小芳”这个名字的时候，老外婆才会颤颤巍巍的抓住母亲的手，开心得像个过年时吃上猪头肉的小孩儿，那种最简单、最直接的爱，像一把刀穿透了来自遥远城市的我。

回去的路上，我沉默了半路，终究压不住心头的好奇，向母亲问道：“小芳姐姐这几年都去哪儿了？她为什么总不回家过年呢。”半晌，我清楚地听见母亲很长的一声叹息。她看着窗外不断倒退的白杨树，以极其低沉的声音，告诉了我一段往事。

原来小芳是个弃婴。母亲的小姨嫌弃小芳是个赔钱货，在她一岁半的时候，把她卖给了深山老林里的一户人家。那对老夫妻一辈子无儿无女，眼见着大半截身子都入了土，几经周转，才托人以极度低廉的价格从母亲的小姨那儿买了一个闺女。其实开头那几年，这对老夫妻对小芳是极好的，甚至称得上是宠爱有加；若是一直这样生活下去，其实也算不错。只是好景不长，到了小芳要上学的年纪，老夫妻又觉着负担不起，与母亲的小姨左右一合计，到底是把小芳送了回来。

她身上打着“被抛弃”的烙印，哪怕是回归了原生家庭，仍旧无法真正融入那儿。姐弟疏离的眼光，渴望母亲拥抱时母亲陌生的神态，都令她在那个大家庭中如履薄冰。她的出走，倒像是一场集体救赎，整个家庭都长舒了一口气，所有人都心照不宣地默许了她的“离去”。他们说那是她自己的选择，他们尊重她。

今年过年的饭桌上，仍是见不着小芳的身影。距离上一次见着她，似乎已经过去了好几年的时光。她的几个兄妹心照不宣的、巧妙地避开了“小芳”这个人的一切话题，仿佛她从未存在过。一顿年夜饭吃的欢快且热闹，觥筹交错之间，母亲离开了人群，在与喧闹隔绝开来的包厢外，收听了几条来自久违的小芳的新年祝福。

“姐姐，新年快乐，我一切都好。这两万块钱是给外婆的，我就不回去了，您帮我尽尽孝。再替我去我爹坟头上两炷香。”

“对了姐，去看我爹的时候买两瓶四特酒，我知道他爱喝。”

母亲点开了小芳的朋友圈页面，她的朋友圈简单又花哨；简单的是酒吧开台的邀请，花哨的是她浓妆艳抹的自拍。母亲的目光长久地落在小芳最新发布的一条朋友圈视频上，那是一个装修得富丽堂皇的包厢，香槟色的皮质沙发上坐着一排大腹便便的中年男人，小芳混在其中，手里的金色液体闪着亮，透过那片金黄色，她并不年轻的面孔也显得十分美丽。

一如我印象中的她，有一种残破又温暖的美感。

买粉儿

我是山中的一只鹿，千百年来远离人世，隐匿于深山之中。

直到半月前，我无意中遇见了一个人。他有着这世上最温柔的眉眼，比我见过的任何一只鹿的眉眼都要温柔。他看向我的那一瞬间，笑容清澈，微微上扬的嘴角漾出一个浅淡的梨涡。我慌忙偏过头去，鹿耳不受控地缩成一团，一种酸涩甜蜜的感觉在胸腔中泛滥，雀跃的心脏像是被那股子酸甜劲儿困住了。

我匆忙转身，不敢再停留。

一晃就是半月。这半月来，我过得十分恍惚，想是那男孩儿的笑颜太过醉人，以至今日尚未清醒。怀着一腔醉意，我化作人类的少女模样，直直奔向了他的去处。时值初夏傍晚，绯红的云霞混合着两颊的红晕，愈显少女的羞赧。初临异世，着实不敢冒失踏进他家宅院，好像根木头桩子似的在他家门口杵了半天。眼睛瞪得老大，畅想着在他出现的那一瞬间，能把他稳稳当当盛进我眼中。从早上天蒙蒙亮站到太阳落山，我一直站在那儿，呆呆地等。

直到月上梢头，我才瞧见他。他骑着一匹枣红色的骏马，月白色的长袍滚着靛蓝的回纹，剑眉入鬓，颜如春山，真是好一副俊俏模样。我以红袖掩面，蒲扇一起一落之间，眼神儿直直跟着他，如影如随。那蜜糖般的视线黏在他身上，我看得入了痴，只想把他看进肚子里，然后揣回家去。可他一直低着头，我看不到他的眼睛，这让我有点难过。

第二日来的路上，我瞅着热闹非凡的街市，想了个法子，支个摊儿在他家门口那条街上卖胡粉。卖粉好吃喝，这一来一往之间，他一定能注意到我的。我想。果不其然，后边的日子他常来我的铺上吃粉。

可我从不敢看他的眼睛。直到几个月后，我发现就在他与我目光交接的那一瞬间，我突然撒腿就跑，跑得飞快，一路扎进山林之中，变回我本来的模样。因为跑得飞快，我有几分喘不过气来，停下脚步，刚想歇口气儿，却突然发现他站在了我的面前。

“站了一天还跑这么快，你不累吗？”他笑着问我。

我瞪圆了眼睛，一瞬间手足无措，前蹄不自觉的在地上使命儿刨坑。

他蹲下身来，鼻尖凑过来蹭了蹭我的鼻尖。“嗳，小傻瓜，我半个月前就看到你啦。既然你这么喜欢我，就和我一起回家吧。”

我看着他，心里止不住地打鼓。但在触及其笑颜的那一刻，我毫不犹豫地点了点头，耳朵不受控制地缩成一团。“那，我们回家。”

他欣喜若狂地在我头上揉了一把，说话的声音带着颤儿。“其实我早就关注你了，一直没找着合适机会聊一聊。我想娶你。”

回到他家后，顺理成章的，我成了他的妻子。只是我不知道，人与妖精到底是不能在一块儿的。第二日，他面色苍白，怎么都醒不过来。直到他的母亲好一阵哭天抢地，我才意识到，他死了，是我害死的。

因为我们本是两个世界的人。

拿破仑式的英雄主义在当下有何新意?

“伟人从不过时，身处任何时代的任何人都可以从他们身上得到想要的东西，尽管在大多数时刻，这是一种误读。”

——卡莱尔

历史是以无数人民的血肉铺就的鲜花道路，路途下淌着红高粱红成血的海洋。

二〇一二年，莫言成为中国第一位荣获诺贝尔文学奖的作家。他的获奖理由是——“莫言将现实和幻想、历史和社会角度结合在一起”。

而这种深刻的民族“现实主义”，在其《红高粱家族》一书中被呈现的淋漓尽致，书中提到的“纯种红高粱”就是这样一种精神，更是一种民族共响。书中的每一个人物都不是“拿破仑”式骁勇善战的王将，而是黄土高坡上许许多多躬耕于南亩的农民。他们不具备拿破仑式的“英雄主义”，更多的是以个人的血肉之躯筑起抵抗的高墙，在面对敌国的入侵时，誓死不屈地顽强抵抗。

莫言选择的社会角度较之以往大部分的现实主义作品有极大的区别，这种区别具体体现在，他更倾向于“以小见大”，而不是去一味地歌颂人民群众中走在最前列的“领头羊”。

十九世纪是英雄的时代，而以拿破仑为首的一干能人干将，更是在欧洲大陆上掀起了滔天的腥风血雨，开拓了全新的“拿破仑时代”。

回顾十八、十九世纪，繁盛的人文主义氛围造就了数不胜数的才将，音乐、文学、科技，无一不蒸蒸日上，形势一派大好。这些胸中盛满了鲜血、怀着一腔热情的梦想家们，以笔为剑，踏着伏尸遍野的血海，将鲜花与掌声献给“掌舵者”。

但反观拿破仑所处的时代，资本经济从“自由竞争”过渡向“垄断”，工业革命加快了社会生产力的发展，生产力与生产关系处于一个动荡的变革期。在这场混乱的“撕咬期”之中，拿破仑是天选之子，但也正是时代赋予了他这一段传奇。

恩格斯曾说，“即使没有拿破仑·波拿巴，也会有其他波拿巴在那个时代涌现出来。”英雄之所以能够缔造一个时代，是因为他的背后有成百上千万支撑他走向鲜花道路的人民。当拿破仑领军前行，在阵敌前杀伐万千时，无数攒动的人头在他身后落地，满地的鲜血，涌动成他称帝的漫漫长路。

再看二〇一三年的诺贝尔文学奖获奖者，加拿大作家爱丽丝·门罗，她的作品与莫言有极大的相似性。莫言的家乡在高密东北乡，是一片贫瘠的黑土地。而在爱丽丝的作品里，就是安大略的西南小镇，二者都是乡村地区，都有一条大河、一个小村庄。两个作者的大多数作品里的国事都发生在那片渺小的土地上。

以小见大，见平凡的英雄主义。因为时代是属于人民的，类似“拿破仑”式的个人英雄主义，终究会被淹没在漫漫的历史长河之中。

“他们都曾领导一个时代，也都被他们亲自缔造的时代无情碾压。”

霓虹

再遇炎夏，匆匆赶着假期的末班车去了日本。

一

无数年轻人纷飞而热血的梦编织为泥土的养料，建筑起这个巨大的水泥森林。可这儿，又不同于任何一个摩天大楼云集的城市。

那些步履匆匆的人们带着一股儿冲劲；在东京，我从不敢驻足于人群之中。因为无数涌动的人儿像浪潮一般，推着你向前。

坐在涉谷十字路口的星巴克里头，由二楼往下望去，辽阔的人海被狂风席卷来去。蓬勃的生机与绿意在人海的足下滋生。

二

寻找民宿的路途十分困难，一路磕磕绊绊。拖着最大号的行李箱由目黑站下车，过了几个陡坡，硬是瞧不着半分屋子的影儿。

急促中随手拉了个路人问路，灰色布衫的阿姨一脸认真地接过手机查看电子地图与住址，微笑着说："I will go here with you."

一路寻觅，在一个交叉路口来回打转，我拖着行李箱，吃力地尾随着步伐矫健的阿姨。阿姨许是觉着我累得打紧，与母亲二人嘱咐我在路口处待着，她们二人继续探寻。

那位阿姨拿着地址询问附近的住户，得到指引后多次鞠躬，双手合十不停地道谢。

……

暮色温柔，曦光在归来的二人身上打转。

“ok.”满头大汗的阿姨笑吟吟地看着我。

“阿里嘎多阿里嘎多！”（非常感谢）我学着她方才的样子不停地向她鞠躬道谢。

她向我们挥挥手，“welcome to Japan！”笑得像安房直子童话里的一缕清风，柔和而明媚。

我对着她离去的方向愣住了，突然眼眶就酸涩起来。

多温柔的人啊。

三

在京都的第一天，住在岚山的不远处。

民宿的男主人亲自到车站接我与母亲，一路帮我拉行李，为我们介绍附近的美食与景点，还给我们准备了中文地图。

休整后我们乘了班电车行至岚山。

问路途中有个女孩儿格外可爱，画了张路线图予我们不说，还特意注明了车站号，并用歪歪扭扭的中国字注明了“岚山”二字。

她从店铺里送我们出来的时候还一脸欣悦地告诉我，“Arshiyama’s green tea icecream is very good！”（岚山的抹茶冰淇淋非常好吃。）

我愣了半晌才反应过来，极其开心地向她挥手道，“ok.I know,

I will eat！”（我知道啦，我一定会吃的。）

她很腼腆的露齿笑了笑，“Have a great time.”（玩得开心）

我弯腰鞠躬向她道谢，她也向我鞠躬道谢。

……

岚山深处是漫山遍野的竹林，竹叶交错掩去天日。静谧的竹林苍翠欲滴，满目的绿意像要滴出水来。

竹林与墓地接壤，漫步在阡陌之间，暮鼓晨钟，无数的灵魂仿佛得到了救赎，安详的气氛在林间攒动。

光影奚落之间，无数前尘往事似乎在眼前的路上铺开来。

苍穹渐染墨色，一天即将成为眼前的过去了。

四

站在东京塔的观景台上，眼底是万里的灯火，星星点点的红光像一条在夜空中发亮的响尾蛇，向着远方的黑暗一路蜿蜒前行。

一瞬间，夜阑俱静。

四周纷扰的人群好似与我隔绝开来，我只听见了这座城市的呼吸声，随着灯火的忽明忽暗，温柔而沉稳。

此时的东京，像极了一只睡眼惺忪的夜豹，懒散地打了个哈欠，在夜色茫茫之中，矫健一跃。

跃出窗台的那一刻，他回头看了看我，碧绿的眼眸温润如玉：

“welcome to Japan .you will love this city.”

人间喜剧

如果此时上神宙斯正好以他的视角俯视着这片苍茫的大地——

日薄西山，城市中心广场的钟楼响彻起低沉的钟声。无数结束工作准备归家的纷扰人群，像浩荡的蝼蚁大军，成群结队地趴伏在纵横交错的高速交通干线上。

以钟声为标杆，视线向周围扩散开来，再缓慢缩小。

当瞳孔聚焦在某个地铁出口时，宙斯的眉头轻轻拧了起来。位于CBD附近的地铁出口，不该是繁忙不已的吗？可他分明只瞧见那空荡荡的楼梯之上，仅见一个大跨步上楼的男子。

“哦，我的孩子。”他为他的形影单只，轻叹一声。

顷刻，右手边的扶梯探出一小簇人头来。定睛一看，那空阔的楼梯边上儿，分明是一条挤满了人的扶梯，远远望去，像一面密不透风的墙。再往下看去，追溯至这人流的源头，那摇摆的长龙龙尾仍在急速增长。

那缓慢移动的车流、人群，像一条巨大的响尾蛇盘旋在城市的中央。流光溢彩的灯光与大面积红黄蓝绿色的LED屏幕，像响尾蛇的蛇头一张一合吐出的气息，忽明忽暗；隐藏在黑暗中的人类欲望在宙斯的眼中升起来，那些犹如宇宙星河中的星辰，漂浮蔓延在人间的任何一个角落，它们在冰冷机器的带领下，像带着剧毒的蛇信子，一寸一寸舐吞着这片古老而崭新的大地。

他突然忆起，千百年前那罪恶的源头潘多拉之盒打开之时，天地之间也是这副物欲流光的模样。

而千百年以后的今天，当日自潘多拉魔盒逃窜而出的欲望精灵却已深深植根于世人的心中，懒惰使生产力不断发展，科技成为贪婪触角的代步工具，世界经济在无数罪恶之中蒸蒸日上，不断发展。高科技发明纵横全球的今日，身体机能不断被弱化。当一切工艺都能被机器所完成的那一天，是否意味着人类的身体真正被“闲置”？

今天的机器的已经远远超出了辅助的范畴，人类对它们的依赖在任何事物上都可见一斑。

当宙斯第一次发现他的孩子们出门即像货品一样立在传输带上等待着被运输时，他简直难以分辨机器与人类哪一个才是他的孩子。

呼啸而来的计算机时代是一把坚韧的利刃，它以迅雷不及掩耳之势将分散的人群分为了两个对立的阵营。

聪明的孩子们保留着自远古而来的伟大力量，并不断利用他们的智慧研发出更加全能的机器，从而操纵它们；而剩下的那一部分人，机器似乎已经成为了他们身体的一部分，所以表面看起来也与工厂流水线上的机器人并无什么分别了。

最后一缕阳光消失在地平线上的时候，低沉的钟声再一次响彻这片大地。宙斯透过黑漆漆的窗口，端详着一队正在流水线上作业的机器人。

“我的孩子怕黑。这一定不是我的孩子。”他摇了摇头，轻轻的一声悲叹像亘古传来的敲钟声。

日月星辰悄悄

湫兮如风中唱到，“日月星辰悄悄，升了又落”。

匆匆又三年，又是一年盛夏。拾了几件行李，一路蜿蜒前行，回了家乡。

再次踏上故土，穿越水泥钢筋的城市，润如油膏的红泥黏糊糊的踩在脚下，熟悉的泥土青草带来的芬芳充斥在鼻腔，让人有种莫名的亲切感。尾随着父亲的脚步，我们越过膝盖深的杂草，踩着一条算不得路的路，几经周折，终于来到了我日思夜想的祖屋。

老房子是黄石头砌成的平房，漆黑的瓦片层层叠叠，残破的边角隐约可见年岁的斑驳。三栋楼房构成一个别院，房中央簇拥着一天井，倒映着日月光辉。

岁月更迭，日新月异。沧山泱水皆染上新绿，远远望去，峰壑攒绿潭，悠悠的粼面清波荡漾，倒影里头，清晰可见老屋的残破不堪。

透过那绿颜色的水，我似乎窥见了多年前的一方繁华。

挺拔的楼房里头，色泽红艳的红木制成长木椅，样式阔气的四方木几上头是码得整整齐齐的糕点糖果，大大小小的孩童在后院嬉闹，络绎不绝的生意人都径直跨过门槛儿，直直地叫了府里头的小厮去请竹奶奶。

竹奶奶，也就是爷爷的母亲。

过去，家里做竹木生意，而竹奶奶的一手独门绝技又广传余江。于是久而久之，便得了个“竹奶奶”的名头。

竹奶奶的眼睛赛米尺。每每砍了木头，奶奶只要眼睛一定，立马就知道这木头几米长几分短。有外乡人不信，硬是遣了人拿尺子去仔细比较，可哪知道竟是分毫不差的。

除此之外，奶奶心算更是一绝，无需算盘，几个手指头扳来扳去，一笔乱账便理得清清楚楚。想当年，家里头的账房先生挑算珠的手指就是打了结也跟不上竹奶奶的速度。

白手起家，历尽沧桑苦难，硬是凭着一身本事儿打下洪家当年的这片江山。

华灯初上之时，这片江山更是灯火辉煌，像是染了色儿的点绛朱唇。

一家十来口，爷们围着大红酸枝制成的四方八仙桌坐着，女人们紧凑着在厨房里吧嗒着嘴，家长里短个没完。

……

远处轰隆轰隆碾过村庄上方的动车张牙舞爪，巨大的獠牙侵蚀着这个古老村庄的片片土地与安宁。

这吵闹劲儿，一点不逊于多年前的那场闹剧。

人声鼎沸之中，数多洪氏族人无奈由大宅院里被驱逐，无数金银珠宝一夜之间灰飞烟灭。

远山妃黛水洗一空，只留下残破的青黛。

雨后春笋般的新楼纷纷破土而出，他们像顽童一般在这片泥土上打滚，挥舞的衣袖毫不留情地扫去尘旧。

那些过去的，古老的家族的兴衰，在似水流年中漂泊。随着衣袖，飞向远方；顺着轰鸣，消失在未来。

那些旧时家族的繁华，祖辈们的传奇。仅凭着故人的记忆，口口相传。

我绕着这栋老房子走了几圈，黄昏时分，彩云像大放异彩的琉璃河，铺天盖地，以惊涛骇浪之势卷来，最后停留在屋檐一角，像是撕裂的一角裙摆挂在树杈上。

欣赏这独特的景象之时，我却突然听见了低声的呜咽，那是来自过去的沉鸣与哀嚎。

恍惚之间，我又站在了繁华的过去。

依旧是那片艳帜高张的苍穹，只是那崭新的屋檐底下，是络绎不绝的商客。

……

我伸手，去拥抱这座老房子。

多年以前，也是这般，日月星辰交替，白天黑夜更换，年岁今朝，全在那片绿影里交错上映。

列车驶过，砖瓦躁动，在和煦的夏风中低低的一声哀叹，古老的智者呢喃。

“繁华，起于废墟；废墟，源于繁华。”

山河故国

胡子白了，又长；梦醒了，又来。

惶惶然间想起一句诗："胡须如草芥疯长，悲欢不过梦一场。"

西北边的茫茫大漠上，传来厚重的马蹄声。那急促而有力的步伐，在高高扬起前蹄，踏碎了无数故人的梦。

多少年前的清朝大军入了关，一把火直逼金陵。两百七十年的泱泱大明，回首之时，已是故国不堪回首月明中。

初成的大清就像缺了左脑的巨人，四肢异常发达而头脑却一片空白。

马背上骁勇善战的民族，却缺席了汉人千百年以来的文化传承。面对十人九汉的中国，统治者一时骑虎难下。

满汉难融，更何况如今身处朝廷的汉人官员，近乎全是逼不得已招降的明朝权臣。

这边国破山河在的悲戚还未散去，那边清朝贵族的冷嘲热讽与似乎与生俱来的高人一等，更是犹如雪上加霜，在他们满目疮痍的眼中狠狠地再揉一粒沙。

一来一往之间，举国的文人骚客好似失了魂儿，恍恍惚惚还在梦中，一闭眼就是我大明的万里秦川，大好河山风光犹在。

昨夜月又上枝头，清冷月色中，几只寿鸟凄厉哀转的低吟着，这是一首送别前朝的离歌，由那气宇轩昂的少年天子——顺治，亲自谱曲。

几百年前的一个夜晚，他在宫内设宴，与当时盛行的文人骚客聚会一个样儿，宴请知己般的宠臣，喝酒聊天，吟诗作赋。

福临虽是一副正宗的满人脸蛋，肚子里却满是诗词歌赋、各朝历史。他善用汉臣，且深深知道，只有适应人群的大多数，才是真正正确的抉择。

那一晚的月色凉如水，在各色权臣君王的面庞上静静流淌，照亮他们心事重重的内心。

三杯两盏淡酒下肚，月色依旧明朗。福临望着那圆盘似的月亮，几年前的今日，这儿也是如此亮堂。

他轻叹一口气，轻道：

“身于明而不思明者，不可谓忠臣。”

一时间，在场之人无不激动的泪如雨下。

两朝更迭之中，马蹄声减弱了。这世间万物皆有裂痕，因为那是光照进来的地方。就像清朝一统，明清之间的巨大文化分割，正是汉官得以安身立命的矮小一隅。

日月星辰，斗转星移。

突然忆起有一行爱尔兰的诗句：

我再也不能记起。有一条街道，我再也不能迈进。有一面镜子，我照了最后一次。有一扇门，我将它关闭，直到世界末日降临。

生如夏花

灯火阑珊的世界闪烁着，迷人的光芒透过雕花木窗零零散散地投射在柔和的脸庞上，扇动的睫毛在柔和光芒注视下反映出淡然的阴影，熙熙攘攘的人群穆然地飘动在璀璨的眼眸中，尘埃缓缓落定于光眠之中，如沐春风的笑容浮现，阵阵微风拂过额际，情不自禁地去捕捉那缕清凉，得到的，却是手中的一片虚无，惆怅涌上眉际，淡淡的忧伤如薄雾般轻畔于周……

夕阳染过的天际渐渐如潮落般褪去迷人的汐红光芒，取而代之的，是寂静的灰无，淡然的忧伤弥漫在空中，晶莹剔透的水珠随机滚落，凝集为水泡的美丽也转瞬即逝……

若有若无地勾勾嘴角，烟雨荡漾遮挡住视线，缓缓垂下眼眸，手在空中致力。一滴滴水珠遍布手臂到手心……所有极致的美丽，都是转瞬即逝，不论是昙花，还是这水泡……甚是连彩虹也是如此，那些转瞬即逝的美丽，人们往往反而格外在意，将其定格于局限像之中……这些让人慕名而特意关注的美丽，或是美丽，但若是凭个人感觉，或许，有些令人忽视的美丽，更加令人着迷，因为，他们往往不曾被人发觉，但一被人发现，给人带来的却是意想不到的美丽惊喜。

当花开放的那瞬间，给人的感觉才是极致的美丽，让人不得不惊叹于大自然的创造力。或许很多人在意的是花盛开后的华美，而并非花开的那瞬间……就如人们往往在意的是结果而绝非过程，其实画的成色与艳丽取决于花开的过程与画的品种，就如结果往往取决于过程，本质基本相同。

墙角的，渺小的生命，虽小，但也是一个生命，永远不要小看任何一个看似渺小的生命，其中却隐含着惊人的力量，在没有阳光的温暖与露珠的滋润时，还能坚强地破土而出，从而呈现在所有人面前，或许看似简单。但对于这生命本身却是一种近乎无法完成的土坯，就好比一个落魄的人，他或许不如你，可他始终没有因为挫折而自暴自弃，他在温饱都无法解决的情况下还坚持着那对于你来说或许可笑的梦想，可他也在为他的理想所奋斗，比那些口若悬河信誓旦旦说要实现远大理想却又在实际行动上毫无建树的人更加值得我们尊重，至少他一直努力着，一直在为自己的目标付出着，他们是值得尊敬的，他们是美丽的。

每个人都有自己生存的方式，每个人都在为了自己生存下去而奋斗着，没有人有权力藐视或是鄙视任何一个为了生存而付出的人，因为他们或许曾经努力过，或许现在在努力。一个人，活在这个世界上，他从降临，就要学习如何生存，以致无视了一些，真正需要我们去在意的。

生如夏花，每个人，都是美丽的，大自然的一切，也都是美丽的，每一个人，都是值得我们去发现的美丽。

是什么让过年越来越没有气氛了？

今年的新年就这样过去了，平静、如常。

各地禁止燃放烟花爆竹的禁令一出台，似乎连最后一点年味都丧失了。

这两年随着年龄的逐渐增长，对过年的向往也愈来愈少。定神一想，似乎已经很多年没有在过年前专程买过新衣服新鞋了。那种在爆竹声中穿一身儿崭新的衣服的喜悦感，好像随着消失的烟火声儿一起隐却在时光之中。

有人说上个世纪五六十年代那会儿，大家都穷，平常谁不是吃了上顿没下顿，小孩子每天都盼着过年，因为过了年才有肉吃。

在那时候，过年就是大部分人最殷切的期盼，因为那意味着他最原始的欲望在那几天能够得到满足。

所以从前的年味儿可足了。

那按照这个说法，看中国改革开放后的这三十年来，发展世界都有目共睹，但要说最为直观的，其实还是大部分人都吃饱了饭，也都能吃上肉了。

所以当一个人的需求与欲望在平常的日子里就被满足时，过年的期盼就大大打了折扣。年味儿也自然而然地就淡了。

过年，过新年。

这在中国的传统文化中是非常重要的一件事情，因为这意味着过去的一年结束了，不论好坏，都将在这一天过去。人们穿上崭新的笔挺衣裳儿，以一种新的姿态去迎接新的一年，并希望有一个好的新开始。

可能有人会说，在饥饿的年代，任何意义都抵不过一碗热气腾腾的肉汤。

可即使人们不再饥饿以后，为什么那些过年的意义却依旧愈来愈被淡忘呢？

看现在有些人，只有在吃年夜饭的那一个夜晚，看着春晚倒计时响起来的时候，才会哗的一下想起来，哦，这是过年了啊，怎么之前一点过年的感觉都没有呢？

其实归根到底，不过是在今天，人情被普罗大众所看淡、疏忽了。

经济发不发展，日子好不好过，其实都不是年味儿消失的真正原因。

如今的人，不论身处何时，都是一副对着手机笑得春花灿烂，却对身边人一脸漠视的模样。

三百六十四日日日如此，当然过年那一天也无所幸免。

“浮生恰似冰底水，日夜东流人不知。”

这一年又一年的新年过去，浮生眼看着也走了半载，人生在世，一盏心灯长明照亮了身边的人，才能生生不息地走下去。

顺道而行

前几日和朋友小聚，自上次一别，已是惶惶三年流去。

茶水倾倒之间，浓雾滚滚而来。一片水汽在眼中渺渺氤氲，仿佛这三年一千多个日日夜夜的半梦半醒中，无数次与她重逢的画面逐渐清晰起来。

梦醒时分，二人都不能免俗的扼腕叹息一番，人生几十载，又能有多少个三年呢。上一次分别时的你我，还不过是脸庞圆圆的孩童模样，如今阔别三年再次相见，你眼角眉梢的凌厉，轮廓分明的脸骨线条，都是那柄细长的船桨在时间长河中划开的波痕。

久别重逢，一时之间无数情绪涌上心头。

相对无言良久，她突然就抬起头问我，“下一个三年，再次重逢，又是怎么一副画面呢？”

想起重逢前几日我恰好在读的《少年天子》，书中有一笑翁曾说：“上天生我，上天死我；一听于天，有何不可？”

在福临这短短二十四年的一生中，他也无数次对自己发问，对天神发问，什么是听命于天，改革是听命于天吗？安于现状是顺应天意吗？

《周易》中有云，“穷则变，变则通，通则久。”

在很多年以前，鲜卑一族侵入中原一统北方时，拓跋宏也曾像多年后的他一样，面临着融与不融，变与不变的问题中。

但正如今日的我们所知道的，最后改革成功的鲜卑族，却永远地消失在了历史轨迹之中。而改革后的北魏，存在的时间也颇短。所以当同为异族入关的元清一朝，在面临着相同问题的时候，总会出现一种“变则不通”的观点。

像具有周期性的函数一样，历史往往是有规律可循的，可不论你是君临天下的天子，还是学富五车的圣贤，当你身在你所处的时代时，往往总是勘不破这一局，寸步难行。

其实放眼千年以来，变与不变否，之于今日的我们不过一朝星瞬。而信命与否，更是一夕之间的一念，这沉浮长河之中，也许一切自有天意。

也许有人会认为，像明时张居正的一条鞭变法得以实行是事在人为，但转念一想，若不是明太祖朱元璋废宰相一职打破了分权的平衡，张又怎么会有摄政天下的权力呢？

任何变革说到底都不过是顺应时代潮流发展的前行，至于变革者，也不过是冥冥之中的自有天意罢了。

又想起《岛》中的一段话，“当我们谈到古代历史，我们常说命中注定——可是我们并不是指不可控制的事情。当然事情可能突如其来地改变了我们生活的轨迹，但真正决定什么会降临在我们身上的；是我们周遭那些人的行为，以及那些生活在我们之前的人的行为。”

这一局人生，这一段三年，在变与不变中的我们，也不过是浮浮沉沉一番罢了。

“饮茶之间，你问我的三年，已是如烟。”

桃李醉春风

周日下午的咸阳茶馆人声鼎沸，各式各样的唾沫星子混杂着瓜果碎屑在空气中飞舞。好不热闹。

一声儿惊堂木响，满座寂静，无敢喧哗者。众人的目光直指一处——椭圆形的舞台上铺着大红地毯，灰布长衫的老者蓄了两撇山羊胡，眼神儿散漫。

台下四面八方的听客眼巴巴地望着，只见那老者树皮一样儿的两手一合，沉沉的闷响划破戏楼舞台儿。他眼珠滴溜儿一转，两片薄如蝉翼的嘴唇便扇动起来。

开场没一会儿，一群人悄悄打后门进来了，五六个人簇拥着一男人上了二楼雅间。拿眼睛细细去瞧这男人：一顶儿柔软的瓜皮小帽贴在他脑袋上，半遮半掩，帽檐压的老低，看不真切他的面容。倒是气质玄妙，硬是令人有种说不清道不明的意味儿。

雅间宽敞，大红酸枝的明式桌椅一边儿坐了两人，那男人独自坐在主位上，高高翘着腿，吊儿郎当的模样。

“九爷，喝茶。”挨着男人左手边坐的男子两手端茶，毕恭毕敬的奉至男人鼻尖下。

被称作“九爷”的男人眼睛一挑，笑笑。他不知从哪儿摸出把壶，就着壶嘴小酌两口。眼神儿盯着楼下说书的先生。

“要说今朝王爷的风流韵事，那必定要提一提当今圣上最宠着的亲弟弟——九王爷，想当年这九王爷金戈铁马，立下战功赫赫，其本人又英姿飒爽器宇轩昂，那是俘获了沿途万千如花少女的心灵……”

“老九，我怎么不知道你英姿飒爽器宇轩昂俘获万千少女的芳心呢？”

九王爷高举茶杯，任由那清冽的白酒流入口中。他咂咂嘴，一副心满意足的模样。“这可说不准，也许是在人家的梦里呢？”

几个人嘻嘻哈哈一通乱笑，谈起当年那场战事。说书的先生讲到即兴处，唾沫星子直飞，两片嘴皮子上下翻滚，打他嘴里出来的故事愈发传奇。

九王爷添了杯酒，认真地听先生说他的故事。先生的确有两把刷子，愣是让九王爷这个当事人都听得聚精会神的。

“不过这九王爷倒是奇人一枚，我们常人用茶壶泡茶，可他不，人家非得拿茶壶喝酒。翘个二郎腿，一手握着壶，往嘴里倒白酒，这样儿还没完，他还非得倒出一圆弧形来，说是艺术。”

九王爷听得哈哈哈直笑，又是端起茶壶倒酒，清澈香烈的白酒在空中扬出一道弧线，尽数入了他的腹中。

且听说书人道：“这九王爷就好似这四月的春风，依倚无惆怅，人家端壶倒酒的一醉豪情，谁可有？”

万物有灵

今天晚上她做的咖喱饭格外香辣可口，令人食指大动，但大快朵颐之下的后果，便是肚子撑起了艳阳伞，胀得难受。

踱着步子在小区里头晃悠，点燃一支烟，眼神儿透过袅袅烟雾，飘飘然地落在了不远处，那片朦胧的树影被黑夜染上一层浅淡的墨色。

“吵、吵、吵——”那层墨色轻轻摇晃起来。

我走上前去瞧，本以为是鸟，却突然发现这树影里藏了两个人儿，一男一女，像在低声争论些什么。他们并没有发现我，但出于礼貌，我还是马上提起步子，准备转身离开。

那女孩儿清冽的声音十分特别，像一簇藤蔓勾住了我的脚腕，让我留下来。

“我并不是迷信，但生死，怎么是可以开玩笑的呢。刚刚在车上你对我说‘你要是去西藏呀，保准一下飞机就暴毙身亡不省人事’，那会儿我就告诉你，这种话不能乱说。然后方才你又不长记性，说我是鬼，你觉得我不该生气么？”

男孩子沉默了好一会儿才说，“我这不是平常开玩笑开惯了，我以为你不会在意的。而且我们这种习惯都是根深蒂固的，一时半会儿很难扭转过来。我知道你有信仰，但是我并不相信这些，我只相信自然。”

真有意思，我暗笑。原来是有无信仰的争论啊。深吸了一口烟，把注意力集中到那一双男女上去。

清冽的女生声线似乎收紧了。“万物有灵。”

女孩长叹了一声，欲言又止。

“我知道我知道，我指的是我没有遇到过这些灵，即使遇见了我也不会相信他们是存在的……”

我深深的皱起了眉头，摇摇头，忍不住也叹了口气。

鞋跟敲击地面的“哒、哒、哒”声响儿离我越来越近，我举起半指长的烟头，吸了最后一口，透过烟雾看清了方才那个有着清冽声线的女孩。

一身儿绣花鱼尾裙，典型的十七世纪法式少女打扮，高挑的眉眼格外动人。她看向我，梅子色的朱唇勾起来，下颌一收，算是打过招呼了。

我扔了烟头，手反欠着，碎碎步绕着小区一圈又一圈的走，直到肚子里的咖喱饭消化，直到我又开始想念吃进去的咖喱饭。

我心清凉

今日夏至，我心清凉。人生匆匆三十载，一朵雨荷的初颜，抵不过易老的时光。这些年，我如一株草木，无论悲欢，总宠辱不惊地活着。不美丽，不高贵，却简约，宁静。

人生如寄，缥缈若尘。再浓郁的世味，有一天亦会淡如白水。曾经千恩万宠过的人事，终会道别，与你执手相待的，唯有明月清风，白云溪水。

最耐人寻味的，依然是那些老去的古物。一卷书、一张琴、一轴画、一朵青花、一方古玉、一支银簪。久远的历史，漫长的光阴，你不曾与它们同过生死，有过誓言，但相逢亦只需刹那。

每个人心中，都藏着一段忧伤如水的情感，系着一段不可遗忘的缘分，只是时间久了，有些模糊不清。寂静之时，洗尽尘埃，抚去沧桑，又重遇了当年风景，旧时心情。漫漫风烟，于山河岁月间，就这么淡去，留下安静的旧物，深情如昨。

我们只有凭借一些旧物，去开启昨天的门扉，寻觅封存已久的故事。它们亦曾有过美好的年华，在属于自己的朝代里，历尽了芳菲。后来被时光辜负，荒了心情，输给新宠。可依旧那样一厢情愿地存在，始信有一天可以重回舞台，做最初的主角。

万物通了性灵，便生出情感。我终是有幸，与它们结缘，并相约于文字，诉说一段前世今生。它本无心，安然姿态，不避红尘，无意聚散。这般从容，惊艳了我，于是珍爱着每一个生命，愿为无声的诺言，守候至天荒。

世间所有安排，皆有前因。这本书，是我多年的心愿，如今亦算是了却心中情结。其实只是用简洁的文字，打理往昔深沉的年岁。千古繁华，不过是历史长廊转角处的一道薄风，而我却在水墨里，寻到了一段唐诗宋词的典雅生活。

如若可以，愿你枕书入梦，轻易躲过尘世纷繁，行遍塞北江南，和一个旧物、一帘风景相依。万物之情深，胜过了所有空盟虚誓，纵算风云换主，它亦不会离弃，而是共你白头。

这时间，小窗日落，疏柳淡月。你我洗却铅华，煮上一壶月光，几两荷风，说说老去的故事。任它流水四季，来往如梭。红尘一梦，饮尽千年。

戏中人

周日下午的戏院格外冷清，八排桌椅，空留我一人看戏。

随着戏台上的红布掀起，凌厉的鼓点声儿破开宁静。一个女人踩着老旧的步伐，步步逼近。她微微眯着眼睛，广袖单调而沉闷地在空中划开圆弧。

破烂的音响扯着嗓子升高调子，鼓点陡然急促，扬琴柳琴也合了进来。艳装着身的女人伴着音质低劣的乐曲，机械地转着圈儿，像只提线木偶。

一场戏看下来，只觉得这戏园子愈发枯燥无味了。回想十年前，这戏园子刚开张那会儿门庭若市的样，着实唏嘘不已。

十年前的城北繁华，而这名唤“御园”的戏院，更是繁华间的一朵明珠。

每每夜幕低垂之时，御园就点起盏盏亮灯，掀起红幕布恭迎来客。八点整的时候，会有个老头儿站在戏院门口敲钟。这会儿，戏就要上演了。

十八排红木方桌阔气，放眼望去，每张桌旁都密密麻麻的围满了人。大家屏气凝神，眼睛紧盯着戏台瞧，一颗心悬得老高。

灯光先是映在一个穿着藏青色长布衫的中年男子身上，他低垂着头，抱着把二胡，手一拉一放之间，如痴如醉。

刹那间，他抬起了头，手腕随之一转。尖利的一声儿褪去，无数琴乐鼓声响起。灯光在舞台四周打了个圈儿，又一暗，最终落在迈着莲步进场的艳装女郎身上。

一抹耀眼的猩红盛满了众人的眼。那女郎高耸着凤冠，眼角眉梢嫣红，檀口朱唇愈发妖艳。台下的众人伸长着脖颈瞧她，瞧她的水袖婀娜，望她的腰肢纤纤。

那片艳红，惹了无数人的眼。

红霞若骇浪滔滔，席卷了半壁苍穹。

方才戏台上的女人，褪去一身儿戏服，换上了素净的白衣粉裙。她半跪在蒲团上，痴痴地望着一幅照片。

我走近了她几尺，眼神儿落在那张照片上——艳帜高张的女郎靠着戏台，点燃了一根烟。那女郎身姿妖娆，玉指纤纤且丹蔻猩红，一双上挑的狐狸眸闪烁着迷人的亮光，直直地向你望来。

女人转过身来，向我笑了笑，笑容哀伤而无力。“这一晃儿，就快二十年了。现在去想我刚到御园的那一年，自己才十七岁。如今看当年的自己，只觉得真好看。好看得让我想永远留在当时的戏台上，红装加身，艳妆浓抹。”

“这戏院冷清成这个模样，指不定哪天就歇业了。到那时候，你要去哪儿呢？”我问她。

她笑了笑，眼角的细纹提起来。“御园就是我的根儿，我所有的梦与辉煌都在这儿，我还能去哪儿呢。”她眯着眼眸，眼神落在戏台上，表情迷醉。“我如今常常会回忆起过去的事儿，那些记忆鲜活而明媚，似乎就是昨日的事儿。我昨日还在那台上翩跹起舞，嗓音清亮婉转的高歌。我一低头，就是黑压压的一片人儿，他们痴痴地望着我，眼神迷离而醉人。”

我长长地叹了口气，摇着头离开了戏院。

这两年看戏的人愈来愈少，御园也小了不少，当年的乐师更是走得一干二净。

偌大个戏院，就剩下她和那个敲钟的老伯。

听老伯说，她近来总爱对着当年的照片痴笑，神情恍惚而迷醉。我记起上次见她时她的模样，她还穿着当年那件戏服，头上也高耸着凤冠。只是多年过去，猩红的戏服褪成点点斑驳朱红，凤冠也免不了色泽黯淡。她站在舞台中央，挥舞着水袖。暮色漫天，映在她的脸上，衬得她脸颊通红，像是喝醉了酒沉浸在美梦里的酒客。

一梦醒来，已是匆匆二十年，昔日辉煌戏中人，仍梦里为他日戏中人。

现代人的孤独真相

内心惶惶不安，又向往这个世界。

周遭的喧闹太多，放眼望去，整个世界好似都在狂欢。夜幕低垂时的灯红酒绿迷茫了孤独过客的一双眼眸，渴望伸手触碰，每一天都在妄想融入这片喧闹，但最终还是在半空中收回了手。

这是文学表达中的孤独。是一个人蜷缩在自我世界中上演个人彻底的喧闹，是万众狂欢时安静的窥探，是他人依偎同行时我一人在冰天雪地间独自行走。

之于现代人来说，孤独更像是一种常态。高强度的生活压力，高速运转的社会风暴每一天都在城市上空盘旋，行走在水泥森林里的每一个人，都是孤独本身。

我们总在强调“孤独”，在社交软件上，在各式各样的文化标签上，在与人交谈的话语中，“孤独”总是反复出现。有人说“孤独”是一种病，而在这个病态的社会中，大家都有病。

但现代人的孤独真相到底是什么？

村上春树曾经说过，“当你靠近世界时，世界也在走向你”。

每个人的心房都是一座花园，这座花园是你的理想国，是你的伊甸园，是你一个人的悲欢离合繁盛四季，更是储藏你灵魂鸣响的宝箱。

但“花园”之所以被称为“花园”，就是因为它除了“观赏价值”以外，还能起到分享美的作用。这一朵郁金香开的浓郁，我摘下来送给你；一来一往之间，我们就建立了联系，这种联系可以是互相到对方的花园去做客，更可以是我为你的花园增添一抹春色，让你的花园从此留下我的印记。

而孤独，则是我为我的花园竖起冗长而坚固的围墙，我把自己禁锢在这里；这一隅天地很美，我用照相机记录下来，分享到最为广阔的互联网平台上，很多认识的不认识的人为我点赞，他们评论——“啊，这真是世界上最美的花园了。”

但没有一个人会真正进入我的花园，因为这堵高墙阴郁，且前行的道路荆棘丛生，叫人无法想象倒刺密布的围墙之后，实则是他们眼中那么美丽的花园。

我缩在花园一角，依偎在粉色蔷薇的怀抱中。想象着他人的孤独，同时也在回想着自己的孤独。我们都曾企图拥抱世界，我们每一天都在走出家门，都在与人交谈，每一秒都在与这个世界构建联系。

这明明是最好的时代。信息在大洋洲上来回打转只需要一秒，越过大西洋去拥抱你只需要半天；当距离不再成为羁绊，又是什么在禁锢你我的内心？是内心不知名的孤独阻碍了你我交流的步伐吗？

这也许是最坏的时代。膨胀的物欲像细碎的金箔，宛如崭新的大气层笼罩着地球，每个人都被束缚其中。但这是孤独的真相吗？是欲望导致了人与人之间的距离被拉大，使孤独成为一种常态？

孤独是全人类共同的话题，更是被无数哲学家津津乐道了上千年的永恒问题。它不应该被任何因素与时间所限定，因为它不是任何社会病的源头，更不是能为某种负能量社会现象开脱的借口。它仅仅是一种个人的状态，是一种应对情绪的表现。

我为花园竖起围墙，却又渴望走近世界。这是亘古不变的命题，而非“现代社会”的某种通病。我们承认孤独，更明白现代社会的浮华会加速孤独这种状态的产生，但这不是一种社会病，更不是拒绝交流的理由。

孤独与喧嚣都只是一念之间的情绪，如果这一念的情绪被无限扩大，就会被反噬。你构建了一个理想国，实则是一个乌托邦。这就是孤独的真相，但如何回归现实，使孤独行走的自己成为“反乌托邦”与构建“理想国”的独行侠，这才是我们应该终其一生探寻的终极问题。

所以，时刻谨记。

在前行路上的每一天，你抑制沉沦的每一瞬间。你都做了最正确的事，因为你的心，是世界上最喧闹的花园。

香气

我坐在电影院里头，独自一个人占了两座抱着大桶的爆米花，两手边都搁着杯冰镇可乐。大屏幕上放的是老电影——《泰坦尼克号》。舒缓的伴奏调子像划动竖琴的尾音一样引人入睡。半梦半醒之间，我恍惚感觉一阵熟悉的气味似乎离我越来越近，我咳嗽了两声，蹙着眉头直起身子。一个男人拉着一个女人微微弯腰走了过来。

我不知道为什么突然之间就感觉胸口有几分短闷，气儿怎么都捋不顺。出于本能一般的，我匆忙站起了身往外走去。

擦肩而过的那一瞬间，我鬼使神差地停下了脚步。

“是你？”他转过身来。

我抿了抿唇，不动声色的侧了侧身子后退了一步。

他身上卡文克莱的男士香水味儿过于浓烈，像极了黑夜中觅食的野豹闪烁着翠玉般的长眸向你奔跑着席卷阵阵狂风而来。我眯了眯眸子，眉梢压了两压，鸦睫低垂。

“这么久了，你还是这么喜欢熏香。”他似乎笑了笑。

我下意识地执起一缕发丝去浅嗅，还是和从前一样，我依旧什么都闻不到。

“……”沉默良久，两人相对无言。

“……不介绍一下吗？”我双手插在风衣的衣兜里，微微扬起脖颈，目光似乎在不经意间投在了他身边默不作声的女伴身上。

“李月，我女朋友。”

我看着他又伸出手去牵他的女朋友，笑了笑，又退了两步。我在黑暗中端详着他的面孔，看着他的眼睛对他说，“我困了，先走了。你们慢慢玩。”

离开的时候我挺直了腰板，居高临下地踮着步子路过了他们两个。

空气里鱼龙混杂的气味着实让我不大好受，我步履匆匆地赶忙出了影院，鼻尖似乎还残留着些许方才那个女人身上香奈儿五号的气味。

我皱了皱眉，依稀记得当年我和他刚在一起那会，他送我的第一份礼物便是香奈儿五号。只是我一向不喜欢过于浓厚芬芳的气味，对此类香水一向是敬谢不敏，收到他的礼物之后也只是随手摆在家中罢了。

从前我极其喜欢他身上卡文克莱的香气。因为清新淡雅，靠近了只觉得惠风和畅，沁人心脾。只是愈闻却愈发发觉并不如初那番淡雅可人，并不适合我。

想来第一次注意到他，也是在这番场景。那天电影院里头放的是罗马假日，他也是迟到了，一身范思哲的灰色高领毛呢大衣，风度翩翩地在我边上落座，卡文克莱的香气在我身边围绕。

只不过初见，我喜欢这味道喜欢得打紧罢了。

消逝

目光不知不觉扫到了窗外，窗外烟雾缭绕，雨丝斜洒。

踏于阡陌，雨依旧，美景晃动于眼帘，停歇脚步，望雨落于接触地面那一瞬间诧然消逝，毫无踪影。不禁感叹原雨滴如此美丽而又晶莹，眨眼间却消逝于何处浑然不知。取而代之的是一颗颗剔透因光芒折射而拥有七彩光芒的水泡……今日望此美景，感叹万分，思绪万千。水泡虽取雨丝代之，却并未拥有长寿，一如既往的短暂，在雨的化为尘烟以后，自步其后尘……

雨丝消逝，水泡破裂，它们存在于世间的时间如此短暂，在许多人未曾注意到这美丽前就消逝与茫茫之中……无处可寻，化为一片乌有。两者生命如此短暂，相比于较，人类的生命不止长久多少，可我们又有多少日子是真正在意的，认真对待身边的每一个人？我们拥有多少时间可供我们挥霍？

白落梅曾言，人的一生不断在相遇与离别，每一天与你擦肩的路人都是第一次相逢，也是相别。也许有一天会再度重逢，但是没有谁可以认出谁的背影。

没错，我们根本无从知晓我们何时才能再次相遇相见……每一次邂逅都是我们的缘分，我们无法预知往后之事，可那我们为何又不珍惜眼前时光？也许以后我们会邂逅新的路人，他们或许会代替从前的人成为你的新友，可那些曾经的好友，那些曾经的过往，他们会一直存在于你的记忆深处，如老旧的黑白照片般令人感悟许多，他们总是令人怀念的……我曾说过，一个人相遇一个人，是缘，是注定的……

水泡虽取雨丝而代之，却也步雨丝后尘，这是它的代价，上天总是公平的……你拥有了什么，总会失去什么。水泡虽美，却如昙花一现，极为短暂，却又光彩夺目，可与昙花不同，它与昙花相较绝为平凡，昙花一现乃人间美景，大为叹赞……而水泡短暂却也不少见，这就是两者之间的差别，可这又是为何？同转瞬即逝，可为何差距如此大？这到底因起点不同，如今有的人一出生就拥有常人无法想象甚至是仰望的高度，凡人需要付出比他多几十倍的努力才能得到他的起点高度，或许很多人说上天不公平，但不需如此想，因为那不是属于他的成就，这是他人的努力结果，这并非是他靠努力而奋斗获取的成果，上天是公平的，你起点或许不如他高，可因为你的努力，你以后会拥有更多阅历与经历，而你靠努力得来的高度，这是属于你的财富，当你站在足够令人仰望的高度时，也会有许多人同样在仰望你。但这些都要靠你自己的努力，因为若你不好好珍惜它或许也会转瞬即逝让你的努力付之东流，到时怨天也无用……

烟雨蒙蒙，雾连锁梦。消逝无处不在，它游走于你的四周，无论你生活的不幸或是幸福，都请如白落梅所说，都要从容地走下去，不辜负一世韶光。

寻找

冬日的早晨有几分肃杀，寒风陡峭，刮在人脸上，刀割一般生疼的触感。

相比之下，温暖的被窝着实令人眷恋，我躲在被子里，眯着眼睛听闹钟自动播报昨日的时事热点。

“二〇二八年二月二十日，世界上最后一家传统纸媒宣布破产。”

回想多年前，每个周末我都喜欢在午后阳光正好的时候走进图书馆。

那会儿的木头座椅正暖和，在一排又一排的书架间穿梭，感受指尖在高低不平的书本上跳动的节奏感。和煦的微光照在人脸上，愣是把人专注于找书的面孔映得熠熠生辉。

靠在窗棂边上儿，手里可以随意捧着一本哪个朝代的话本，看的乏了就松松打一哈欠，再去书架里拎一本新的来解乏。

一眨眼地功夫，这儿已经面目全非，全然不同往日了。

二十一世纪互联网蓬勃发展的今天，掌上信息的更新速度已经超越了人类所能了解极限的数百倍，这让我们的目光越来越少停留在那些需要坐下来静下心翻阅的纸质书上。

站在这座全市最大的综合性现代化图书馆中，我向前台的志愿者询问，这里是否还存有那家报社的往期报纸？

志愿者回答我，应国家环保部要求，所有纸质书籍报刊都已经录入电脑并被回收二次利用。

今日的图书馆里没有书，一排又一排的黑色机器冷冰冰地看着我，不带任何温度。

输入今早的新闻，搜索引擎迅速提取关键词，将有关此家破产报社的所有资料分为各类，向我展示。

一边滑动屏幕，一边想起自己很多年以前，也是坐在这里查资料，只是那时的我，是穿梭在书架中，将我所能见到的所有相关书籍全部一摞一摞的抱到桌上，一本又一本地翻阅查找。

这个过程往往能让我发现许多意想不到的惊喜，常常是查着这个，又发现了那个。

那时候每次来图书馆，就好像探险寻宝一样，没有既定的路线，只能凭着直觉一步一步去走脚下的路。

而今天，在这里，不论你是想知道这家纸媒的创办日期，还是想知道这家报社的任何一个任职员工，你都只需要在那个搜索框中输入你想要知道的东西。

据那位志愿者介绍，在未来一年后，我们不论身在何处，都可以共享全球范围内的书籍报刊。

那时的图书馆，也将不复存在。因为地球上任何一个角落的任何信息都将被上传，并被在这世界上任何一个角落的人民所共享。

我轻叹了口气，想起了泰戈尔的一句诗："当我和拥挤的人群一同在路上走过时，我看见您从阳台上送过来的微笑，我歌唱着，忘却了所有的喧哗。"

从今以后只有无数拥挤的人群选择既定的微笑，而再也不是自然的馈赠。

一身诗意寻月夜

远山青黛揽明月，独临小径，看柳梢枝头挂彩云。

夏末秋初的傍晚，绛紫霞红的云霄隐约可见一轮新月。就着这柔和月色倚湖坐下，手持蒲扇轻轻扇动着眼下的火气儿，烧热了一方野火堆上架着的红泥小火炉，舀壶清泉入壶，听着炉子上头白石水壶壶盖“秃噜秃噜”的作响，等一佳人赴约。

苍穹渐染墨色，石塔的轮廓逐渐模糊在湖面一般温柔的月夜中。

携琴上石塔，眺望远方。

深潭水波凛凛，浮光跃金。三潭印月，湖光山色延至天际。

南风习习轻轻吹，吹灭了岸边的野火堆。松松打了个哈欠，手抚素琴，水流一样儿的音调由指尖滑落，滚落一地。

音起音落之间，一袭倩影袅娜而来。我加快了手上的节奏，轻快明媚的调子像线球一般向她驶去。

只见那女子端着脚下的莲步，衣袂蹁跹，小脸儿在月光底下愈发素雅清隽。

她没有登塔，而是在那泥炉子边上儿停下了。

我呆呆地望着塔底下的女子，眼里头盛着她抚着朱泥壶，红袖添茶的模样。手腕一转，眼神儿也跟着她跑了，音调零落，全凭十指随意在琴上扫动。

一来二去，索性收了琴，追着她的人影儿下了塔。

走近她，在她跟头坐下。

靠在木几上看她冲茶，手肘边的青铜貔貅吞云吐雾，掩去半方茶具。

眯着眼眸，听着水声入壶的响儿。便知道此时她定是一双白净纤手，提着那白石水壶倾倒温水，入那朱泥茶壶里头了。

“喝茶。”

我接过她茶盘里的朱色泥杯，色泽油润的红茶漫出袅袅茶香。小酌两口，合着和风夏日，月夜美景，美人软语，只觉得别有一番趣味儿。

痴痴地望着她，喃喃，“身无彩凤双飞翼，心有灵犀一点通。”

她低头浅笑，收走我饮过的茶杯，又为我再添上一杯新茶。

两人临风饮茶，焚香谈情。

“映月姑娘，三潭公子托在下为您捎上一件东西。”

清隽无俦的人儿敛起衣袖，素手捧过男子递来的红木木盒。

“有劳公子。”

映月盯着木盒里头的那一把壶，巧笑倩兮。圆润的壶身与那惟妙惟肖的塔顶儿，与那晚深潭边儿的石塔如出一辙。

我不动声色地卷起珠帘，轻轻牵起她的手。

“此壶出自章海元大师之手，名唤，‘三潭印月’。”

一叶一孤舟

晚风飒飒，绿潭边儿的梧桐茂蕤青翠，在夜色中绿若油墨。

远方的古庙鼓起沉旧的铜钟，巨大的鸣响像大提琴演奏时拖长的尾音。游人撑着一叶芭蕉，蹑着丝履，在雨夜里疾行。

长路漫漫，那游人身着正装，逶迤的裙摆曳了一地雨水。清脆的蛩声不紧不慢地在山间回响，直至跨过那庙宇的朱红门槛儿。

“您来了。”

她颔首，轻轻落了芭蕉。端直了身，踩着莲步入了主殿。

雨中绿叶树，灯下白头人。

坑洼不平的木桌上立着盏油灯，浅淡的朱红色焰火在暗黄的玻璃罩里摇曳，像风中的一缕孤魂。可正是那火照亮了桌前的两个人，一白头，一黑发；一苍老，一娉婷。那娉婷袅娜的女孩儿，正是方才持着芭蕉的游客，她垂着乌睫，眉梢压得老低。

“喝茶。”清静把着把手拉壶倒茶，白毫银针的茶香直直入了鼻腔。

“您找我？”女孩两手端茶，拘谨地小酌了一口。

清静伸手拿起女孩的茶杯，骨瓷雪白，更衬得那清透色润的茶水美妙。他轻叹了口气，一把将茶尽数洒在了地上。

“匆忙三岁已过，故人已斯。”清静觑着她。

女孩抿着唇，眼神嗔痴。“他日我差人送信与他，信里写道，‘君住长江头，我住长江尾，日日思君不见君，共饮长江水。’彼时我与他分隔两地，却各自有所念，有所思。可此时我与他人世隔绝，心再无所念无所思，万千情丝早已成执念贪念怨念。”

“既求不得，又放不下。”清静摇头，“世间痴儿怨男女多是如此。”他又是长叹一声。

小雨已歇，她迟疑地捡起那一叶芭蕉搭在臂弯上儿，缓慢怅怅然归去。

“施主留步。”方才殿门前的学童追着她疾步而来。

女孩儿双手合十，颔首望着那小儿。

学童递了一竹篓与她，“这是清静道长吩咐我交与您的。”语毕便匆匆转身离去。

女孩儿探出手去那竹篓里头摸索，滑腻的触感在指尖绽开来。她就着一地落叶坐下，小心翼翼地揭开竹篓上头包着的半叶牛皮纸。

她瞪大了眼睛，那篓里分明是方才道长冲茶的那把壶。她捧着那壶端详，却突然发现篓里有张纸条。

“思君令人老，岁月忽已晚。”

又是一季，白雪飞絮，万树梨花开。

女孩披着狐裘，攒一暖炉，驶一扁舟，破冰而来。

“四年将近，回望过去，除了满腹悲催，皆是一片空白。”她端着壶倒茶，温润细腻的红茶如涓涓细流涌入杯中。

“多年前我曾看过一幅画，名唤《寒江独钓图》，长卷空白，唯有一舟一翁垂钓。明不见水，却觉处处是水，这便是留白，而你过去的那四年，便是你漫长岁月中的留白。”

女孩听得恍惚不已，一路跌撞下了山。

冬日里的山，万籁俱静。由天空往下望，万里雪白中唯有一点黑。

她蹙着眉，又瞧见了那灰袍的小学童，他素手捧着壶在不远处看着疯癫模样的她，“道长说，‘这壶与她颇有渊源，名唤岁月留白。’”

暮鼓晨钟，月与灯依旧，不见去年人，泪满春衫袖。

遗失的美好

人总是贪心的，只有在遗失后，才懂得所遗失的美好。

想来许多人或许艳羡于桃花源，因为其的安逸雅致，好如仙境；也有许些人渴效仿陶渊明那番“采菊东篱下，悠然见南山”的闲情雅致，但细细想来，世人可又真正愿安于世事？随风逐波，不论是否大起大落，遭遇身败名裂等，依旧安于世事，屹立于那悠然南山之中，望那青山绿水，闻那淡淡菊香？试问世人可否想飞黄腾达，功成名就？答案想必不必言便得知，大许人定是想的。

既然如此，那桃花源与那闲情雅致，可否依旧？

有人言，我二者皆能具备。如此自是好，可两者若定需选其一，你又选哪一者？

答案不言便知。事实，成功者定是少数，想成功者定是多数。可即便如此，依旧有无数人前仆后继去争夺那功名，财富。自古至今，依然如旧。想当初，十年寒窗苦读，只为金榜题名之时，若名落孙山，却依旧奋读，只为那朝中官位罢。如今何人不是如此？为那屈指可数的职位争得头破血流，就拿如今公务员考试来说，90：1的平均比例，甚至有的职位达到了5060：5的比例，着实令人感到不解。而就算你考上了公务员，也绝非代表你便是成功者，这仅仅代表了你跨入了一个较高的门槛，成功的道路还很远。

在追逐成功的过程中，有许多人丧失了自己的本质，他们并不懂得自己追逐成功的目的，他们不过是一味地追求着自认为是成功的那个目标，可当你完成了那个目标，你达到了自认为是你追求的那个高度时，你是否真正得到了自己想要的？

撑一支竹篙，踏步于小舟之上，望往来山水青翠，瞻飞鸟瀑布，煮一壶沸茶，细细品味其间滋味，阅一本古词，忆曾经往事。如此生活，你可曾渴望？

而如今，你是否将如此幻想埋于记忆深处？你是否被金钱蒙蔽双眼？你是否一心只追求功名？你是否还保留着当初的童真？你是否还懂得生活真正的意义？你是否明白你如今所做是为何？你是否还拥有着，当初那最美好的幻想？你是否，遗失了最美好的东西？

人的一生，可以比喻成一场风华绝代的戏，可以将它比喻为一条长路，也可以比喻成一张白纸……但若是让我来比喻，我认为，人生不过是一次意义上的攀登，呈现在我们面前的，是那也许永无尽头的楼梯，一节一节，烦躁无味。你是否会厌倦，你是否会停留于楼梯外的美景而止步不前？但你是否明了，当你爬至那万丈高楼之高时，你所看到的，将是你无法想象的雄伟壮阔。

但你又是否相信你有能力能爬上这万丈高楼之高？你在攀爬着楼梯之时，你又是否会遗失你挚爱之物？错观往事，你遗失了哪些？

永不休眠的白昼

1879的12月31日，爱迪生在新泽西州Menlo公园第一次向公众展示照明的白炽灯。

从那日起，人类世界灯火长明，生生不息。

在白炽灯未面世前，我们曾经有过无数个漆黑的夜晚。那时的夜色很冷，群居的人们大多成对成群的藏身于洞中，每逢月上枝头，就高高举起火把，让那灼热的光温暖一室清冷。

这火，像是他们的希望。

既为他们照明了回家的路，也让他们的食物愈发芬芳，除此之外，更是驱敌的一把利器。

昼日更迭，一只又一只的火把燃起，又熄灭；夜色黯淡时，人们的桌前多了一盏又一盏的煤油灯，那摇曳着火烛儿的煤油灯，以它微弱的光芒长久的照亮着这个世界。

如果那时的你正好站在某座高山的山顶，当你向下看去时，那鳞次栉比的房屋透出些许光亮来，竟是像那初生小兽微弱的呼吸一般，安静而平和，人畜无害。

一阵新世纪的飒风儿吹灭了十九世纪的最后一盏煤油灯，人们激动不已的迎来了人类史上最伟大的发明之一——电灯。

随之接踵而来的各色霓虹灯粉墨登场，城市的街道被一连串的霓虹灯装点一新，夜幕降临之时，依旧亮如白昼。

黑夜似乎越来越遥远，永恒的光亮普照大地，华灯初上之时，站在摩天大楼顶层俯瞰芸芸众生的人望着眼下一片光怪陆离的景色，不由得惊叹。

“宫楼宏敞，遥临万顷光波。”

东方地平线泛出些许光亮来，暗淡的光像极了三十八年前爱迪生手中那个灯泡发出的光芒。无数人开始觉醒，又有无数人准备入睡。

唯有万千灯火熄灭时，才结束这一个不眠夜。

由一座围城进入另一座围城

大雨磅礴的夜晚，混合着冷雨的疾风杀进伞下，打湿路人的衣裳。狭着雨衣赶路的行人迷蒙着双眼，在风雨中裹紧了雨衣前行。

由这一段雨，一行人，倒是能以小见大，窥得这世界的一隅剪影。

冷雨夜中的车水马龙像一条发光的响尾蛇，盘踞在冰冷的大地上，霓虹灯一闪一灭，像极了巨蛇起伏的呼吸。坐在车里的人由车窗向外望去，步履不停的行人接连不断地超过停滞不前的车辆，瞧着那匆匆的大迈步，堵了半天车的车主倒有几分艳羡。心下只觉得这挡风的铁皮，反而是个累赘，还不如一双腿来得便捷。

视线转向街角的另一端，雨中匆忙赶路的行人，无不例外的，步伐紧密，表情冷漠，眼角眉梢的倦意深重。夜深露重，寒风凛冽，刮在人脸上，钻心刺骨的寒意直叫人咂舌。偶尔瞧见几个牵着小孩的赶路人，倒总是能从孩子仰着头张望来往车辆的脸庞上，看出几分与车主相似的艳羡来。

是“子非吾安知吾之忧”，更是“外面的人像进来，里面的人想出去”式的围城心理。

但这种“围城”式的心理在现实生活中，往往会被否定，最后无疾而终。像方才坐在车里羡慕行人的车主，那种“艳羡”只不过是片刻的一念之想，当车流滚滚而去时，自然殆尽；围城内外的人也是如此，即使有某刻晃神的当儿，想要出去看看抑或是想要进去瞧瞧，终究还是敌不过那堵既定的高墙，要在既定的范围里跳舞。

站在这座城市的正中央看这座城池，耀眼的电子屏幕遍地开花，金钱、物欲堆砌的美好宏图在屏幕中反复上映。但没有几个人会为它驻足停留；因为乌托邦式的宏图终究只是停留在纸面的幻想；追求美好事物是人的本能，但不切实际的理想国，在冰冷的成人世界中从来不会被提上日程。

反观近几年大获成功的品牌VLOG，无一不例外的，是贴近生活却又高于生活的某个片段。不一定是复古优雅的法式浪漫，也可以是街角小吃摊的一隅温暖白烟。两者相较之下，其实后者更为亲民，具有代入感。而这种代入感，恰恰是吸引眼球的第一步。

十八世纪的宫廷，富丽堂皇，美得叫人心醉神迷，魂牵梦绕，但那毕竟是黄粱一梦式的美好幻想。现实里无人能日日做白日梦，而真正住在城堡里的公主又寥寥无几。转念一想，倒是小吃摊随处可见，那一缕白烟也亲切的很，一会儿下楼正好能碰上。

不过这白烟也定是特别的，它可以是爱人之间传递温暖的一碗面，热气腾腾的氤氲水雾柔和了你我的脸庞，连熬夜加班的倦容都变得格外潋滟。

不断施压的生活环境，彷徨不已的精神世界；压抑与郁郁像挥之不去的云彩，始终压在天边，落在心上。也许有无数个冷雨夜，坐在加班桌前，双眼酸痛的睁不开的那一瞬间，窗外的万家灯火阑珊，是如此令人心碎。忽觉泪上心头，顿时无比艳羡窗外正在赶往回家路上的行人。

好不容易下了班，怀揣着满腹的委屈，一个人行走在大街上。忽然看到巨大的电子屏幕上出现的那一缕白烟，温暖又触手可及。

当那一碗滚烫的面汤真正捧在手心里的时候，突然又觉得这一刻的满足无人能及，因为那是在经历过无数种心酸、愁绪的夜晚后，得到的只属于这一刻的自我的温暖。即使此时此刻，依旧深陷围城之中不得而出，却也满足徘徊于围城中的此刻温暖。

“人是生而自由的，但却无往不在枷锁之中。”人生这段旅程本身就是由一个围城行至另一个围城，眼下的这座城池竖起的高墙也许会局限一时的你，但灵魂的高度却能带你飞跃任何一道封锁。

不论是此时冷雨夜中匆匆赶路的路人，还是暂时停滞不前的车主；即使初始时选择的行驶方式不同，但终究目的都是相同的——去往他们想要去的地方。也许漫漫长路间，有几个片刻艳羡他人的行路方式，就好像围城里的人想出去。但终究还是要沿着自己既定的道路继续行驶下去，不论是刮在脸上刺骨的风，还是望不见尽头的车龙。

“既然我已经踏上这条路，那么任何东西都不能阻挡我沿着这条路走下去。”因为那是你我所选择的围城，更是你所要去的围城。

致朱允炆的一封信

朱允炆:

展信安。

事隔六百多个春秋，以今日后人观前人之事，仍为前人之哀而哀，痛过往之痛。

你说百年前太和殿的那场大火，又如何不像是一场荒诞不经的旧梦，祸福旦夕皆在一日之间更迭。梦醒时分，滔天的火焰吞噬着长安城的一隅。那些跃动的红色火焰像极了你的叔父——燕王朱棣内心的欲望。

在后人记载的史记之中，你的去向被称之为千古四大谜题之一。民间盛传：明成祖朱棣造反篡位，铺八百兵骑，火烧太和殿，焚焦数宫却不见朱允炆尸首。明成祖上位后，因心中有鬼，即派胡瀛、郑和，兵分陆水两路找寻朱允炆的下落，惶惶几十年过，杳无音讯。或许是仓皇出逃千百里，跨越秦山大川，在某个偏僻的车马无所及的地方偏安图存。

想当年楚汉之争，项羽纳张良之策，大摆鸿门宴宴请刘邦，“酒是好酒，宴无好宴”,意取刘邦项上人头的一场盛筵，却因项羽的“妇人之仁”一推再推，直至四面鼎沸的楚歌响起之时，方知后悔。当日项羽乌江刎别，虞姬早他一步挥剑身亡，他看着缓缓流动的河水，苦言“无颜见江东父老”，投江而死。

那些过往的隐忍，之于至亲最后的一线信任，都在这场无情的战役中分崩离析。

你惊觉自幼听之阅之习之的天下之仁、帝王之德，其实不过是无用的糠糟。你本以为仁德是柔韧的，是能如水一般包裹着保护着你的天下的，不想它却反其道而行，到头来成为击败你的最后一柄尚方宝剑。

偶有迷梦，我总能见到一位青灯古佛旁的他日帝君。那是削去凡世乌发的你，空留一厢寡欲屯守在山林古寺中。数年前京城太和殿的一场大火恍若幻梦，君临天下与落荒而逃不过一念之间。沉浮数载，如今陪伴在你身边的，唯有殿前的两根长烛与沉重的哀思。

朱元璋生前喟叹：棣承朕姿。正因如此，朱棣注定不会被立为太子。你的祖父深知自己血液中流淌着的“暴戾”，这几近反噬他，深思熟虑之下，他选择了“仁厚忠实，性情贤良”的你为皇太孙。

但在我看来，你被选择的理由恰恰是你离去的理由。我始终觉得我所了解的朱允炆不像是一个帝王，青灯古寺的生活更适合深深宫墙中的你。幼时读当年明月闲谈明史，提及你时，总有那么一声长长的哀叹：“他是一个好人，也是一个好的君王。”

你是阳春白雪、清隽无俦，纯洁的透明的玻璃一样的，你心中的那一方净土势必应该依偎在袅袅升起的沉香烟雾中，每日环绕你的应该是厚重的古钟声。帝王权术像一潭乌色的深渊，那阙朱色宫墙终究留不住你。

或是宿命，也许这才是最好的结局。

洪门雨露

戊戌年冬月十八日于北京

小 说

爱上一艘船

蛮奇问我，爱上一个人却不能告诉他，是什么感觉？

我想了想，说，“在机场等一艘船。”

回答这个问题的时候，他就坐在我的后方处打游戏。我回过头去看他，他的眉眼是如此清晰。

可我却连伸手去拍拍他的头都要鼓足勇气。

“喂，起床了。”我把河山的被子一把掀开。

河山翻了个身，把腿架在枕头上，含糊地说：“再睡一会儿，一分钟。”

我看着眼前的河山，他蝶翅模样的睫毛在眼底那一双卧蚕下头投下片片影子，头顶上凌乱的额发东倒西歪的。我抿了抿唇，无奈地说：“好吧，那就再睡一分钟。”

说完我就后悔地想抽自己两巴掌。

一分钟后，我叉着腰把河山拽起来，他迷迷糊糊睁开眼睛看着我，手里抱着被子。我无奈地拉着他下了床，把他往卫生间一推，转身出去收拾餐桌。

摆好了碗筷，河山的人影却没见着。我手一拍脑门，抹了把汗。直奔河山卧室。

果然，河山又躺了回去。

我气得不行，直接一脚把河山踹了下去。“噔”一声，河山完美落地。他摇晃着直起身子，扶着腰瞪我，直接对我喊了一句：“老巫婆，你又踹我！”

“滚犊子，都九点半了。我还得上班呐，真是上辈子造了孽，成天累的要死要活还得回家照顾你这个祖宗。”

“上什么班？你又开始实习了？”河山进了卫生间，手里拿着牙刷含糊不清地问我。

“嗯。”我出了房门随手抄起一个面包狼吞一口便冲出了家门。临走前我对着河山喊了一句，“晚上我加班，你自个解决啊。”

晚霞隐去，清风徐来。钓鱼灯的灯光笼罩着以我为圆心的半径一米处区域，偌大的办公室里就剩我一个人，就像为剧院里舞台上独舞人准备的灯光。落寞而孤独。

我并不需要加班，我只是不想回去面对河山。

大学四年，我和河山嘻嘻哈哈打打闹闹一路相携走了过来。情同手足，好的穿一条裤子。他似乎也十分重视我这个朋友。

但我是个女孩，我不大明白，河山是怎么做到完全无视我这一头长发和明显的女性特征的。

我和河山的认识纯属偶然。新生报到之前我先关注了学校的贴吧，和几个学长学姐聊得火热，约定了开学那天在南门见面。

河山并不是其中之一，但我以为他是。

回想起来只觉得好笑。

那天我拉着两个三十寸的箱子杵在南门那棵法国梧桐下头，大热天的套着件迷彩外套，头发被汗水打湿了黏糊在一块。箱子都比我的脸干净，要多狼狈有多狼狈。我踮着脚瞅着来人，正好对上河山的视线。我先是一愣，又迅速拖着两个箱子冲到河山前头，自以为笑得天真烂漫灿烂如花，实际上傻不拉唧的一脸呆样。

我张嘴就叫学长，河山听见我叫他学长笑得一脸和善，问我啥事。我狗腿地笑着让他帮我拉箱子。他二话没说拉起箱子就问我往哪走。

我一路和他聊得热火朝天一见如故，就差捶胸大喊相见恨晚了。

到了宿舍，掏出手机一看。学姐的三十来个电话让我二丈摸不着头脑，回拨过去，学姐劈头盖脸的问我在哪呢说她等我二十分钟了。我脑子一时没转过来，迟疑地望向河山，问他：“你……是谁？”

河山对着我笑，“河山，数学系二年级。”

“啊哈……”我笑着打哈哈，转头就缩头缩脑地对学姐道歉说我脑子坏了认错了人。

学姐无奈骂了我两句，说来宿舍找我。我悻悻挂了电话，一脸尴尬地看着河山笑。

河山也没说什么，只是拍了拍我的头说常联系。

我踩着雨后顶着露珠的嫩草走向图书馆，手上缠绕的玛瑙松石银铃“郎当铃铃”的作响。正午的天色发白，东方的塔楼尖顶直入云天，远处的山峦与天色上下一白。

真是幅好光景。我伸手拿出手机摆正位置，“咔嚓”定格。

蛮奇捧了一堆郎咸平的书在我身边坐下，她一巴掌拍在我脑门上。

我乜着眼睛看她，红唇娇艳欲滴，齿如瓠犀，臻首娥眉，悠着莲步白衣长裙衣袂翩跹。我挑挑眉，问蛮奇：“你家老爷回国了？”她撇了撇嘴嘿嘿笑，一脸幸福的傻样。

“他们休春假。”蛮奇揽着我翻我桌上的书，“又是人间词话？看不厌呀？”

我抱紧了那本白色封皮的书，身子偏向一边，不屑地哼了声，“要你管。”中指在她点绛朱唇上点了点，“这是图书馆，你穿的跟要参加晚宴似得，合适吗姑娘？”

“管他呐，一会儿祝卿就来接我了。”蛮奇说着又凑过来扯我的衣服，“哎，姐姐你怎么还穿迷彩啊，打我认识你开始你就没离开过迷彩。你这是迷陆军战队啥的中毒了吧？”

我低头看自个身上的衣服，白色汗衫外头套了件美国老兵样的迷彩外套，我捋了捋头发，满不在乎地说，“舒服就好了。”

“你好歹是个女孩子啊。”蛮奇摇头晃脑地教训我。

“得得得，事儿妈。”

蛮奇瞪了我一眼，问我：“你现在和河山住一块儿呐？”

“是啊，他不是没地儿住嘛。正好我那房子空着，就让他住进来了。”

“你脑壳子坏了吧？真是榆木脑袋不开窍，男孩女孩哪能一起住呢？你不喜欢他了啊？”

“我平时也少去那边，不算一块住。”我把头偏向一边，“还有，我不喜欢他。”

“快拉倒吧你，我们这些朋友哪个不知道你喜欢河山？也就他瞎了眼拿你当兄弟。哎，说起来河山那么聪明脑子灵光一个人，能看不出你喜欢他？”

“……”我舔了舔嘴唇，手撑着头皱着眉不答话。

很早以前我在某个网站上看到一个博主问，喜欢一个人为什么不去追他（她）？

我不喜欢评论，那天看到这个问题却鬼使神差地打了很长的一段回复。

“我并不知道我是不是真的喜欢他，我第一次见到他没有任何感觉，之后的相处也只是觉得他十分的讨人喜欢，很聊得来，是很贴心的朋友。

可是后来，他又让我很想接近他，我希望站在他身边，陪着他一起看星星，月亮，烟火。很多次我都鼓足勇气想要告诉他，我喜欢他。可是每次站在他的面前，看见他大大咧咧地对我笑，揉我的头发，把自己碗里的肉丸分给我，我又突然不想说出那句话了。我不知道我到底是不敢，还是不想。

他的人缘并不是很好，但有几个知心的朋友。

他喜欢很多别人无法理解甚至从未耳闻过的东西。有很重的洁癖，倒水之后把杯子放在桌上再拿起来喝的时候甚至要把整个杯子的底部冲洗一遍；从来不用一次性筷子，出门随身携带折叠餐具。但有一次因为和他买了相同的杯子，不小心拿错了用他的杯子喝水被他知道了，他却没说什么，而且从今以后都默许了我用他的杯子喝水。

前几天，他去杭州找朋友耍，回来给我带了一把桃木梳。接过梳子之后我听他笑着说他一路上遇见的奇葩，一边给我梳头发，还给我绾了一个歪歪扭扭的发髻。绾发之后我打趣说，若搁在古代，男女之间有意，就要送女子一把梳子，意为让她绾起秀发，不让其他男子看到。他说那是古代。我笑了笑，他拍了拍我的头说我头发太长了，都过腰不少了。让我去修修发尾。

我不知道是不是因为我暗恋他，所以总是会误以为他也许是有一些喜欢我的。

大学四年，他有过不少女朋友。

他总是把自己的女朋友第一个介绍给我们这帮朋友，打招呼的时候他总是把我放在第一个，他会揽着他的女朋友对我笑着说，‘我最好的哥们儿，夏某。’有一回他交了个女朋友，那女孩嫌我和他关系太好，让我离他远点，我当时气得火冒三丈，怒发冲冠之下直接一杯水往那个女孩头上一泼，泼完把水杯往桌上“哐当”铿锵一放，仰着头一副眼高于顶的模样。

事后我小心翼翼地把这事告诉了他，生怕他一气之下不理我。结果出乎意料，他大手一挥笑呵呵地说我干得漂亮。

后来他有很长一段时间没有女朋友，直到现在。

夜色昏黑我反转难眠之时，我总会问我自己，也许他真的喜欢我呢？可惜，我没有勇气去验证这个问题的答案。

遇到他，和他成为朋友，是我们之间的缘分。而他现在每天能和我插科打诨，陪我游山玩水的，我觉得是我的运气。

这就足够了，我还能在奢求多少呢。”

十一点半我回了河山住着的房子。

他不在家，给我留了张纸条，说他做了夜宵搁在微波炉里头，让我回来加热吃了。

我一边吃着可乐鸡翅一边给他打电话，吃得满嘴流油话都说不大清。

我问河山，“哪呢？”

河山：“外头，和女孩一块看电影呢。看小黄人，我都快睡着了。”

我愣了一下，舔了舔嘴唇，放下手中的鸡翅，去厨房洗了个手。

河山：“喂？人呢？”

“刚刚信号不好。”我睁着眼睛说瞎话，“那你玩吧……早点回来。”

“嗯，好。我知道，你早点睡，别熬夜。还有今晚上风大天凉，你记得关窗，把被子盖好了。”

我小鸡啄米一般地点头，“嗯，知道了。”

“晚安，小一。”

“嗯。”我心情不是很好，连和他道晚安的兴致都没有就挂了电话。

我草草冲了个澡，爬到床上躲到了被窝里头，凉风虎啸，罗帐翻飞。我赤着脚跑下床关窗，外头灯火阑珊，像无数盏孔明灯点燃了即将升天。

如此良辰美景，花前月下。才子佳人，郎情意切，两人定然过得别有一番情调。

我辗转难眠，眼帘低垂着，脑子里却清醒得像森林中警觉的鹿。我皱着眉，手指绞在一起，意识迷蒙。

好像过了好久，我都没有睡着。门外传来的响声我听得十分明白，诚然我困极，却依旧睡不过去。“咔嗒”一声门开了，我翻了个身把被子压在身下，头朝着枕头那一面去了。

河山轻手轻脚地在我身边俯下，他把我手从被子上拿开，从我身底下拽出被子，重新给我盖上。我假装迷糊地哼哼了两声把手在空中随意一挥，“啪”一下闷响，似乎打在河山头上了。

我轻飘飘垂下手臂，又翻了个身把被子抱成了一团。

河山似乎无奈地叹了口气，轻柔地把我翻了个身，让我睡正，又去抱了一床毯子盖在我身上，小心地把我的脑袋扶正，盯着我看了好一会儿，估摸着我没了动静才出了房门。

房门一关上，我就坐了起来，嘴角咧到了耳边，脸上全是掩饰不住的喜悦。

“小一，起床了。”

白日做梦

那天，一只文鸟落到她的桌上。

这可是件新鲜事儿，她停下手中的笔，抬起头看着它。它漆黑的眼珠圆滚滚的，闪烁着雀跃与犹豫不决。

一身儿轻柔丝质睡袍的女人向它伸出手去，修长的手指缓慢的，一下一下地抚摸着文鸟细腻而白皙的羽毛。

女人是个颇具盛名的小说家，以巧妙的逻辑与细腻的情爱描写著称。

如今已经年过三十的她依旧独身一人，居住在这南城边的一隅小院中。这地儿有大片大片的竹林，那些郁郁葱葱的长青竹像天然的栅栏，为女人的小院竖起一片清静来。

这竹林身后的小院，不说是十天半个月，哪怕是一年半载，也难见着一个除了快递员以外的人。

平日里她总是睡到日上三竿，正午的大太阳透过窗棂爬上了她的眼角眉梢，她方才抬起眼皮来，随后则是眯着惺忪的睡眼，慵懒的伸伸懒腰，再靠在床头发会儿呆，让她的男女主角在她的梦中多缠绵一番。

一两个小时就这样过去了。她通常只有到肚子凹下去一小块咕咕直叫那会儿，才会昏昏沉沉的翻身下床。

女人有低血糖的老毛病，每天下床的时候头都是昏昏沉沉的。若是昨夜写稿熬到太晚，第二日走路还会眼前发黑。她总是晃晃悠悠地迈着步子，走到厨房里去。然后随意在抽屉里摸出一包泡面或是速冻食品，熟练地开火下锅。

在做这些事儿的时候她往往会停下来一会儿，因为不知道什么时候她就走进了她笔下的世界。她突然呢喃起他们的对话来，一人分饰二角，情绪不定。念到伤心处，她甚至会瘫在座椅上哭泣，不知是为多情伤感的英俊男主，还是为嫁作他人妇的悲凉女人。

今日也不例外，她在煮速冻水饺的时候愣了神儿。她透过蒙蒙的水汽，分明瞧见那一对小情侣闹了别扭，一个个正气的面红耳赤，调高了嗓子尖利地指责着对方。

那尖锐的争吵声像是要震破她的耳膜逃出来，女人的情绪突然高涨起来，激动地将锅碗瓢盆一摔，就跳起来，风卷残云似的冲进书房。

门外的那只文鸟本来正在小院里挺着肚子踱步，此时却像是受了惊一样扑腾着翅膀飞进了书房。它黑漆漆的小眼睛直定定地望着女人，她在桌前堪堪坐定，气儿都没顾得上喘，提着笔的手飞快地移动着，想把方才那一幕好好记下来。

随着手的一抬一落，女人的胸口像浪潮一样上下起伏着，她的眼里有一片广阔无垠的浩荡海洋，潮起潮落，散落的星辰飞飞扬扬。

无数个夜晚她自己造梦，她的梦里有千军万马，有呼啸山庄，有铁血男儿郎，更有使男儿郎一见倾心的祸国妖姬。他们的面孔无比鲜活地存在于她的眼中。

她是这场梦里的任何一个人。

梦啼妆泪红阑干时她是妖艳的舞姬，水袖的朱色艳得能滴出血来，一如将军眼里那片塞外的孤寂红日，更像是战场上伏尸万里的鲜血。透过那片红望去，她即为千万人，即为大好河山。现实里的她未必是杰出的演员，演技甚至称得上是拙劣。但自提笔的那一刻起，她的眼里，有任何一个演员都无法望见的落日。

那是啼血的红，是末世的最后，是梦的开始。

落笔的时候有一阵带着凉意的风扬起她的稿纸，已经是傍晚了，女人饿的手脚发软，眼前发黑。

她在文鸟轻快的呼唤中倒下去，身体一触碰到地面就迅速沉睡过去。

睡梦中她似乎依旧回到了她笔下的故事里，那里也有这样一只文鸟，黑漆漆的眼睛望着她，望着她眼里的日月星辰升了又落，望着她手中的笔提起又放下。

梦里梦外，都不过白日作一场梦。

半生

沧山泱水，青松翠柏，流云漾舞，世间多百态。

铜鹤之中袅袅而出的烟雾缭绕，檀香漫屋，柔荑掀盖酌香茗，齿间的清香夹杂着这檀香，似曾相识，成了股惑人的迷香。

我望着铜镜之中斑驳的人影，映出副丹唇皓齿，凤眸烟眉的模样，媵人着手绾起我三千墨丝，手不过刚触及那头发，身子却本能的打了个颤子，转头对旁边那人说，“我自己来。”左手拿长发，右手执了只桃木步摇，绾云鬓，纤指拿羊毫点朱砂，妆成。

面若桃花，眼角朱砂分外艳人，绫罗加身，纤腰素裹。

“主子，迟宴老爷到了，说是赴宴。”青纱跨门而入，垂头通报。

“哦。”阖上珠盒，手搭青荷臂上，蹀躞去了前厅。

前屋。

靴入大门，蛩声入耳。

迟宴大跨步径直进了屋，就跟进了自家庭院一般熟络，端坐主位，俨然这家主人。

迟宴抬眼就见了青纱，打量了几分，蹙了分眉，问道，“你家主子呢？”

青纱垂着头涩声回答他，“主子还在厢房。”

迟宴“唔”了声，随即又换上副似笑非笑的脸色。

“你是不是有个双生，叫做青荷？”

青纱惊恐的抬头，未及人目马上又低了下去，“是。”

“你是不是很好奇我怎么知道，你那个姐姐可从来没出来过。”迟宴斜斜倚着木椅，几缕头发垂了下来，绕在指尖把玩着。

青纱攒紧了衣服的下摆，紧抿着嘴唇。

迟宴笑得开怀，又问，“你家主子最近过得还好吗？”

“奴婢不明。”她再次抬眸望见迟宴那双金墨般的眼眸像是幽幽深渊一样，带着致命的吸引力，竟露出痴迷之色来。

“呵，”踏入前厅，冷嗤一声，震得青纱回魂似的抖了几下，眼波流转波澜不惊，望着对面的那个男人，剑眉入梢，星目斗转，生得一副魅人样；蹙眉冷眼旁观，心中的思绪却连着他那张脸，我总是觉得他那张脸生得和我的有那么千丝万缕藕断丝连的联系。

“阮泽，”他低沉的嗓音就像藤蔓一样扼住我的脖颈，我冷峻着脸望向他，他轻佻一笑，就跟楚留香一个模样，手轻敲着小几打着拍子。他停顿良久，冷不丁冒出句话。

我惊恐地望向他，失去了生气的脸庞就像平静的湖面被投进了石子。

天地之间只剩下那句话回荡在我耳边。

“你这副身子我用得甚好，半生已过，阮泽，你呢？”

所有的记忆如潮水般涌来，就像天上下起了冰渣子雨儿倾盆倒在我身上，冰冷包裹住了我，刺骨的记忆尖锐地刺激着我。

前世今生，二世三生，三生石旁，奈何桥头，孟婆汤入了肚，你忘了什么？

阮泽阮泽。

如此英气的名姓你怎么就认定了是这女子所配的？

你还记得这副身子的原主吗，是迟宴啊，他原名是什么你还记得吗，青荷纱，那是她的名呢。

前世因为她迟到的错误，那场桃花宴啊。

迟宴，迟宴。

呵。

你怎么舍得？

舍得你最爱的那个郎儿等了你两世，你逍遥自在欢歌笑语轮回得位列仙班人称桃花仙子，面若桃花粉笑艳语的你，有想过那世世夜夜日子中寻觅你的人吗？

三千青丝终成白发，他终于无法不对你起恨意。

他占了你的身子去了你的记忆改名迟宴，他希望你千秋万代永生永世记得他，可他终于不舍得你们的曾经，他对你的爱意绵延不绝，就像上邪那诗说的，只有世事要毁灭了他才能不爱你，他只得去了自己的记忆让自己不再记得你，同时也不再恨你，他希望这次他不会那么苦。

只是你太狠太狠，你依旧风流倜傥，看着舍了记忆的他却依旧终日寡欢郁郁不得终的你，只是在彼端肆笑着。

他爱你入了骨啊。

“你不觉得奇怪吗？”

阮泽茫然地望向迟宴。

他洞悉一切的双眸锐利的朝阮泽那方向看过去，终于只是睥了一眼。

“你是个男人，哪来那么多的情丝？”

迟宴浅笑着，他平静的语气就像在看窗外的花鸟，只是他话中讲述的内容却让我刻骨寒心。

一度凡界，二世天庭，三生阴府。

青荷纱，青荷纱。

如此妩媚的名姓她就该是女子所配的，只是，她怎么配得上我这副身子呢？

日夜魂牵梦萦鬼灵妖娆做伴的日子，我过了三生。

一度凡界，二世天庭，三生阴府之前，你还记得吗？

你为桃花仙子，阳春四月，城溪之旁，青叶荷花，桃树之下，桃花卷着清香落在你我的肩头，纱衣蹁跹，你告诉我，你名泽姓阮。

你和我，相遇相知相爱，不过四时辰有余。

日暮西山，落日霞辉，我挽起你三千发丝为你绾鬓，我赠你一桃木步摇，你睡倒在我怀里笑嗔我只许为你一人绾发，我揉了你的发顶允你永生永世只为你一人绾发，树下铜鹤之中檀香和我齿间那清香化作迷香，迷乱了我和你。

四日末我附在你耳边对你说，“我叫迟宴，五十日后瑶池桃花宴，我在那里等你。”

你点头，清风吹乱了我未为你绾发的凌乱墨丝，一片混沌之间，你消失在虚无之中，随风而去。

五十日后我望眼欲穿，由日出等到日落，从白天等到黑夜，你在哪里。

我宿醉之后日夜寻觅的踪迹，最后寻寻觅觅来到我们初遇的桃树之下，哪里还有往日的模样，青叶荷花蔫去，溪水干涸，桃树枯死，铜鹤裂缝，大风卷着风沙刮在脸上是针刺的感觉。

我上天入地挖洞潜海寻人问柳，误入阴府，日夜翻寻生死簿。

三生过后，我历尽劫难满身苍茫一脸风霜见到你。

你温柔的像我们初次见面的溪水，笑着对我说，“迟宴，六十日后昆仑虚桃花宴，我在那里等你。”

我点头，暴雨浸湿了我已饱经沧桑的双眸，一阵湿润之间，我不知是泪还是雨，冒雨而行。

只是你不知道，在那之后天地之间哪还有什么迟宴，有的不过是青荷纱罢了。

不要再说了，我感觉到泪珠滑过我的脸颊，抬起手抚了抚，一手的泪。

“你还记得吗，阮泽。”

我痴望着他，就像青纱望着他那样。

“七十日前，我赠你一铜鹤，唔，就是从前那只，世事难料，这么久过去，你如今焚的那香，与当日那味迷香相同。”

“你送我那鹤中还安放了张纸，‘七十日后，凡界紫莲山庄桃花宴，我在那里等你。’本是我家，说的跟你家似得，什么你在这等我，唔。”

迟宴“呵”的一声笑起来，那副讨债的脸色硬是迷去了我的心智，“迟宴迟宴，迟来的桃花宴，一度凡界，二世天庭，三生阴府，只是未等及一度，半生罢，我已赴宴。”

檀香袅袅混合着他齿间的清香迷乱了我们。

一片虚无之间。

春风起罗帐，桃花卷着清香，落在你我的肩头，溪水东流，青叶荷花，窈窕曳纱裙，桃木步摇晃着，阳春四月。

“泽泽，我叫迟宴。”

朝向

手机铃声持续不断地响着，屏幕的光亮从昨天晚上就没有黯淡过。

满世界的雨汽，氤氲四寮，像极了迷雾森林。我坐在地板上，安静地抱着我的黑猫，看着手机的电量逐渐消失直到手机黑屏。

今天是九月十七号。我抬起头看着漫山遍野的绿色，雨后的视线好像变得湿漉漉的，我用手掌抚开满窗的雾水。

我突然蹙起了眉头，一个男人没入我的视线。

一阵敲门声应景的响起。

我打开门，瞪大了眼睛。

“怎么是你？！”

“你果然在这里。”

白烟娉袅，我扶着瓷杯喝茶，黑猫蹲在我的腿上用它翡翠色的眼睛看着壁炉旁的男人。

“你怎么来了？”我问南北。

我盯着眼前的男人看，他套着一身质地轻软的乳白色毛衣，一双长腿翘在一旁的小几上。他小酌几口，抬起眼来看我，浓密漆黑的额发从两边分开，湿漉漉的眼睛像森林里食草的梅花鹿。他轻轻地弯起嘴角，就像多年前他拉着我在海边奔跑的模样。

冷静。我对自己说。

我偏过身子去煮茶，又问了他一遍，“你怎么来了？”

“想来就来啦。”南北说。“小向，我很久没见你了。”

我抿着唇对他笑，他的眉眼如画，面若桃花。上帝对他总是如此偏袒，阔别四年，他却依旧在时光的远处肆意笑着。

七年前。

远处的天色如墨玉，十五的月亮一如既往的圆满。我拽着南北的书包带子，把头埋在他的怀里。南北低头看着我的眼睛，眼神柔和。他揉了揉我的头发，放在我腰间的手圈紧了。

“小向，冷吗？”

“冷。”我撒娇一样的蹭了蹭他的胸膛，环住他的腰。

站在我们身旁的一个男孩嬉笑了一声，不屑地上下打量着我。

南北皱了皱眉头，不动声色地把背对向那个男孩。

他笑着对我说，“那就抱紧我。”南北把我的手揣进他的毛呢大衣的衣兜里。一手抓紧公交车上的扶手。

这个城市的繁华和苍凉从我们的眼前逐一掠过。

七年前，我以为我和南北在一起，就是一生。

六年前。

春风得意，三里桃花灼灼，落英簌簌。

我看着满眼桃花的南北，拉着他的手，在郊野里撒欢。他被我拖着跑来跑去，眼角全是笑意。

“哗啦哗啦。”我给他设置的短信铃声响了。南北从裤兜里掏出手机，他低头扫了两眼，轻微的皱了皱眉，迅速抬头乜了我一眼。又马上低下头滑动了几下手机屏幕，习惯性地把手机递给我。

我总是喜欢翻他的短信记录。但其实我只是喜欢有人给他发短讯的时候，任性的把他的手机抢过来不让他看短信而已。

因为我很喜欢看他微微皱着眉头，对我笑的一脸无可奈何和宠溺的模样。

三千桃花朵朵，不如我眼前这个面若桃花的男人。

六年前，我和南北在一起，我以为他就是我的全世界。

五年前。

飞机掠过层叠的云朵，雨后天晴的彩虹像秦淮河花船上长袖善舞的花魁挑着水袖上下游动。

我坐在南北身旁，靠着南北宽厚的肩膀沉沉入睡。

一觉醒来，已是一派昏天黑地。

南北紧攥着我的手，推着架了几个行李箱的小车，带我穿过机场汹涌的人群。

我微笑着看他，他的轮廓逐渐分明，喉结愈发清晰，一抹水色模样的唇边有细细青色的胡茬，注视着我的眉眼间有一些犹豫的忧郁。

今年他和我都十八岁了。

现在他要陪我去游历这大好河山，走遍天下地方，看尽这世间美景。

五年前，我和南北在一起。我以为他能与我白头偕老，举案齐眉，粗茶淡饭地走完我们人生剩余的所有时光。

四年前。

南北牵着另一个女孩的手向我走来，一身驼色的长风衣玉树临风。

他身边的女孩挽着他的臂腕笑靥如花，他伸出手对我说，“朝向，合作愉快。”

我看着他，面无表情的点了点头。

南北笑得温润如玉，他搂住他身旁高挺拔的女孩，纤瘦而骨节分明的手放在那个女孩的腰间。

我笑着听他说，“朝向，这是兰宙。”

我微微点头，对他们笑的肆意。心里却像安徒生童话里的那个小美人鱼，穿着美丽的高跟鞋笑得温宛如水，脚却在刀口渗血，并且万箭穿心。

一个月前，我睡在南北的左边，看着他细心地给我捞被子，让我枕着他的手臂睡一晚。

清晨温柔的轻风穿过屏风吹拂起我的发丝。我的眼里只有他。

而一个月后，他揽着纤细美丽的女子，眉如春山，额如春峰。

他依旧温柔地看着我的眼睛，告诉我那个女子叫什么。

我们相恋一千三百一十四天。

我们周围的人总是用艳羡的目光祝福我和南北，我们的朋友总是拍着南北的肩膀笑问他什么时候结婚，我们的长辈总是温柔地注视着我们夸奖我们好一对璧人。

可我们最终还是分开了。

“你和椿树打算什么时候结婚？”我提着水壶洗杯子，低着头问他。

“我和椿树半年前就分开了。”

我勾了勾唇角，无奈地笑。“抱歉。”

四年前和南北分开后，陆陆续续听说过他的身旁有过很多个女孩。也听我们共同的朋友提过，他从未承认过他与那些女孩的关系。

只是，这又和我有什么关系呢。

“朝向，我看过那个视频。”

“啪！”一声水壶从手中滑落，我猛地站起身。

我瞬间瞪大了眼睛，泪水涌上眼眶。果然，果然啊。果然还是因为这个。

我苦涩地看着他，赤着脚踏过地上的瓷瓶碎片。雪白的棉纱睡裙随着野风翻滚。

那些不堪入目的画面和令我感到恶心厌恶的娇喘呻吟在我眼前和耳边再度上演。

我无奈地用手背抹开泪水，攀着栏杆点燃了一支烟。

好熟悉的烟味。好熟悉的画面。

我转过身去看他，冷淡地问他，“那，你来做什么呢？”

事隔十年，他又把那个视频再度发了出来。

我打开充好电的手机，漫天飞舞的短信与通话记录迎头而上。我苦笑，盯着手机屏幕，翻出了江春的电话号码。

“喂。”江春好像认定了我一定会给他打这个电话。“朝向。”

“你要多少钱才肯罢手。”我就着花圃坐下，泥土的芬芳让我安静下来。

“朝向，你最近好吗。”电话那头沉静了一会儿，江春的声音有些嘶哑。

“二十万，就此收手吧，江春。”我按了免提，揪着我的头发把手机搁置在一旁。

“小向，”江春顿了一下，“那个视频并不是我传出去的。”

“哦。”我笑了笑。“江春，你记得我们在一起的时候吗。”没等他回答，我自顾说下去，“我才十五岁，我才上初二。”

“小向……真的对不起。”

“江春，你知道我高一那年受到的非议对我影响多大吗。我从省重点中学退学，走在路上听见路旁的女孩议论我，在学校吃饭的时候被曾经的闺蜜用菜汤泼脸，她对我说，‘我这辈子最后悔的事就是认识了你，你真让我感到恶心。’我怎么了呢？我不过是喜欢你，相信你，才会把自己交给你。但是你是怎么对待我的呢？你录了那个视频，被我发现后告诉我你想给我们之间留个纪念。”

江春没有说话，我也乐得唱独角戏。“江春，你劈腿，出轨，同时有很多个女朋友。欺骗你的女朋友们和你的家人，我都无条件的原谅你了。可是我得到了什么呢？到最后，我甚至不是你的正牌女友。”

我直起身子，拿着手机去厨房拿啤酒。“不仅如此，在我发现我并不是你的女友，仅仅是个床伴之后，你还威胁我要把那个视频发出去，让我所有的同学，朋友和家人都知道我是个初中就和男人上床了的女孩。”拉开铁环，呼噜噜灌了几口啤酒，润了润嗓子，“我什么都没有做，我甚至不知道你的女朋友长什么样子。我答应了你所有的要求，可是你还是把那个视频发出去了。”

“我……”江春来不及说完，我就打断了他。

“你让我的父亲丢了工作，让我的母亲跳楼自杀，让我从我日思夜想最终梦想成真的高中退学，甚至在我众叛亲离，一切重头再来之后，让我最爱的人离开了我。江春，还不够吗？你是不是觉得我的父亲现在重新有了工作，而我的母亲自杀未遂，并且我还考上了自己喜欢的大学，有了自己的工作，你看着很不舒服呢？”

“江春，我不想再听到你的声音了，二十万我一会就转给你。”我看着远山，坚定地对他说，“江春，你要记住，这是我最后一次听到你的声音。这二十万是让你彻底滚出我的生活的补偿。至于那个视频，你可以继续上传。”

“小向！”江春急促地打断了我的话，“我不要那二十万。你怎么就不肯听我解释呢……当年是我错了，是我混蛋，但是这一次真的不是我……”

“够了。”我打断他，“江春，我已经二十三岁了，我不希望我十五岁时犯下的错误影响我的一生。”

“就此别过。”

我挂了电话，打电话给我的好友让她帮我转账。

“向向！！你还好吗？”秋意震天响的声音在我耳边炸开，我把手机微微远离耳边。

“好啊，吃啥都香。”

“滚！那个视频什么时候录的，为什么老娘没看过？！”

“……”我无奈地翻了个白眼，刚想说话，却瞪大了眼睛，“你……怎么还在？”

“在什么？喂？向向，你怎么了？”我啪嗒一下挂了电话，垂着手臂怔怔地看着眼前的男人。

南北手里拿着高脚杯悠哉游哉地喝着老酒，他温润如玉的眼睛湿润着，他坚定地看着我。同时，温雅的声音在我耳边响起，“小向，我后悔了。”

“后悔？”我皱了皱眉。

“小向，回到我身边好吗。”

我突然笑得很开心，灿若桃花。我看着眼前的南北，他的头发乱七八糟的，衣服也不怎么干净，估摸着是我把他赶出去后爬围栏进来的。他的眼神像极了当年我们在公交车上他看我的样子。

一切好像都回到了最美好的时光。

我放轻了音量，声音好像松林间柔和的低语，我微微抬起头，安静地注视着他。

我笑着说，“不好。”

往事不可追，来世不可待。

离开的人既然离开了，就没有必要再回来了。不管是什么原因，我都无法接受，因为那意味着他离开我的时候，一定有比我更重要的人事在等着他。既然如此，那就这样吧。

今天阳光很明媚，我和我的朋友在属于我的花园里煮糯米粥，她们都了解我的曾经，也陪着我度过并不怎么美好的当下。过去的总会过去，远方总有更美好的风景。

朝向并不一定要南北通透，东西也有别样的风景。

长情

晨曦初露，露重深雾。漫天雪雨如棉絮纷飞，万里冰封，寒意瑟瑟卷帘帐。

我就着清风窝在被窝里头安眠，一阵青蛙的叫声呱呱呱地在我耳边聒噪地响着，像一百只鸭子从门前游过一起发出的叫声。

“你在哪？”我迷迷糊糊地接通了电话，熟悉的声音让我清醒了大半。

“啊啊～我还在外头呢。”我眯着眸子，眼前水雾一片。

“笨蛋，新年快乐。”

我开心地咧开了嘴，“嗯呢，新年快乐，傻蛋。”

“还生气吗？”他迟疑了会儿，问我。

我开了免提，伸了个懒腰，揉了揉眼睛懒散地夹着被子东倒西歪地张开了手臂躺倒在了床上。听着陈亚在那头“啊”地担心着期待着我的回答，我就不禁对着手机屏幕抿着嘴偷笑。

昨晚一晚上陈亚在玩游戏，所以二〇一五年的第一句新年快乐并不是对我说的，为此我吃了老半天的醋没搭理他。可是一大早起来听到他叫我起床，我又把这事给扔到九霄云外去了。我撇撇嘴骂了自个一句没骨气，又唧唧哇哇的哼哼了两声，以表示不满。

“你这头猪，今年你要是再敢半夜三四点起来看世界杯的直播，我一定连夜坐飞机赶过去打死你。”

“你才是猪，今年哪来的世界杯？！世界杯四年一次好不好嘛，而且贝克汉姆都退役了啦，就剩梅西有点看头了，我才不会整夜都守着呢。”

“也不知道去年哪个死猪迷内马尔迷得要死。”

“我去年还喜欢木村拓哉呢，我去年还不喜欢你呢？”

“……嘟嘟嘟。”

我听见那头电话挂了的声音一下子慌了，心里懊恼得想拿块豆腐撞死自个，明知道他最不喜欢我提我没认识他那会儿，却哪壶不开提哪壶的。

我在床上滚来滚去，一不小心一屁股坐到了电视遥控器，电视“啪”一下亮腾起来了，我翻了个身，仰着头倒视着二〇一四年世界杯的回放。

电视里头放的是最后一场决赛德国对战阿根廷的场景，我听着滔滔不绝的解说，心里烦躁的要死，嘟着嘴也不知道生什么闷气。

“洪门雨露你给老子滚下来。”

我皱了皱眉头，晃了晃脑袋，一个激灵儿打滚起身，我听见我问我自个说，“我别不是幻听了吧？我怎么听到陈亚那傻蛋的声了呢？”

手机的蛙叫不绝于耳，我愣了神，突然又从床上滚下身来，从摇椅上头抄起斗篷光着脚就往外跑。我匆匆忙忙下了二楼，陈亚一身黑衣皮裤，脚上一双布洛克还粘着层雪。

我喜笑颜开的向他跑过去，他把帽子抓下来随意一丢，抓着我的手就往楼上跑。

“胆大了？”他捏着我的下巴问我，“笨蛋。”

“唔。”我拍开他的手，笑嘻嘻地去抱他。“你怎么来啦？”

“哼，也不知道哪头猪笨得要死就知道吃醋。”

“你爸妈呢？”我把头埋在他颈间，不安分地蹭来蹭去的。

“家里呢，我一会儿就得赶回去。”

“败家子儿，有钱也不是这么个花法啊，而且你这来回一趟多麻烦，你一个人自个出远门也危险啊……”陈亚杵在那儿比我高了一头，我抬起头看他，他略微低着头一脸居高临下地看着我，我被他看的心虚，脸上又忍不住笑开来，嘴巴也悻悻合上了。

“你以后还打算考厦大呢，那我不得每周都坐飞机去看你啊？不然你跟别人跑了，谁赔我一个傻蛋九九啊？”

“谁让你要考浙大的！”

他突然就不说话了，拉着我到床上坐下，他盯着我的脚看了一会儿，突然就凑到了我跟前。我心里咯噔一下，瞪大了眼睛看着他近在咫尺的面庞，呼吸都不顺畅了。

他眯着眼睛看了我好一会儿，才错开了身子把我拖到被子里头去。

“……”我咬着唇，两人静默了好一会儿我才小心翼翼的叫了他一声，“陈亚……”

“你烟戒了吗？”他靠着阳台的栏杆问我。

我把头埋在被子里头闷闷地回答他，“遇见你之后就戒啦，你不是最讨厌我抽烟吗。”

“你还和他们有联系？”

“他们？哪个他们？”我把头钻出了被窝，扒着被子边缘小声问，心里感觉慌得不行。

“九九，我不是限制你交朋友，我只是希望你少沾惹那些事情。别人我不管，但是有些人，我不喜欢你离他们太近，你懂吗？”

“……”我绞着手指头点头应他，“知道啦，你说的话，我必须做到的嘛。”我垂着头去牵他的手。

他蹙了蹙眉，轻轻亲了亲我的额头，“猪。”

“你才是猪。”

一晃，已经一年多了。

他留在我身边这么久了呢。记得前一个月我对他说，“陈亚，我们都在一起一年零一个月零一天啦！”

他没好气地看着我，眉眼之间却是掩饰不住的喜悦，他捏了捏我的脸。“傻瓜，才这么久，这比起我们以后要在一起的时间，也太短了。”

“陈亚，我最喜欢的人就是你了。”

“笨蛋，我最喜欢的人也是你啊。”

想着想着我都会禁不住傻笑起来，他总是对我说，“九九，不开心的时候就多想想我。”

回想过去，他身边的女孩不少，刚认识的时候两个人吧虽然相见恨晚一见如故，我却不过是他身边众多莺燕中比较起眼的那一个罢了。

不知道从什么时候开始，我们开始成为彼此最重要的人。

往往在一段恋情中，我们总是患得患失，捕风捉影，生怕有人会横插一杠，半路杀出个程咬金，插足我们的感情。可是我和他在一起的时候，我似乎从来不担心他会离开我，这一年多以来，我们之间总是默契而幸福的。不论我身边出现了谁，他都不曾担心过我心中最重要的人不会是他的可能。

可能是因为我们都已经认定了要和对方一起共度余生是再正常不过的事情了吧。不论前方道路有多么艰辛坎坷，或是未来遥遥无期，我们都决定了要牵着对方的手走下去。

上周三他发信息给我，他说他做出了一个决定。

他要离开我一年半。

他说，“九九，你可能觉得我做出这个决定很莫名其妙……”

最后他说，“我也不说什么让你等我了，反正我知道你一定会等我的。”

他说了好多好多话，可是我只记得我好难过，我握着手机靠在宿舍的墙上哭得稀里糊涂的，泪水淌过我的脸打湿了我的指尖，四周鸦色一片，唯有手中一隅闪烁着暗淡如星芒的光亮。

他说，“我一拿到手机一靠近电脑我就跟魔怔了一样……”

嗯，我都明白。我也是一样的，因为我一碰到手机，一触到电脑，我就情不自禁的想要和你聊天，想要见到你。

“傻瓜，我当然会等你啊。”

只是我是如此迫切地想要靠近你。

因为不论我走在哪里，看到什么，我都会想起我和你走在这儿的画面，我都会想要牵着你的手挽着你的臂弯走过大江南北陪你看遍这世间美景。

我抓着手机，想起了我们没有完成的那个吻。

你说你高考完会回到这儿来找我，每天守着我，揽着我告诉所有人。我的洪门雨露呢，有本事你就抢抢看喏。

刚才我翻我写的那几本日记，里头有很久以前我写给你的情书，里头有句话，我相信你一定记得。

我说，陪伴是最长情的告白。

长雾眠

你有没有爱过一个人。

你有没有爱过一个人后，以为她也爱你，到头来发现其实是你一厢情愿。

雾隐霞光。

成群的飞鸟掠过钟楼的上方，扬起一阵纷飞，半岁大的孩童咿呀着偎依在大人怀中，远处的火烧云翻滚着涌过来，隔着面玻璃墙，也被这如此难得的景色迷住了眼。

暮鼓晨钟一般，钟楼六点准时的钟声响彻天际，三水低下头苦笑，熟悉地径直走到雅座里边。

“梁州，”真真正正地认真看了眼前温文尔雅的男人一眼，落座在他对面，“真的是好久不见了。”有多久没见了呢，三水抿唇思索了会，从她和阿瓷的关系淡了之后她就和之前的人都断了联系吧，有一年了。

“三水，你还打算逃避多久？”梁州似笑非笑地打量着来人，长发依旧及腰，只不过烫成了微卷，一头光泽如绸缎的黑发在晚霞的照射下也泛着酒红色的光，熠熠生辉，除此之外倒是没有太大变化，只是行事谈吐倒是比以前越发的成熟老到，到底不是以前那个人了。

“逃避？”三水皱了皱眉头，不知道他口中的逃避是什么个意思。

“呵呵，”梁州轻笑两声，咖啡端在手里，另一只手拿着小勺悠闲地搅拌着咖啡，咖啡奶漾出粼粼微波，好不悠闲，“这都一年了，还是无法释怀吗？”

“？”三水疑惑地看着他，“有话直说。”

“你和阿瓷曾经是多好的朋友，你还记得吗。”梁州定定地望着三水，嘴角上扬。

“刻骨铭心，只怕是终生难忘。”冷哼了声，三水有些不耐，“那些陈芝麻烂谷子的事，还扯出来做什么虎皮。”

“我记得网上当初有一句话很流行，那句话好像是‘陪伴是最长情的告白，守护是最沉默的陪伴’。我非常清楚地记得，这是你们之间的承诺，你们之间发生了什么事我们完全不得知，但是陆三水！做人不能过于耿耿于怀，是人都会犯错。”

“你不懂。”

陆三水将视线转到窗外黯淡下来的天，思绪有些飘散。

“我爱过这么一个人，她是除了我妈以外最重要的人。

可是就是这么一个人，她却从来没把我放在心上过，从头到尾我自导自演自作多情一厢情愿，最终终于作茧自缚，跌坑里再没站起来过。

具体是怎么样，我也记不大得了，或者是我刻意忘记那段曾经。

我只依稀记得矛盾的突发点在于我急性阑尾炎的那一次，虽然是个小手术，可对于从小到大没住院过没吊过点滴的人来说，就像是惊天的大事，我吓得就像霜打的小白菜一样花容失色，可我本身又是个好面子的人，碍于种种原因我只告诉了阿瓷一个人，她知道后在QQ上回复了我一句，‘今天回家时的天好蓝’。

而这时我一个朋友不知道怎么得到我住院的消息，逃课出来陪我，悉心照料，连我妈都感慨我怎么有这么一个好同学（实际上她和我完全不是一个学校的），我之后也没说什么，只是说了一句，‘我阑尾炎发作你连一句安慰都没有吗’，她回了几句话给我，我顿时就火了。

‘说实话，有时候我也觉得我对你真的挺敷衍的。’

‘敷衍的话我不想说所以我就干脆不说了。’

‘过年的时候我送你礼物吧。’

最后那句话让我哭笑不得，只是还是觉得难过了。

我们是非常投缘的朋友，这是她也认可的，头次见面就喜欢对方喜欢的不得了，两个慢热的人能遇到如此投机的朋友，也是难得，在那之后熟识却发现原来对方身上有如此多的共同点，到后来不可避免地发展成了闺蜜，至少在我以为我们是闺蜜。

而在我们一百天的时候我还郑重其事地像谈恋爱过纪念日一样过了这个纪念日，只是她得知了行程全部之后只是淡淡‘嗯’了一句，没有任何欣喜，让我辛苦准备了三个星期的苦心就像竹篮打水一场空。

诸如此类的事实在太多，我骨子里带着几分傲气，你也了解，平时朋友说起我这个人也会纵容样的提起我是个骄傲的人，唯独在她面前，我就像个委曲求全的小太监，若是两人都是欣然，倒也罢了，偏偏到最后，只是我自得其乐一样，而对方没有任何感情赋予，不过是真拿你当个跑腿的而已。

只是我依然无法理解我是如何得出那些我们真的很好的信誓旦旦，我不认为我得了臆想症，如果她真的对我毫无感情，我不会如此坚定地走完我们那不长不短的旅程。

她不是本性凉薄的人，不会冷淡得随性说句话回个字。

她对于真正关系好的人，可以破口大骂尖酸刻薄粗俗不已。

唯独对我。

那件事之后我只是自动疏远了她，她也没有任何挽回，奇怪之处在于两人的联系方式还都存在于两人的手机通讯录之中，微博更新时还能看见对方晒美食自拍度假游的照片，上MSN时还能看见对方亮起的头像。

只是就像熟视无睹或是眼睛自带过滤层一样，没有任何联系。

就这么淡了吧，我当初这么想。

只是你们太熟悉我和她，熟悉到当年你会说‘我家三水结婚的时候阿瓷不是伴娘都奇怪’而周围的人会纷纷附和的程度。

所以我离开了广州，去了我并不喜欢的北京。

走得越远，越好。”

“她只是愧对于你。”梁州听着三水说完了差不多二十分钟的话，叹了口气。

“她的确应该愧对于我。”三水举起手中的海洋之星，淡淡的霞光聚在杯上，折射出柔和的光芒。

“你很美。”梁州没头没脑地说了一句话，三水蹙着眉伸出手去打了他一下。

“不要没头没脑的说话！”两人又回到了当初的样子，三水愣了一下，收回了手，垂下眼睑，没了刚才的兴致。

“你太完美了，三水。”看着陆三水想反驳自己，梁州淡然一笑，悠悠开口，“你家世好，长得漂亮，上到琴棋书画下到插画下厨样样精通，上学的时候吊儿郎当读书都能进全级前二十，你说说，就算是我站在你旁边都会羞愧得想一头钻进地缝，阿瓷虽然优秀，但她在你身旁就像是鹤立鸡群的鹤见了凤凰，你懂了吗。”

三水随意地笑了两声，“别折煞我了，你还不了解我吗，我那乱七八糟学的都是半吊子，至于家世，我能比得上你？长得漂亮？阿瓷长得比我漂亮吧，阿瓷的成绩比我好得不是一星半点，你要说她因为这个，”冷嗤了一声，“那我可真是该钻地缝了。”

“三水，你看不出你的好，但阿瓷和你太好了，所以她更知道什么叫做差距，你随随便便身上扒一件东西下来都是她不敢想象的奢侈品，你懂那种天差地别吗。”

三水恼怒了，一巴掌拍在桌子上，铿锵有力。“我有钱还是错了？再说我自己从来不买奢侈品，那还不是……”三水撑着头，撇嘴一脸无奈。

“你们不合适。”

“我知道，不过既然你明白这个理，还费尽心思的把我叫出来干什么。”

“现在你们合适了。”

“呵呵，”三水肆意笑了笑，“我是可以招之即来挥之即去的？好歹是个大学生，做事不考虑后果的？”

“你就当做年少——”话没说完，梁州看见迎面走来的人，消了声。

三水背对着，没看见来人，只是奇怪梁州的突然停顿，侧身看了眼，神色瞬间不自然了。

“九九。”

没有错，这个世界上只有她这么叫你。

三水抄起包就往外走，阿瓷拉住三水，三水转过身来把手一挥，却还是被紧扣的手指拖住，两人揪扯之际梁州把一直没关上的门锁上了。

“你胳膊肘哪里拐？”话说出去三水就后悔了，想必是两人预谋已久了吧。

“你找我有事吗？”三水靠着窗问阿瓷。

“这么多年了，你还是没变。”

“不过一年罢了。”

“当年是我错了。”

三水淡淡看了她一眼，“当年明月巧相随？”

阿瓷一时无言语对，看着三水要走出雅间，“你就真的连原谅我一次的机会都不给我吗？”

“人生的错，要走过了才能尝到滋味，你宁愿因为你的自尊而远离你如并蒂双生般的女孩，就不要委曲求全向那个女孩道歉请求她的原谅了，这么没有章法的事也只有你做得出来吧，天下不是绕着你一个人转的，阿瓷。”

“梁州，”三水驻足，转过身来笑着对他说，“当年还有一句话很流行，‘人的一生要遇到这么两个人，一个惊艳了时光，一个温柔了岁月’。虽然现在觉得只是那些文艺非主流才喜欢这类酸不溜秋的东西，但其实，当年我是真的以为阿瓷惊艳了我的时光，你温柔了我的岁月的。”

“只是纵然惊艳，烟花易冷。好好珍惜梁州，他是少数能忍受你患得患失的人，不要再等到失去了再后悔莫及委曲求全了。”

三水走在落日的余晖里，就像三年前阿瓷第一次见到这个让她惊艳的女子。

你有没有恨过一个人。

你有没有恨过一个人后多年之后相遇却能够冷眼旁观事不关己高高挂起。

长雾将歇，窗外的飞鸟又飞出栖息之地，晚霞依旧普照大地，就在这长雾之中沉眠吧。

梦里三水拉着阿瓷的手，身旁是离群的一两只飞鸟，背后是雄伟的巨大钟楼，晚霞透过雾打在他们两人的身上，像是泛着柔光。

长雾眠，人终离。

淡紫流年

眼眸中尽是淡紫。

散发着淡黄色的幽谧灯光照亮了房间。淡紫碎花壁纸仿佛绽放开来，木地板上铺着淡紫色的毛绒地毯，淡色纱帘在落地窗前荡漾着，白色书桌上紫罗兰幽静的盛开着，一摞叠起的书尽用淡紫色包装纸包裹着，淡紫色的纸质笔盒随意的放在书堆上，银色外壳的笔记本电脑却被贴上了淡紫色碎花膜，键盘也个个印上了淡紫色的卡通图案，至于床，一眼望过去，尽是淡紫色与碎花，唯一一个不是淡紫色的，则是一只高达一米八的毛绒泰迪熊，它安静地坐在床边，散发着暖意，柔和的眼神就那么静静地望着我。

是从什么时候开始喜欢淡紫色的呢？

思绪飞舞，应该是从高二下学期开始吧。

或许，是因为一支笔。穆泽这样想。

高二开始了，文理科分班，穆泽毫不犹豫地选择了文科，随后被分到了A班。

隔天早晨，散漫地扫视着班里的人，零零散散的有几个人是穆泽以前认识的，旁边的位置空着，新同桌还没有来。

穆泽拿出英语周报漫无目的地看着，不时用黑色钢笔圈出略显陌生的词汇，懒散地打了个哈欠，眼眶中有点点泪光溢出，旁边的座位多了一个军绿色的书包，穆泽略显睡眼蒙眬地抬眸，一个清秀的女孩映入她的眼眸，有些眼熟呢，齐肩短发发梢微微卷翘，她嘴角的笑意有着淡淡的文静，与她清秀的外表有异曲同工之妙。

她一坐下，就颠覆了穆泽对她的印象，两只脚搭在桌脚中间的杠上，文静的笑容也变得略显豪迈，她大大咧咧的问穆泽，“啊，你是穆泽么？”

“啊？啊。是啊……”穆泽的表情有些僵化。

“那我就叫你泽泽啦。”钟爽伸手捏了捏我的脸，笑嘻嘻地说，“泽泽，年级里好多人认识你呢。”

“是吗？”穆泽左手撑着头，一边继续浏览着周报，一边听她说。

“啊喂，说话的时候要看我！”钟爽拽了拽穆泽衣角。不满的嘟囔着嘴。

“嗯，好，不看了。”穆泽放下手中的周报，拍了拍她的头，然后听见她小声地嘟囔了一句“会长不高的耶。”遂后也就作罢，她问钟爽，“怎么说？”

“因为你的声音很好听，”她一边观察着穆泽，一边说，“就是那个……书香驿站啦。”

“啊……是吗？”穆泽淡淡地笑了笑，清淡的声音，语速很慢。

“而且你画的画很好看，”她笑着，从包里拿出恐怖小说翻了翻。

穆泽轻轻地笑了笑，嘴角的弧度扬起。

这是她们第一次见面。

日子就这么一天天过去了，很快就期末考了。

……

考完了试，钟爽望着成绩单不满的嘟囔着，一把抓过穆泽的成绩单，“语文128，英语145，历史98，政治96，班级排名第五，全年级十五名……你是不是人类啊？”

“是啊。”笔尖在试卷上滑动着，还不时地在一旁的咖啡色皮质笔记本上做着考试分析与错题记录，“这次发挥的不大好呢，像语文的基础题我只超过平均分三分，扣了一分半，并没有达到预计的全对，比上次降低了百分之……”话音未落，一本书“啪”的一声敲在穆泽的头上，“啊……笨蛋你干吗呢。”穆泽揉了揉微疼的头，瞪了眼一旁拿书扇风的钟爽，“你存心让我不痛快！”钟爽哼哼的提起书包走出了教室。

穆泽只是微勾唇角，然后静静的收拾书包与叶凌去画室。

……

一个寒假过去了。

上历史课的时候，穆泽破天荒没有用钢笔，而是换成了淡紫色的勾线笔画着重点。

钟爽瞪大了眼睛，一把抢过，“呀，穆泽你换笔了吗？”

被抢了笔的穆泽指示从条纹笔盒中，拿出蓝色的MTSUBISHI水笔继续做着笔记，遂后轻轻“嗯”了声。

“你连写字都不用钢笔了吗？你今天是抽风了吗？”钟爽兴奋地说着。

穆泽只是淡淡望了她一眼，然后继续抄着笔记，“呀，这笔和我的一样耶，小泽泽你终于弃暗投明了吗？”钟爽抄过她的笔盒，拉开一看，“呀，泽泽你全部换成这种笔了吗？”

钟爽兴奋的打开自己的笔盒，黑蓝红三色笔都是MTSUBISHI的，“你看，小泽泽，”她用手肘撞了撞穆泽，穆泽转头望了她一眼，然后问，“什么事。”钟爽笑嘻嘻地说，“你终于理我了耶！”穆泽有些无语，准备转头，钟爽却忙说，“你看你看，我们的笔一样耶，”她兴奋地将两人的笔摆在一起，果真是一模一样，“嗯。”穆泽应了声，准备继续低头做笔记，“对了小泽泽，我还买了你画画的那种自动铅笔耶，不过是金色的，你看！”她从书包掏了支金色的自动铅笔出来，与穆泽笔盒中自动铅笔果然一样。

“嗯。”穆泽听完了之后继续抄笔记，无动于衷，钟爽又用手肘撞了撞穆泽，穆泽不看她，只是问“又怎么了。”语气中有些无奈。

“你怎么用紫色的勾线笔了？你不是只用红黑蓝吗？而且你不是一直只用钢笔吗？你怎么换勾线笔了？而且你怎么买了MISUBISHI的水笔？……”钟爽的问题一个接一个的问题抛向了穆泽，穆泽非常无语地瞥了她一眼，快速地做着笔记，说：“从凌子那拿的。喏，还有个涂改带，也是淡紫的。”穆泽的目光望向了笔盒后的淡紫色涂改带，碎花的图案随意印在涂改带之上。“呀，是碎花耶！我最喜欢碎花了！”她突然停了下来，穆泽有些不适应的望了她一眼，“怎么了？”“小泽泽你居然主动问我话了耶！”穆泽无语的再次瞥了她一眼，她赶忙说，“为什么叶凌会送你这个呀？还都是紫色的？”

穆泽记完了笔记，转着手中的勾线笔，“她说我适合淡紫色。”目光移向了水笔，“至于MISUBISHI……她说钢笔经常要加墨水很不方便，而且怕墨水打翻之类的弄脏我的衣服什么的……”

钟爽恩了声，然后瞥了眼穆泽的笔记本，“呀！你记了六页笔记吗？”一眼扫过，密密麻麻的一片蓝色水笔字，娟秀的笔迹蔓延了整张纸。

“谁叫你上课不认真听。”说着，就下课了。“你把笔记补补吧，我去找凌子她们了。”

“嗯。”钟爽一把捞过笔记本，朝后边走去。

两人虽然关系很不错，却有着不同的朋友圈，钟爽与班中成熟的女孩关系都非常好，和男生也能打成一片，成绩中等的她不喜结交学霸类学生，对于她来说，穆泽是她心中唯一一个有学霸美称却不惹人讨厌的家伙。

穆泽的朋友圈很广，但最好的朋友却只有三个人，叶凌，小苍与颜染，她们都是认识好多年的朋友了，特别是叶凌，已经有七八年了，而另外两人也有五六年。彼此之间都异常了解，叶凌与穆泽从小学同校，初中同班到高中隔壁班，后来文理分班两人在同一班。两人有许多共同的爱好，所谓“臭味相投”。她们四人是外人眼中的学霸，其实她们四人中，最有才能的穆泽却是之前成绩最差的一个，她在初中时一度考过倒数几名，后来在三人的连拖带拽下终于爬到了上层。

而在钟爽眼中，成熟的穆泽为何会和不成熟的小苍，叶凌，颜染混在一起，这是令她不解的，她曾经问过穆泽，穆泽只是浅淡地笑了笑，然后对她说，“她们才是真正成熟的人啊。”随后就没有下文了。

上课铃声响了，钟爽风风火火地冲到了座位，笑嘻嘻地看着穆泽，发现她的桌上多了一块淡紫色的橡皮和淡紫色的碎花尺子，钟爽撑着头，对着穆泽晃了晃手中的勾线笔，是淡绿色的，与穆泽的大抵相同。

“你的尺子和我现在用的一模一样耶，除了颜色和花边，连碎花都一样。”钟爽扬了扬笔盒中的尺子，笑嘻嘻地说。遂后，她又说，“你看，我们的笔盒除了颜色不同都是一样的，然后尺子和笔都一样，真的像对好同桌呀是不是？”

“嗯。”这堂是美术课，穆泽望了眼题目后就刷刷的画了起来，笔尖都未停留过。

突然她停了下来，望着自己的淡紫色条纹笔盒，与钟爽的确实是一模一样的，当初好像是她送给自己的呢……她是浅绿色的，而自己则是淡紫色。

一眼扫过去，她的笔盒，勾线笔与尺子都是淡绿的，而自己则都是淡紫色，不过还比她多了个橡皮与涂改带。

她随着穆泽的目光望向了涂改带与橡皮，她突然对坐在最后一排的安琪大喊，“安JO拉~”穆泽抬头寻视老师，老师并未在班里，原来是去拿上节课的优秀作品了，坐在后面的安琪应声抬头，“作尼？”钟爽挥着手中穆泽的橡皮与涂改带，“把你的淡绿色涂改带给我，还有把小李子的绿色橡皮给我捎来。”安琪得到指令后转头去拿东西，遂后都传了过来，她笑盈盈的望着穆泽，得意地挥着手中的东西。

穆泽的笑意弥漫开了，如沐春风。

她继而在画册上绘画着，完美的侧脸在纸上呈现，“好漂亮耶……”钟爽抢过画册大声惊呼，旁边的几个人应声凑上来，叽叽喳喳的议论着，突然老师就来了，瞪了那几个人一眼后径直走向讲台，“上节课的优秀作品有，穆泽，98，全年级最高分。”穆泽得意的转头去看叶凌，小孩气的表情毫不保留，叶凌只是淡淡地笑了，然后挥挥手示意穆泽转过去。“接下来是叶凌，95。颜染，90。苍铭，86……”

“又是你帮颜染画的？”钟爽撑着头问穆泽。

“嗯。”淡淡地应了声，用0.05的勾线笔勾着侧脸脸廓。

“那苍铭的呢？”钟爽问。

“我和凌一起帮她画的。”穆泽拿出水溶性彩铅准备开始上色。

“呀！这幅画别上色！”钟爽将穆泽手中的棕色彩铅抽走，塞进笔帘。

“嗯？”穆泽不解地望着她。

“因为不好看呢。”钟爽嘟囔着。

“好吧……真拿你没办法……”穆泽将笔帘收进包中。

“还说，你从来不帮我画……”钟爽撇了撇嘴，极其不满。

穆泽笑了笑，开始画阴影。

周末过了，圣诞节到了。

钟爽送给穆泽一个淡紫色的书包和一大堆装在淡紫色玻璃瓶中的纽扣。

而叶凌送给穆泽一条她自己织的淡紫色碎花围巾和手套，至于颜染和小苍分别送给她淡紫色的纯色衬衫和碎花衬衫，还有一支淡紫色的碎花笔，而另外一人则送穆泽一个古铜色怀表和一个淡紫色碎花水杯。

穆泽不解的是她们怎么像预计好了一样送她淡紫色？

叶凌浅笑对穆泽说，“淡紫就像筱姐啊，而碎花多像筱姐的笑容啊。”

“是啊~”她们附和。

而小苍还送给了钟爽一个与穆泽同款的杯子，不过是淡绿色的，因为前些日子小苍弄坏了钟爽的笔盒。

钟爽送给穆泽的书包，她自己也有一个，不过是淡绿色的。

她笑嘻嘻地对穆泽说，“我可是故意的哦，这样一来，以后你只要看到这些东西就可以想到我了呢。”

“是啊……我现在不仅是看到那些东西就会想到你，连看到淡紫色或者是碎花都会想到你呢……”

穆泽喃喃自语，这个时候，她已经高考完了。

她并没有和钟爽考同一所大学，却在同一个省份。

她紧握着那支淡紫色的笔，那些东西，虽然并没有什么意义，却代表着她整个高中时代最真挚的友情与回忆。

淡紫碎花，流年似水。

滴酒不沾

我前世一定是酒庄里推销红酒的女郎，所以这一生，滴酒不沾，厌酒犹如躲避最恶心的虫卵。

前几天回学校拿了毕业证书，一群人嘻嘻哈哈地吵着要去中山路附近的什么蓝调酒吧喝酒，拗不过女伴的几番邀请，只得素着脸庞，提着怪里怪气的白纱裙摆，尾随着一群人进了灯红酒绿流光溢彩的蓝调。

听着名字像曲低沉缓和的爵士小调，进去了才发现吵闹得很，各色霓虹灯的直射下，各形各色的面孔，男男女女的糟态一览无遗。即使是吵闹的劲爆金曲，也掩盖不去人在黑夜之中涌动迸发的欲望。

几盘桌游玩下来，桌上已是瓶瓶罐罐的摆了几大排，艳妆红装的女伴递了杯猩红的酒给我，我挑了挑眉，不动声色地推开。

“喝啊。”旁边一个男孩儿笑着撞了一下我的肩，眼角的余光表明了他心底的不屑。

来都来了，还装什么不食人间烟火。耳边有微弱的声音在躁动，我皱了皱眉，垂着眸子乜了身旁的男生一眼。他躲闪着对上我的目光，又抓起眼前的手牌胡乱一通打，像是在躲避些什么。

我勾了勾嘴角，抓起手包就往外走。耳边嬉闹的声音像是夜半时分小贩用扩音喇叭大肆喧嚣的乐曲。一路疾走，眼见着就要跨出酒吧的大门，手腕却被人抓住了。

“什么事？”眼前的人是刚才酒桌上身旁坐着的男孩。奇怪，我嘟囔了一句，怎么是他。

“凉旗，你留下来吧。同班两年，班里聚会你可是一次都没来啊，这都毕业了，大家一块聚聚，也是情理之中吧。”他微微低着头看我，语气诚恳，也带着几分怪异。

“不了。”我笑笑，从包里掏出车钥匙。

“那这么晚了，我送你回去吧。”他抿了抿嘴，额头上泌出蒙蒙的薄汗，竟有些可爱的样子。

我把小拇指上晃荡着的车钥匙拎起来，在他眼前摇动几下。

他瞪大了眼睛，很吃惊的语气，“你……会开车？”

无奈的捋了捋头发，闷热的火气像苏州河边氤氲四寮的水汽缠绕着行人，令人作呕。“我要回去了，麻烦帮我跟苏静提一句，谢谢。”

“好……”

浊浪排空，云流在红白交映的夜海上跃动，势若奔马，硬是掀起惊涛骇浪。

“今天天气真好。”小声感叹了句，摇下车窗，带着热浪的席风吹鼓起我的耳边发，迷乱了眼前的视线。一手捋开扰乱视线的发丝，一手生涩地打着方向盘。

抄起手边的手机，拨了个电话给北河。

“考完了？”电话那头有些嘈杂，像是菜市场里叫卖蔬菜猪肉之类的声音。

“哟，大哥，您也不瞅瞅这都几号了，录取通知书都搁床头几星期了好么？”

笑声打耳机里直溜溜地进了耳朵，低哑而迷人的男声像是奚落的红烟落在了耳边，美的醉人。

“你啊。”他顿了两顿，“我这半个月成天加班，忙得都忘了时间。小祖宗，不如您赏个脸，让我这几天陪你去看你喜欢的那部电影？”

“魔兽都下映了好不好。”一个白眼翻上了天，手里的方向盘打来打去的，悄然间已经上了高速。“再说了，联盟部落都分不清的人，还陪我去凑那个热闹干什么。大叔，我现在在回家的路上，已经上了高速了，差不多九点到城区，你泡壶茶在家等着我吧。”

“这么快就回来了？不去和同学一块聚聚吗。”

“没劲，除了喝酒唱歌就没别的事可以干了，还不如和你在家里撮一顿好的呢。”

“乖。你怎么刚拿了驾照就上高速？还打着电话？胡闹。”

“呵。你还担心起我来了？我今儿个差点被一群男的挨个灌酒的时候你死哪去了？”撇着嘴偷笑，眼前是空荡的田野和零散的土房子，乡村的气息混合着泥土的香氛，在车厢内游荡着。心情突然明朗起来。

电话那头沉寂了好一会才传来他的一声轻叹，“别闹了，我在家等你，好好开车吧。”

一声不响的挂了电话，嘴唇紧抿着，半晌才蹦出两字，“没劲。”

匆匆下了高速，本想着直奔北河的房子，但方向盘一打，拐进了老街的一家酒吧。

我不喜欢喝酒，但这并不代表我不会喝酒。三年前，我刚刚喜欢北河那会儿，想得到又得不到，只得天天借酒浇愁，嘴上说着滴酒不沾，像个落入凡间的谪仙一般避开各类派对聚会，实际上却天天窝在这古旧的骑楼里头醉生梦死。

学校出了门右拐，直行十来分钟，就是老城区的牌坊街，各式苍老或翻新的骑楼里头是有年代的老旧商铺，清一色挂着红木牌匾与红纸灯笼，引得外地的游客哇哇直叹，临走前定是免不了举起手机相机拍几张照留念的。

在这些白色骑楼中，有一家酒吧最为独特，立着的原木板上是青铜色的几个大字，龙飞凤舞颇有董其昌的风范——“另一个人”，是酒吧的名字。这栋骑楼残破的像栋危楼，唯一引人注目的是它的外墙上爬满了绿色的藤蔓，连门口的台阶上都铺满了青苔，与周遭亮明干净的楼房格格不入，像个黑脸的外乡人。

但就是这么一栋类似大绿樟的老房子，承载了我高中三年所有的不满与回忆。

北河是我的恩师，也是我这十八年来认认真真喜欢的第一个男人。

他有着男人最常见的脸庞，和这个世界上最美丽的眼睛。我还记得三年前的某个夜晚，我刚刚下了晚修，背着画筒急匆匆地赶到画室，就对上了他惺忪的睡眼。

他抬着头，一只手撑着下颌，一双鹿眼湿漉漉的，像极了清晨松林间的迷雾，直叫人软化了心。我突然就不会动了，手呆在半空中，痴呆着看他的眼睛。

他揉了揉眼睛，半眯着眸子看我，“怎么了？”

所有的喜欢与内心深处隐藏的情愫在顷刻间迸发，像火山爆发，无数喜欢的岩浆充斥了我的脑中世界，堵塞了我的眼目口鼻。

从此以后，眼中只有他一个人。

“回来了？”际遇不用转身都知道是我。

我扫兴地把刚摆出来的鬼脸悻悻收回，随手拿起柜台前的琉璃盏，熟门熟路的拐到地下室装了一杯颤悠着鲜血光泽的红酒，心满意足的抿了一小口。

“呐，好久没喝酒了。”

“呵，也不知道是谁成天叫嚣着滴酒不沾，避酒如避虫的。”际遇没好气地瞥了我一眼，语气慢悠悠的，“想起来也是好笑，当年你一脚踹开了我这小店的门，我正想着我是得罪了哪个大佬，就看见一个穿着白裙的女孩耀武扬威的向我走过来，临头第一句话就是‘我不喜欢喝酒，也从来不喝酒’，那个时候我还以为你刚从精神病院放出来，不喝酒来酒吧干什么？钓凯子还是找乐子啊？没想到你倒是奇葩的让我无言以对，‘我觉得我前世，一定是酒庄里推销红酒的女郎，所以这一世滴酒不沾，厌酒犹如躲避最恶心的虫卵。’”

我哈哈大笑起来，一口干了杯中酒。“那个时候听说北河有老婆，心情烦躁得不行，正看见你这酒吧，就想着要不来两杯，醉了就什么都不记得了，于是一脚就踹开了门，但这前脚刚进了店，我这后脑勺就反应过来了，我不是一直高举着滴酒不沾的旗帜吗？这算怎么个事啊。但这箭都在弦上了，不得不发啊，干脆就随口胡扯了一段矫情小文字，想把这茬带过去。”

“随口胡扯？”际遇的目光直直地看向我，“那是你给北河发的第一条短信啊，你以为你忘了，我也会忘了吗？”

“我……”慌乱地垂下乌睫，眼神躲闪。

“凉旗，你又想逃避什么？三年前是他有了老婆，现在呢？你连承认你们的开始都不敢了吗？”

“不是！”我猛地抬起了头。

“前几天我遇见了苏静，从她那听来的说辞，怎么是北河先追的你啊？”际遇递了杯伏特加给我，金色的液体像魔法师的魔法，折射出人最丑陋的内心。

“……”

“你连承认你倒追男人三年的勇气都没有，你还想站在他身边和他白头偕老？”

“不是不敢承认，而是不愿意承认。”

“神经，矫情病又犯了？”际遇冷嗤一声，“你这是受什么刺激了？不敢承认与不愿承认，无非都是虚荣心在作怪，你被人捧惯了宠惯了，从来都是男人围着你转，从来没有主动追求过一段感情，直到你遇到了北河，你追了他三年却什么结果都没有。且不说你追他这三年是不是为了显示出你的一往情深，但是凉旗，不管是我还是北河，都很清楚你这个人是什么个脾性，北河当年说，‘小七这个人，得到了，就不会珍惜的。’还有他写给你的那封信，信里说‘你要的其实不过是一个结果，和一段短暂的期限’，你难道不记得了么？”

我抄起小包又是落荒而逃，际遇太了解我，也把我对北河的感情看得太透，每每听她怒斥，心中都不得不承认她说的都是对的，但就是不愿意去面对。

最后还是兜转回了北河的家。

“好累吖。”一开门我就伸手挂在北河的脖子上，像只树懒。

“乖，过来吃饭。”他揉了揉我的头发，动作温柔。

“我刚刚去找际遇了。”头埋在他的胸膛上，语气闷闷的。

“以后不要去找她了，”他拉着我的手走到饭桌旁。“每次去了你都是东想西想的。”

“好难过啊。”眼眶湿湿的，“我以前喜欢去找际遇，是因为你喜欢过她，而我又特别想知道你喜欢的女人到底是什么样的，后来去找她，是因为觉得她和我好像，总是能知道我在想什么，但是就是因为她太了解我了，太像我了，所以我才那么讨厌她又那么喜欢她……”

“傻瓜。”北河盛了碗汤在我面前，热气腾腾的都熏得我看不清他了。

“呐，大叔，你知道吗，其实我当年去找际遇，根本不是巧合的，我知道你喜欢她，所以特地找人查了她的不少资料，包括她开的那家酒吧。那个时候啊，又听说你有老婆，我就想，那我就去告诉她，再让她去质问你好了，没想到千算万算，却没想到她已经不喜欢你了，压根就不在乎你到底结婚了没有……”

“……”北河无奈地笑了笑，“小傻瓜，吃饭吧。”

“不！不！你听我把话讲完。”我拉着北河的手，眼泪止不住的淌，“其实这两年我已经不觉得我和际遇很像了，但为了维持我和她之间的平衡，我又不得不去扮演一个和际遇很像的凉旗……但那不是我啊，所有的人都觉得我和她像，连际遇的妈妈都分不出照片里的女孩是际遇还是我，想当初我们多好啊……可是为什么偏偏是我为了了解你去接近际遇的那段时间我们最好呢。”

北河走到我身边，半跪着拉起我的手，低沉的声音很认真，“因为，你们之间唯一的联系，就是我啊。”

……！

“小七，你做的这些，我和际遇早就知道了。”

我目瞪口呆地看着眼前的北河，巨大的惊恐在耳边“嘭”的一声爆炸。

“傻瓜，你今年十九岁，遇到我的那一年，才十六岁。所以我总说，我们之间的差距，不仅仅是年龄与阅历，还有太多的不对等。你的确优秀而出色，早熟且有着超越同龄女孩的美丽，但你到底不是成年人，你的这些小伎俩，不要说在我面前，就是际遇，其实都一清二楚。

你记得我给你写的那封信吗？我说，爱，是清楚、坚固、勇敢的力量。但你只是个孩子，纵然你有着最炽热的情感去喜欢，去追求一段感情，但你真的很难明白，什么是爱。

所以，这三年我过得，比不并你轻松。高考前两个月，我都没有接你的电话，是为什么？因为你还只是个孩子，你不懂得克制自己的情感，所以只能由我来帮助你克制，否则后果不堪设想。

我曾经对你说过，你还有一个清华的梦，而我，实在不足道哉。小七，我花了整整三年的时间来说服我自己接受你，不是你不好，是你太好了。我过去告诉过你，从遇见你开始，我就喜欢你，想要珍惜你，但是要把你留在我身边，又是我不敢想的。

你是我的学生，即使你总说你不把我当老师，但不论以后我们的关系如何，师生这一层薄膜，永远是盖在我们身上的，逃不了。

一个人是不是鬼上身，真是难说，讲了这么多自己都不懂的话。

“你不怪我吗……”我呆呆地看着北河。

北河笑了笑，捏了捏我的手，“有什么好怪的？记得吗，你高一的时候故意在我面前给际遇打电话，摁了免提硬是让我听见了际遇骂我负心汉让你离我远点的话。那个时候我就告诉过你，不论你是故意的，还是无意的，我都并不想去在意这些，因为那时的际遇对我来说，仅仅只是我的朋友，又或是众多学生中的一个，但你，是我偏爱的。”

愣了老半天才回过神来，我看着眼前的北河，蹭地一下站起来，拉起他就要往外冲。

“怎么了？”他扣住我的手腕。

“我们去找际遇说清楚。”我坚定地看着北河，心里的豪言壮语要从喉咙中跳出来了。我现在只想牵着北河的手，告诉全天下的人我爱他。

“说什么？”他又是笑，“在一起是两个人的事情，不用特意去告诉她，如果你想告诉谁，就陪我回趟老城区，去见见我母亲和我姐姐。”

“啥？？”我惊得下巴都快掉了。“我们还没在一起呢，就要见父母了吗。”

北河皱了皱春山一样的眉头，“什么还没在一起？”

“你有说过要和我在一起吗？过去这三年，我每次提出要在一起，你都说高考后一切都能解决。”

“哦，是这样吗？”他冷着脸，挑了挑眉。

“……”我咬了咬唇，“好啦好啦我错了！哪有这样的嘛。”

“小傻瓜。”他摸了摸我的头。

睡眼蒙眬间，他静悄悄地进了我的卧房，月色迷蒙糊在他的面庞上，一双眼眸亮如白昼。

他捞起我嫌热踢走的被子，把空调调低了两度，又把风速调成了睡眠模式。

眯起眼睛偷瞄他，却突然有一张脸凑了过来，赶忙闭上眼睛。安静的午夜里，只有他猫咪一样柔顺的声音，“其实我知道你是想要一场告白。”

“一年前文理分科考试的时候，你语文考了全级第一，我接你出来吃饭，你那天说好的滴酒不沾，结果喝光了际遇酒窖里所有的红酒。”尾音上翘，带着几分笑意。

“你半梦半醒之间，抱着我问我到底喜不喜欢你。”一声轻叹让我的心揪了起来，“我当时说，以后不要问这种问题了。”

好像过了好久，北河才说，“其实那天你睡着以后，我附在你耳边对你说，你就一直做我喜欢的那个人好不好。只是你没有听见。”

“我今年二十八岁了，小七。”低沉的声音有些迟缓，“如果以后我走在你前面，你要怎么办呢。”

“我曾经对你说，你早晚要放弃我的。”他又是一声笑，“那天你听到这话，眼泪就哗啦哗啦的流，让我难过自责了好久。”

“你今晚和我说，有一群男生要灌你的酒，我说别闹了，你就挂了电话。我知道你肯定是不高兴了，你啊，就是小孩子脾气。其实这两年，我一直让北山护着你，像今晚这种局，他肯定就是坐在你身边的。所以啊，宝宝，我不是不关心你，而是我关心你的方式不同。我毕竟是个社会人士，总不能说像个毛头小子一样冲到你同学面前把你带走吧。”

“絮絮叨叨地说了这么多废话，”北河摸了摸我的头，轻柔的捋了捋我耳边的碎发。

“玲珑骰子安红豆，入骨相思知不知。”

疯子

上个世纪九十年代末，我刚从师范毕业，实习期刚过，屯在家里头等通知的空儿，去了邮局给我师范的老班主打电话。

南风徐徐，晚霞映得人脸满面红光，我向着西边的夕阳走去。几番兜转，我提着一大袋子东西进了邮局，表妹站在柜台后边，手里晃荡着串钥匙正打算锁门，看见我又坐下了。

我把一袋吃的递给她，她熟练地往旁边一让，我一溜烟奔过去坐下，拿起电话就开始给我的老班主拨号。

“西夏，我和你说个事。”电话一接通，忍冬就笑了两声。

“嗯，好。”

“前两天文椿回学校来找我，说她爱我，你说她是不是疯了。”

我瞪大了眼睛，半天合不拢嘴，“啥？”

“很难相信吧。”忍冬叹了口气，“当年你和她走得也蛮近的，你说，她这是怎么了呢。”

“……”我皱着眉头，脑子里想起了文椿的模样。

文椿是作为特招生进的我们学校，当年师范分数高于重点高中三十分，文椿没考上，但学校领导却执意破格录取了她。

因为文椿是个残疾人。

她的左手，没有食指和无名指。

我第一次遇见文椿，是她捧着本书坐在湖边。

落日余晖勾勒出她的影像，绿丝绦在她的身前摇摆，水波涟涟荡起细纹。树影婆娑，她长身玉立。临近夜晚，夜色初晓，湖边除了我这个本意匆匆而过的路人，就只有她了。

我看不清她的脸庞，只瞧见她一头瀑布般的长发。

当时我急着打饭，驻足片刻又乱了脚步匆匆离去。直到一番吃饱喝足后，我踮着步子路过湖边，她竟然还在那里，连位置都不曾挪动半分。

我看着文椿。她一直低着头盯着手上那本书，把脸埋没在长发之中，叫人看不清真切。

回想师范四年，我和文椿的交集并不算多，但在外人看来，已经足够了。

因为文椿是如此的孤僻和自闭。她活在自己的世界里，没有人能够拥有通往她世界大门的法宝。

我记得十分清楚，我十六岁那年，我们刚刚进入师范。学校组织了一场文学大赛。我和文椿都拿了冠军。不同的是，我们是两个极端。我写东西，一向是诙谐幽默，轻松自如的。但文椿，她十分特别。

当时许多人慕名去翻阅文椿的文章，都觉得十分惊讶。一个十六岁的少女，似乎历尽人间沧桑，看透世间繁华，对红尘纷扰无意。像是六根清净，遁入空门的女尼，却又不得不涉足这人间烟火。

我知道文椿十分孤傲，不屑与他人为伍。但我无法想象的是，她在最美好的年华里，选择了与世隔绝的活法。

唏嘘几声，我问忍冬，“她现在是怎么个情况呢？”

“文椿分到她们县的一个小学去教语文了。”忍冬的语气似乎有些无可奈何，他说，“她每天都会寄封信过来，也常常来找我。”

“那你怎么办？”

“能怎么办呢？你们都知道的啊，我年底就要当爸爸了。”

我笑了笑，点头说道，“是啊。”

我们刚进师范没一年，忍冬就发了喜糖。等到我们毕业那会儿，就听忍冬说他要当爸爸了。

粗略算算，忍冬不过大我们七岁。当年他师大毕业，教的第一届学生就是我们。

忍冬身材挺拔，相貌堂堂。闲暇之余最喜欢穿件球服在操场上挥汗如雨，他打球的动作优美，英姿勃发。被我们女生笑称师范一枝花。但奇怪的是当时我们都没有对他起什么小心思，可能是因为忍冬一直都拿我们一群小女孩当小屁孩的缘故，又或许是当时过于青涩，年幼无知。

现在听忍冬提起文椿这档子事，再回头想想，倒是觉得情有可原。

文椿生得并不出彩，脾性又孤傲。师范三年除了在广播站偶尔瞧见她写写稿子，倒是不大得见她。可她当时写的一手好诗，妙笔生花，忍冬惜才，常常与文椿探讨文学一二。我并不清楚文椿什么时候开始喜欢忍冬的，但也差不多知道她为什么喜欢忍冬。

她一直都是孤身一人，茕茕孑立形影相吊。而在她最懵懂青涩的年纪，她遇见了忍冬。

自那天和忍冬联系过后几月，我和在师范时的密友小聚。

她见了我就开始侃大山，聊着聊着就聊起文椿，她问我知道文椿倒追忍冬这事吗？

我点点头，说：“知道一些。”

乘隙一边喝茶一边说，“文椿这两个月一下班就直奔师范，专门堵在忍冬下班回家那条路上。忍冬这几天郁闷的不行，直接休了年假撂摊子不干了。听咱指导员说他老婆都知道这事了，气得不行，整天和他闹。”乘隙叹了口气，又说，“你说文椿这是何苦呢？我们刚进师范那会儿忍冬就给我们发喜糖，谁不知道他有家室有老婆啊。再说他老婆预产期年底就到了，这都没几个月他就要当爸爸了。闭着眼睛都知道是没机会的事。”

我只是笑，也不知道说什么好，只能低头喝茶。

两人好长一段时间没说话，乘隙不停地泡茶喝茶，直到一壶水见了底，她才挥手叫了两扎青啤。

乘隙“呲啦——”一声拉开铁罐铁环，举起酒瓶往嘴里灌，她看着我对我笑，嘴里头幽幽地说，“其实我倒真是羡慕文椿，明知道是不可能的事儿，还这么勇敢。当年进校那会儿，我也喜欢忍冬喜欢的打紧，但没多久就知道了他结婚的消息，还吃了他一把喜糖，没多久就彻底死了心了。”

我敲了敲乘隙的头，笑嘻嘻地说：“都快结婚了，还说什么傻话。”

乘隙点头，靠在我腿上，手里摇晃着酒瓶，酒水乱七八糟的到处洒。

我听见她轻轻地说，“谁年轻不犯点傻啊。”

如今一晃十多年了，前几天参加同学聚会。几个三十来岁的青壮年酒喝到兴起处居然哭了起来。

我来得晚，没明白怎么回事。扯着乘隙问怎么回事。

乘隙皱着眉头告诉我，文椿疯了，微凉跳楼了。

“什么？！！”我踉跄了一下，手里的杯子“啪——”一声滑落在地，碎了一地的玻璃渣子。

我瞪大了眼睛捂着嘴巴不可置信地看着乘隙，“怎么回事……”

乘隙叹了口气，拉着我坐下，她的语气里全是悲凉。

“文椿二十五六岁那会儿家里催着她结婚，替她物色了几个对象让她去相亲她都不满意，后来她妈急了，直接收了男方的彩礼就硬逼着她和那男的结了婚。”乘隙紧锁着眉头，又是叹气，“你是出国了不知道，那男的哪里配得上文椿。文椿是长得不好看，身材也不好，但她是个实打实的才女。”

乘隙看着我，有些激动，“西夏，你是没见过那个男的，初中都没毕业，也没工作，就自个家里开了个杂货店，在城郊外头守着。就是看准了文椿是公务员有个铁饭碗才结婚的。生得真是不怎么样，言语也是粗鄙。”

“那……文椿怎么能同意呢？”

“她妈天天闹，一哭二闹三上吊的。文椿孝顺，只得依了她妈。结婚后生了个男孩儿，没过多久就离婚了。孩子给了文椿的妈妈带。文椿也从家里头搬了出去。”

“那她怎么会疯了呢？微凉怎么又跳楼了？”我听的满头雾水。

“她后来去了宣传部，和微凉走得很近，两人趣味相投，惺惺相惜，好得和恋人一样。那段时间文椿像是变了个人似的，和微凉越来越像，没有原来一点原来的样子。”

我蹙着眉回想微凉的模样。

印象里微凉似乎不是我们系的，但是很喜欢来听忍冬的课。长得挺漂亮，却总是独来独往，喜欢写些我们看不懂的小诗，才情很有几分。当时我们这一届有几个男生特别喜欢微凉，追了好几年都不了了之。

我不大清楚微凉是怎么一个人，但记忆里并不如文椿那么孤僻。我奇怪地问乘隙，“微凉是因为什么事情而自杀的？”

“不清楚。但文椿疯了有很大一部分原因是因为微凉的自杀。前阵子微凉刚走那会儿，文椿总是反复走她家到师范的那一条路，一天要走几十趟。回到家后也不吃饭，把一件衣服反复洗，洗完就晒，晒完又洗，每天除了走那一条路就是洗衣服。她母亲吓坏了，送她去精神医院诊断，一查，精神分裂。”

我垂着手臂，胸腔里头像是憋着口气，难受着喘不上来。我哆哆嗦嗦的拿了杯水一口气喝下去，我问乘隙，“你说文椿疯了，有一部分原因是因为微凉的自杀。那，还有一部分原因呢？”

乘隙听完了我的话，突然把头抬了起来。

她盯着我，一字一句地说，“文椿一直都爱着忍冬。”

“什么？！”我震惊地看着乘隙，感觉笑肌都僵硬了。

乘隙无可奈何地对我苦笑，“十年了。她还爱着忍冬，很不可置信，是吧。”

我喉咙突然有些哽咽，“那，忍冬知道吗？”

乘隙把头偏向了一边，“当然知道。”她顿了一下，才又说，“文椿她母亲找过忍冬，希望忍冬去看看文椿。但他拒绝了。”

我张着嘴不知道说什么好。

假期的最后几天，我去了疗养院探望文椿。

我做足了心理准备，但当我见到文椿的时候，我还是被吓了一跳。

我推开白色的房门，她突然出现在了我的面前，向我扑了过来。她狠狠地抓住了我的衣服，指甲掐着我的手臂，面孔狰狞而扭曲。我被吓得一愣，直到医生和护士把她按倒在床上，给她注射了镇静剂，她才安定下来。我慢着脚下的步子向她走过去，她已经差不多睡过去了。我在她的床边坐下，看着她已经消瘦得不成人样的面孔。

心里一阵叹息。

我坐在那儿等了四个小时，直到她清醒过来，情绪稳定的看着我，认出我。

文椿安静地看着我，面色祥和，她的主治医师告诉我，她已经有半年没有接触过任何人了，情绪有些激动是必然的。

我问医师，文椿的父母也不来看她吗？医师摇摇头说，文椿看见她的母亲情绪会异常激动，久而久之她的母亲也就少来了。

我呆呆地坐在那儿，文椿突然问我，“忍冬还好吗？”

我垂着眸子不敢看文椿，我低着调子说，“他十分好。”

文椿笑了两声，我抬起头来看她，她笑得很温婉柔和，眼角的鱼尾纹堆在一起。

她看着我说，“西夏，这么多年了，你一点儿都没有变。”不等我回答，她又自顾自地说了下去，“我还记得当年忍冬最喜欢的学生就是你，每次我和他闲聊，他都会很忧愁地看着我，对我说他希望我能像你一些。只是可惜，我是成不了你这样的人的。”

我并不接话，只是安静地听她说。

“西夏，人人都说我是疯子。我也以为我是疯子，但是疯子，还会爱人吗？”文椿拿纸杯给我倒水，她的声音很轻，“这十年来，我每一夜入睡前都会想起忍冬。只不过如今，我要抽出一些时间来想念微凉了。”

“微凉……”我刚想开口说话，文椿突然一把打掉了我手里的纸杯，她冲我声嘶力竭地吼着，“凉凉，他从来都没爱过我！他从来都没爱过我！你知道吗，这十年来，我每个晚上都告诉自己，我不要爱他了！不爱他！可是我还是爱他！”

文椿揪着我的衣领凶狠地看着我对我喊道：“为什么？为什么他不爱我啊？我这一生最美好的十年都拿去爱他了，可他现在连来看我一面都不愿意！！你告诉我为什么？！”

我被勒得喘不过气来，手脚并用地推开了文椿，冲到床头拉了铃。几个护士马上冲了进来，把跪在地上哭天喊地的文椿架了起来抬到床上。

我被一个护士迅速推出了病房，但文椿的呐喊依旧不断地传入我的耳中。

她不停地闹着，哭着，不知道是问自己还是问我，“我为什么要爱他？为什么他不爱我？！”

文椿用她的一生去爱忍冬，哪怕忍冬从来没有给过她希望。

从头到尾，都是她一个人在那条路上奔跑。她朝着黑暗的前方不知疲倦地奔跑，希望能看到一束阳光来照亮她。

她遇到了。微凉与她朝夕相伴的那几年，也许是她这一生最美好的那几年。

她有了可以倾诉的朋友，有了可以挽着的臂弯。她不再是一个人穿越火线，她有了战友。

可好景不长，微凉离开了她，再也不可能回来。那束光永远地消失了。

所以她宁愿成为一个疯子。

因为这个世界上，再也没有了陪着她走向黑暗的人。更何况，那黑暗从未给予过她丝毫光芒。

海深时见鲸

蓝祺是一个渴望飞上天空的男孩儿。

从很小很小的时候，他就反复做一个梦。在梦里，他变成一朵白色的云，在云与云之间来回穿梭。他眯着眼，听着耳边呼呼的风声，感觉自己的身体仿佛已经失去了重量，轻得像海面上乘风破浪的羽毛。

每一次从梦里醒来，蓝祺都会缩着鼻子回味一会儿，他总在想，海水是咸的，海风是掺杂着海盐的腥辣味，那拥有无数柔软白云的天空，又是什么味道呢？他从小生活在海边，出生在一个渔民的家里，记事起，与他接触的每一个人都是渔民，身上散发着浓郁海腥味的渔民。所以蓝祺也注定是个渔民，但因为大海有着和天空一样的蓝色，他也喜欢大海。

乘着白色的浪花，蓝祺驾驶着一只小小的船，向遥远的海面开去。每天完成完固定的打鱼数目后，蓝祺最喜欢卧倒在小船里，就像躺在天空里，被层层叠叠的蓝色气流包裹着。随风飘荡，小船在海面上渐行渐远，这一天他的船飘得很远，几近来到了海的正中央。醒来的时候，赤霞橘光烂漫满天，蓝祺揉着眼睛，松松软软地打了个呵欠，他环顾四周，澄净的蓝色包围着他，一望无尽的大海投映着天空的颜色。

“噗呲噗呲——”

身后突然传来一阵水声，蓝祺吓了一大跳。他转身一看，一人高的喷泉像灿烂的烟火在海面上缓缓升起。蓝祺滑动船桨，一点一点靠近它。他依稀记得，村里的老人说过，海深时见鲸，而巨大的白色喷泉，则是鲸鱼在吐息。在离那簇喷泉只有五十厘米的时候，蓝祺收了桨。他还记得渔村的长辈告诉他，鲸鱼是上古遗留至今的神兽，有灵气得很，能帮助人类实现一切愿望。

“既然如此，没准鲸鱼能帮助我实现我的愿望呢。”蓝祺雀跃地坐在船边，把脚伸进了海里。“鲸鱼呀鲸鱼，你就像海里的大鸟，既能在蓝天中翱翔，又能在海水里畅游……什么时候，我才能和你一样呢？我不求多，一次就好，给我一次飞上天的机会，我会用我平凡的一生去回味飞上天的过程。”

像是听见了蓝祺的求愿，喷泉停止了，巨大的蓝色身影从海底下轻轻掠过，很快消失在了蓝祺的视野里。他有几分沮丧，于是他抬起头看着天空喃喃自语，“鲸鱼是个坏孩子，它怎么可以不理我呢。我只是想和他一样飞上天空啊……只要让我飞上天空，我愿意付出一切。”

蓝祺垂头丧气地回到村子里，父亲正站在海边的石堆上张望着蓝祺的身影。这会儿天色尚晚，沉沉斜月挂在海边的枯树枝上，蓝祺蹲在一树月影下，背影弱小而无助，他环抱着自己，眼神呆滞地盯着父亲的脚，良久，他才抬起头来对父亲说，“爸爸，你说大鱼会帮我飞上天空吗？”

父亲蹙着眉头，伸出手在蓝祺的发顶上揉了揉。“你呀，”父亲叹了口气，“就这么喜欢天空吗？”

“不是喜欢天空，是喜欢飞上天空的感觉。”蓝祺瞪大了眼睛，神情专注且认真。

父亲缓慢地直起身子，常年浸泡在水里的双脚微微变形，他向前走了几步，蓝祺望着父亲的背影，突然觉得父亲老了，走路的模样倒是像极了河里的青蛙浮水，两片蛙蹼一开一合。蓝祺看着看着，“扑哧”一下笑出声来。

父亲一手撑着腰慢慢地转过身来，他看着蓝祺咧着嘴笑得灿烂面孔，神情突然变得十分哀伤。“小蓝还是个小娃娃，要多笑，要开开心心的活着才是啊。”

蓝祺笑着说道，“如果能飞上天空就好了，那我一定会非常非常开心的！”

父亲拍了拍蓝祺的肩膀，这会儿的海风很大，此起彼伏的海浪卷着边向石堆涌来，父亲的眉头越皱越紧，沉默半晌，他像是下了什么重大的决心一般，摘下了从蓝祺记事起就戴在左手中指上的银戒。“小蓝，我出一趟海，你把这个戒指收好。”

蓝祺握着戒指，目送着父亲登上他的小船，在沉沉夜色中愈行愈远。回去的路上，蓝祺一直盯着那枚古朴的银戒瞧，他把银戒对着月光高高的举起来，乳白色的月光下，戒指内环的鲸鱼图纹闪闪发亮。蓝祺学着父亲的样子，把戒指套在了左手的中指上。

也许是戒指的缘故，蓝祺今晚睡的格外安稳。

这一觉很长，蓝祺醒来的时候。他惊讶地发现父亲还没有回来，他朝外走去，村子里也是空空如也，所有的鱼摊、渔具和鱼都消失了。海面很平静，村子也很平静，平静的仿佛这里从未存在过一个渔村。内心的恐慌像深渊的巨兽，一步步紧逼着蓝祺，他匆忙丢下手中的渔网，跳上自己的小船，扬帆起航。蓝祺也不知道自己要去哪里，他看着离自己越来越远的村子，感到一阵茫然。

漫无目的地前行，又来到了鲸鱼吐息的地方。这一次，蓝祺见到了他日思夜想的鲸鱼。它和他想的一样大，一样蓝；鲸鱼跃出水面的一瞬间，他的眼里只有纯粹的蓝色。

哗哗的水声中有嗡嗡的轻呢声，蓝祺分明听见那头巨大的鲸鱼对他说道："你来了。"就像它等了他很久很久一样。

蓝祺垂着眼，他问鲸鱼，"大鱼，我能飞吗？"话音刚落，蓝祺就被鲸鱼一口吞进了嘴里。

一阵天旋地转，蓝祺只觉得昏天黑地之间，有几道光松松散散的落进他的眼里。他挣扎着摆直自己的身子，当意识逐渐清醒时，他突然发现自己在鲸鱼的嘴里，那些零落的光从鲸鱼的齿缝间钻进来。蓝祺摇摇晃晃地站起来，他扶着鲸鱼的上颚，一阵黏腻的触感使他胃里作呕，他伸手一看，竟然是满手的血。蓝祺一边踉跄着向前走去，一边大声呼叫着鲸鱼，"大鱼！为什么吃我？我皮糙肉厚，并不好吃。我可以给你捕来好多好多肉质鲜美的小鱼小虾——"

"吵死了。"鲸鱼晃了晃脑袋，蓝祺的身子不受控地被甩来甩去，他身子瘫软地趴伏在地面上，"我现在很饱，并不打算吃你，抓紧了。"

话音刚落，鲸鱼就跳出了海面，广阔的双翼仿若垂天之云，坐在鲸鱼嘴里的蓝祺感觉自己越来越高，越来越接近天空，情不自禁的张大了嘴巴。

“我飞了！我飞了！”他站在鲸鱼的舌头上，贪婪地望着海面上的一切。往日熟悉的云，往日梦里轻暖的风，如今都无比真实的存在于蓝鲸的真实感官世界中，蓝祺无法抑制自己内心的狂喜，疯狂地呐喊着。

“不用谢，这是你应得的。”鲸鱼在消失的渔村边停下来，它抖了抖身上的水，张大嘴巴让蓝祺出来。

蓝祺挠了挠头，有些不解地看着大鱼。他不明白什么是他“应得的”。

鲸鱼突然又张大了嘴巴，这一次蓝祺看得很清楚，大鱼的嘴里，堆积成山的人骨旁，尽是他熟悉的渔具，还有与他手上的戒指同一图纹的项链。

火焰在燃烧

“两个人在一起，最重要的是此刻的欢愉，而不是对未来无休止的追问。”

年轻时候的我，曾经在日记中写下过这样的语句。时隔二十年，如今回想起来，那种抛弃现有的一切，去追逐某些不知名的东西的热情，居然仍旧清晰可见，好似从不曾远离过。

若是要将这种感觉物化，大概是一团火。在白昼的尽头缓慢燃烧着，直至黑夜袭来，你才发现周遭的幸福与美满，不过是粉饰太平的一片苍白虚无。那团火，才是天地间唯一拥有色彩的活物。

几个月前的一个雨夜，我忘了带伞。站在办公室偌大的玻璃幕墙前，大脑突然一片空白。既不知道自己身处何处，也不知道接下来要去到哪里。

喉咙一阵阵的干涩，有一种焦灼感驱赶着我，使我迫切地想冲破这周遭的一切。我望向窗外，淅淅沥沥的小雨像密密麻麻的针脚，一针一针扎在我身处的这片土地上。

我就这样走到雨里去，漫无目的的。抬头向四周张望时，我突然发现对面街角有一个女孩儿，她安静地站在这片雨夜里，滚圆的鹿眼半垂着，叫人看不真切她的神情。

鬼使神差一般的，我朝她走了过去。我情不自禁地加快了脚下的步伐，那种迫切地想要什么的感觉突然明朗起来。

她一直站在那里，柔顺的黑色长发淌着水，贴身的长衬衫湿透了，整个人看起来狼狈不堪，却意外地有着动人心魄的美感。

那团火在燃烧，那种迫切想要靠近她的欲望，在耳边、唇边叫嚣，几乎下一秒就要将我吞噬。

就在我离她只有一步之遥的时候，她突然转过身来，盯着我的眼睛，露出了一个意味不明的笑容。

目光交接的一瞬间，我的心脏突然陷下去一块，一种微甜的酸痛感在胸腔里肆虐。

两个人在街上一前一后地走着，这会儿雨停了，又时值第二个下班高峰期，街上的人也渐渐多了起来。我尾随着她，在车流与人流中穿梭。

在那个笑容以后，我们没有任何的言语交谈，有的只是心照不宣的尾随。

一个转身，她走进了一家挂着红灯笼的仿古酒肆。这会儿十来点的功夫，酒吧里零零散散的坐满了人。身着国风交领旗袍的圆脸女人倚在门边，招呼着往来的酒客。她挑了挑眉，用一种说不清意味的眼神乜了我一眼，风姿卓越的扭着腰，引我向里头走去。

走到半途中，才发觉这酒吧的格局倒是少见，整个呈狭长的月牙状，外头只能瞧见那轮明月的芽尖，怪不得瞧着小门小户，却有着非凡的热闹。

路上拱门重重，酒客也愈来愈少。穿越最后一道拱门时，热闹已不复存在，周遭唯留我与那个圆脸女侍二人。她掀开垂下的珠链，迎我进去。

我探头，环顾四周。就格局来看，这儿分明是那轮明月的月尾。装修雅致，配色多素净。像是女人家的闺房。

正揪着一丛蝴蝶兰细看，身后一阵高跟鞋敲击点的脆响传来。我没有转身，只是安静的从左手边的裤兜里掏出一支烟和打火机。

她走到我面前来，沉默的接过我手中的银质打火机，为我点燃了这支烟。

烟雾渺渺中，我看着她，吐出一口冗长的烟圈。“是你。”

“是我。”她笑的眉眼弯弯。

无需任何言语，我们很快在小榻上滚作一团，互相撕扯着对方身上多余的衣物，热烈的拥抱，直到两个人的身体严丝密合，仿佛联结成一个人。

高潮前我吻着她的耳垂，有片刻的失神。巨大的块状填充物塞满了心房，往日彷徨的日夜似乎都不具任何实际意义。

“那胸口恼人的空茫，只有你依偎在我怀里时，它才能被填满。”

归家的路途遥远，凌晨三四点，妻打来电话，催促我回家。

我挂断电话，站立在十字路口的正中央。一辆急速行驶的轿车扬起半人高的水花，那些污秽的泥水，尽数溅落在我的白衬衫上。

但那些都不重要——

我阖上眼，回味着那三四个小时的笙歌。

那团火在剧烈燃烧，几乎下一秒就要由胸膛烧出一个巨大的洞来。

我瑟缩着，拼命回想着她的笑容，还有那双圆滚滚的鹿眼里，盛着的最美的温情。

那是这世间独一无二，只为我而生的灭火器。

而后我又来这里找过她几次，每次见面我们都不大交流，只是纯粹沉溺在醉人的欢爱中。

说来也奇怪，我尝试过赠与她一些财物，她却从来不收，哪怕只是一枚不值价的蝴蝶胸针，她也会盈盈地笑着，推还与我。

有时我怀着一腔的欣喜寻了些别致的小物件给她，她也是背过身去，一面束起长及腰间的秀发，一面温温柔柔地说道。

“下次吧。”

这样一段并不纯粹的肉体关系，竟也持续了有小半年之久。如今回想起来，倒是觉得难以用一个词汇来定性我与她的关系。单纯的鱼水之欢只是很表层的东西，更深到内里的，大概就是——

“你要知道，我对你的喜欢，是想触碰，想伸手拥你入怀，想亲吻你脸颊，想陷在你身体里的，狂风暴雨般的灼热情感。”

“从看见你的第一眼起，我就想靠近你，这种趋向于本能的东西，让我无法安然自若的站在离你一米以外的安全距离之外。”

“我能做的，只有奔向你，从而拥你入怀。”

最后一次发生关系时，我迷蒙着一双醉眼，从背后抱住她，没头没脑的说了这么一番话。讲到后半段，她已是显露出十足的醉态了。绯红的云颊贴在我的颈窝处，起起伏伏的呼气像鲸鱼露出水面时的吐息。

我安静的点燃了一支烟，按下床头拉开窗帘的按钮，任由皎洁的银色月光散落在一地的狼藉上。夹在指尖的烟头微微抖动，一点暗红熄了又灭。其实每一根都没吸上几口，我只是意外的眷恋点烟时火机燃烧的温度。

灼热，且危险。

午夜风大，好几次将这簇撩人而不安分的火焰吹近我的指尖。火苗吞噬皮肤的那一刻，比指尖更滚烫的，是身体里跳动着的心。

这样来回几次扳动火机，“嗒嗒”的响声免不了吵醒了睡梦中的她。

说起来，“她”叫什么名字，从哪儿来，又要到哪儿去，一概不知。像我之于她一般，通通空白。但从某种意义上来讲，我们又是最为了解彼此的人。

她的嘴唇在我的胸膛上反复流连，留下一串湿润的口水印。我缓慢地抚摸着她，由发顶，经过光裸的脊背，终点站停留在凸出的尾椎骨处。

“这是爱吗？”她抬起头来看我，眼里像涨起了大雾。

“也许，”我揉了揉她的发顶，突然扬起了嘴角，“说不定是沉沦也不一定。”

两个人赤条条的相拥，像河水里抱对的雄蛙与雌蛙。我喜欢这种感觉，甚至称得上是迷恋这一刻的无上欢愉。

我们长久的凝视着彼此，目光像黏腻的枫糖浆，纠缠不清。

“爱你，这一刻。”她说。

“爱你，这一刻。”我说。

从见到她的第一眼起，我就知道，她身上有我渴望了无限久的东西。但若是要我用言语去讲明那是什么一种东西，又是万万行不通的。

那是一种感觉，仿佛跌落深渊的人，在黑暗中，摸索到了迎面走来的，同样正在摸索的人。

他们也许会拥抱一阵子，但绝对不会长久，仅仅只是片刻也说不定。

锦如

繁花似锦，满眼花色渲染出一派夏景，若是搁在民国，上海街头一定摇曳着无数风情万种的旗袍女子，她们的发髻高高挽起，烈焰红唇像正午的太阳光彩夺目，脚下颤悠着莲步款款向你走来，看到她们，就好像看见了她们所处的那个时代。

如今街上什么样的人都有，千奇百怪奇形怪状的层出不穷，每个人都兴冲冲地裸露着皮肤在大太阳底下暴晒，好似晒脱层皮就能凉快些许。平日里，走在街上摩肩接踵的，我仿佛听见了走过我身边的人呲溜一声蒸发成了水汽。

这样的天，热得能把走在街上的人烤成红烧乳猪样的时候，我看见了锦如。

远远望去，素雅的蕾丝小白伞最先映入眼帘，这伞是最近网上炒得火热的日本一家名品店中的限量款，别说打着灯笼了，打着电灯泡都未必买得到，我就是那打着电灯泡都没买到的人之一，这让我对伞下的女人产生了极大的兴趣。

太阳正好正对着她迎面走过来的这个方向，她微微倾斜这伞，我眼里只见她那白皙笔直的玉腿，和足有三寸的绣花高跟鞋，我定睛一看，现在居然还有人穿这么老式的高跟鞋，鞋面估摸着是缎子给做的，月白色底，上边绣着繁复的云纹，我看着她缓慢地提着步子走过来，走近了些瞧，她身上是件传统的立领旗袍，和鞋面一个底色儿，瞧着那布料倒像是软烟罗那般轻薄，月白色的底上绣了层层叠叠的水莲，湖蓝色的线勾勾绕绕旋转至领子边收了尾。

看惯了现代的改良旗袍，这老式的旗袍真是见都没见过，如今成衣店再没这类对身材要求苛刻到尖酸刻薄的地儿的衣服了。我牢牢盯着她，目光就没挪步过。我看着她收了伞，看见她高绾的发髻上摇晃着个银饰步摇，随着她脚底的步子荡漾开来，我略微近视，看不大清她的脸庞，只觉得素净得很，走路的样子也真是曼妙得不行，她就像张爱玲笔下那些国色生香的女人，神似从民国水墨画里走出来的女人。

可能是我的目光过于灼灼，她偏头过来看我，估摸着我此时有些傻气的样子格外好玩，她对着我轻轻笑了笑，我目随着她推开门进来，她环顾一周，估计是发现周日下午的星巴克客满为患，不得已之下她走向了我这边儿，一阵咯噔声随着她的靠近越发清晰，她过来径直坐在了我对面的沙发上，我傻眼的望着她，一时间竟然忘了自己要说些什么。

刚想要结结巴巴的开口，她就笑着对我说，“打扰了，我坐这没关系吗？”

我眨巴着眼睛，“啊”了一声忙说，“好啊没事没事……”

她点了杯星冰乐，这让我感觉十分吃惊，她看着我瞠目结舌的样子，笑得开怀说，“你是不是觉得我穿得这副模样，该上茶庄得点杯金骏眉或是竹叶青之类的？”

我傻傻的点头，突然问她，“你身上这一溜儿衣服鞋子是在哪买的？这市面上估摸着是买不到吧？”

她温婉的像烟雨水墨的挽香女子，临近了看她的五官柔和得婉约，臻首娥眉，合适极了揽着水袖添香。她声音并不灵动，不像古本里写的杜鹃声儿，却有副柔柔的调子，尾音轻轻吊起来，说话慢悠悠的。

此时她正用她那副温润的嗓子对我说着话，她回答我，“市面上大抵是改良过的旗袍，我不喜那些个，就自己画了图纸请了师傅缝制，至于鞋子是我一位朋友自己做了当做礼物送与我的，头上这步摇是我自个闲来无事东拼西凑弄出来的。”

她说话也带了点老味道，张口就有金宇澄笔下那些苏州河边的女人说话的味儿。我咬着唇问她叫什么。她看着我笑，眉眼都笑得弯弯的像月牙儿，耳朵却听见她说，“锦如，菩萨蛮里那句锦如花色春残饮的那个锦如。”

我笑着打趣，“你倒是心宽，也不怕我是个文盲听不懂这些词句。”

“你？”她一边喝着星冰乐一边说，“那不可能，你一看就是个女文青。”

我低头瞅着自己身上的小黑裙，蹙着眉问，“我看起来哪像个文青了？”

“你不是吗？”锦如侧着头反问我，见我没吭声又说，“你叫什么？”

“梁州，古九州之一的梁州。”

“有意思的名字。”她撑着头，看着外边渐渐被紫霞席卷的苍穹，漫不经心地说着话，“你猜猜我是干什么的？”

“律师。”我肯定的看着她说。

她转过头来惊喜地看着我，“咦。怎么给你猜着了。”

我笑嘻嘻地晃着脑袋，“我猜别人的年龄职业都很准的！”

她又笑，“那你猜猜我几岁了。”

“三十五左右。”她身上有成熟女人的风韵，面容却清秀得像豆蔻年华的女孩，可直觉告诉我她一定不是二十岁左右的少女，她身上的韵味是日积月累聚沙成塔的结果。

她挑了挑眉，忽然把脸凑过来，和我的脸靠得很近，我睁大眼睛看她，她伸手摸了摸我的头，“小孩子，你还没成年吧。”

我“嗯”了一声，笑得很开心，“很多人见了我都以为我二十来岁了。”

“你长得着急了点，穿着打扮也不像个小女孩，给人感觉稳重得像三十来岁的老女人。”

“老女人，把你手机号给我。”

她轻轻翻了个白眼，伸手接过我的手机把手机号输了进去，嘴里没好气的抱怨，“有人要电话号码这么理直气壮还附带人身攻击的吗？”

我没搭理她这话茬，自说自话一般，“我刚刚见到你，就好像看到了以后我的样子。”

“哦？这话怎么说。”她听了我这话，兴致勃勃地看着我。

“我一直期望自己以后成为一名律师，在我没官司可以打的时候就穿着旗袍古色古香地压马路到处游山玩水，今天坐这儿看见你的时候，我差点以为自己这太阳晒糊涂了，看见了未来自己的幻想。”

“傻瓜。”她摇着头看我，摆明了不认可我的说法。

我不知道说什么回答她，就趴在桌上看着她。过会儿锦如忽然站起来，拉着我的手走了出去。她和我并肩走在路上，挽着我的胳膊，对我说，“小家伙，好好读书，等到你真的过上了你喜欢的生活时，你就会明白，有些东西并不是你想象的那么美好的。”

锦如停在森林公园的草坪边上，她身后是烂漫得绚丽的朝暮云霞，方才的紫色沉淀得成了绛紫，映衬得她乌发如墨，眉眼如画。

她揉着我的发顶，很亲昵地捏了捏我的上手臂，她看着我的眼睛，又像是越过我去看另一个或是我身后的那一片天，她看了好一会儿才叹了口气后说，“我给你讲个故事吧。”

我点点头，她继续讲，“大抵就是有一天有一个女人得到了猴爪，说是可以满足她的三个愿望，就像是阿拉丁神灯那一类的，那个女人不信，于是就开玩笑地说给我两百英镑吧，可是什么都没有出现，女人和她的丈夫都以为那是无聊的玩笑。不想隔天却传来她儿子死去的消息，她得到了政府的抚恤金两百英镑。之后这个女人又许下要再见她的儿子一面的愿望，许下愿望之后她听见了楼下传来一阵敲门声，她匆匆去开门，却发现门外什么都没有，原来是她的丈夫拿起猴爪许下让第二个愿望失效的愿望。”

“我听过这个故事。”我拉着她的手摇晃，“当时我觉得后背发麻，一身冷汗都出来了，到现在我想起这个故事都觉得不寒而栗。我觉得就我自己的理解，就是可能任何东西的获得都是需要付出代价的吧。”

她并没有接我的话茬，只是微笑着说，“不早了，你也该回去了。下周六来寒晖山庄见我，地址我会发到你手机上的。”

“喂喂我们这才刚认识啊你把我卖了怎么办……而且下周六我有事啊！”我咬着唇抗议，心里嘟囔着锦如这个强势的怪阿姨。

她朝前走去，挥了挥手机，把背影留给了我。这个时候我听见包里“呱呱呱”的短信铃声，果然是那个杀千刀的锦如发来的。

“把下周六的时间空出来，上午九点三十分我去接你，地址发给我。”

我“啊啊啊”的大叫，可是心里其实已经做好了把周六所有的安排都改时的决定。虽然我和她不过认识不到两个小时，可是我心里却笃定，她不可能会做出任何伤害我的事。

这种感觉，源于我的第六感。

一晃眼看见头顶的艳阳天，想着就到了周六。

这一周我和繁锦如天天煲电话粥，她最近给自己休了个年假，到处游山玩水吃吃喝喝的，小日子得的比那些美食家还滋润。同时在这周，我也知道了繁锦如是个专门打离婚官司的名律师，在我们地方里的律师圈里也算是名声赫赫，不过我觉得这主意归功于她那身材打扮和那脸蛋。律师堆里女的本来就少，并且锦如长得又漂亮，自然名声大噪。

我前几天问我那在妖都混日子的律师小叔知道锦如这号人吗，他嗯了声说了句长得不错，然后又说那女人打官司实在是太强势，尤其是离婚官司，遇上她就别想有好日子过了。我翻了个白眼心里想人家不就是专攻离婚官司的吗，转念一想她这强势的毛病合着是打官司来的职业病。

看繁锦如的微信，就像是看一个土豪美食家吃吃喝喝玩玩乐乐的豪门贵妇生活，这让一天到晚睁眼闭眼都是函数的理科女我十分气愤。但同时我也十分好奇，她到底是怎么成为众多女性梦寐以求的女人的。

锦如打电话让我下去的时候我正在猜繁锦如会开什么车，我估摸着她那个性格，不是沃尔沃就是凯迪拉克，我慢悠悠地晃悠着下了楼，好家伙，居然是辆路虎，我开了车门坐进去，翻了个白眼，轻声嘟囔，“败家娘们。”

锦如一巴掌拍在我脑袋瓢上，和她越熟悉，就发现我头回见她时她那副婉约墨香的样子就是坑鬼呢。她揪着我的耳朵说，“小家伙皮痒了？这么久没见我没句好话。”

“可不是，上周日不知道谁可不要脸一脸高深地装温婉知心大姐姐。”

锦如一边打着方向盘一边冷哼，“你就不怕我把你扔山沟沟里卖给哪个老光棍做媳妇去。”

“你不会。”我很肯定地说。

“切，你怎么知道我不会？我们才认识几天？”锦如等红灯的时候从车后座拿了个布袋子给我，棉麻的袋子质感粗糙，光是那袋子就让我喜欢得不行了。

我拿出袋子里的盒子，发现是个红木盒子，我蹙着眉打开，里头红绒布上是支簪子，银子打底上头有蓝松南红点缀，中间是翠玉，簇拥成繁花的模样。我咬了咬唇，把东西搁好收了回去，对锦如说，“我们才认识几天你就送我这么贵重的东西？别闹了，我才不要。”

“你和我客气什么玩意，收下。”锦如看都没看我，语气强势果断。“我知道你相信我，我也拿你当自己人，要不是看你长得老，我就上你家去和你妈说说认了你做干闺女了。这就是我自个闲着无聊做的东西，你戴着就是了。”

“说的矫情点，那天见到你，我就已经认识你很久似的，你真是和年轻时候的我一模一样，像你说你好像看见了你未来期许的模样，我看你就像是看见了还没成熟的自己，知道吗？你就像是十年前的我。”锦如伸手摸了摸我的头。

我低着头“嗯”了一声算是回答，眼神飘忽到了窗外，思绪万千。

那天看见锦如，第一感觉是漂亮，而后是惊喜，她活出了我想要的样子，这让我对自己的未来充满了期许，紧接着的还有莫名其妙的熟悉感，两人默契又合得来，最难得的是我们都互相信任还依旧陌生的对方。

这种感觉，好像是……

她和我认识很多年了。

锦如攒着我的手，一路上没放开，她带着我进了茶室，我看着她泡茶，好像那种第一次见到她的感觉又来了。

她挹清泉入壶，水声潺潺，汝瓷杯中的小鱼浮游，玉手木夹夹着青葱茶叶入壶，紫砂壶面纹理层层叠叠，繁复精致。她全身笔挺，一袭交领旗袍，竹青色的锦绣面上儿浅浅缀着点竹叶，一串翠玉缠绕在她手挽上，和她今儿个鬓发耳边别的茶白竹叶头饰相映成趣，窗外碎叶冬青开得秀丽，此时若是有支笔有卷纸我就能提笔画幅美人图，名唤“绿意”。

她把茶杯推到我眼底下，我端起茶杯烫的呲呲叫，她笑着把湿巾递给我，说“傻瓜”。

茶香渺渺，水雾氤氲之中，她给我讲了些如烟往事。

繁锦如是政法大学的学生，成绩不错，也去著名律所实习过，在不少名律师跟前也混了个脸熟，一路摸爬滚打的但到底也算顺风顺水，但归根结底，能力强的同时，她靠得自始至终就是那张脸。

她心知肚明，这女人活得清楚明白，她也懂得利用自己的优势让自己的利益最大化。不过她摇晃着茶杯颓然乎其间的样子和往常判若两人，要不是那张脸还在那，估摸着我得去洗把脸看看我是不是走错了房间。

她拉着我的手反复告诫我不要当律师不要当律师，她告诉我，她在律所里吃的大大小小的亏都打落牙齿往肚子里吞，苦水也不知道跟谁倒，而且每天还得微笑着迎接那些占她便宜的人，她讲着讲着又笑了，她说她算幸运的了，她的姐们儿被她师傅天天摸大腿，后来成了她师傅的二房太太，生了个儿子后就歇业在家沦为家庭主妇。她笑着笑着眼中带泪，她说她自己也该满足了，至少不必为生计奔波，只是她觉得这生活日复一日了了无期，每天都说着不知所云的废话，笑脸迎合着心里早已恨之入骨的人。

我也不知道说什么好，我一向不会安慰别人，只能接了她的手继续泡茶给她喝，席间插了几句话，“家家有本难念的经，在我看来，其实你过得不错了，任何东西的获得都有代价，就像你给我讲的猴爪的故事。其实你自己心里最清楚，你所获得的和你付出的是成正比的，你只是不甘心罢了。不甘心自己为什么要一直依附那些占你便宜的老男人，而自己却不敢做出改变。但其实你也知道，你还没到那个地步，等有朝一日你成了翻手是雨反手是云的大律师，你站在金字塔的顶端俯瞰那些占你便宜的杀千刀的犊子，你就是大爷，你就可以扬眉吐气了。”

锦如笑得勉强，“我又怎么不知道？这些道理我在你这个年纪的时候，我也告诉过别人。只是等到轮到我自个来面对，我却有些手足无措了，当年我像你这么大的时候，也无比羡慕好像如今的我这样的人，只是我们看到的都只是表面，她们过得多苦，等到你自己来承受的时候你才知道。”

“你若是成天想着你多么苦你自然甜不起来，你看，你闲来无事还能做个把簪子送给我，还自个画了图纸请师傅制作旗袍，有好朋友知道你的喜好亲自做了鞋子送给你，你长得漂亮一定有很多人喜欢你追求你，你在男人堆里必定也是众星捧月的，你爱情友情事业都有了，你还盯着你那点苦干什么？醒醒吧，在我这发发牢骚就算了，别怨天尤人的，知足吧你老女人，多少人艳羡着你的生活你还在这叫苦叫累的。你就偷着乐吧。”

锦如听我说完，直起身子，撇了撇嘴，大口喝完面前温热的茶，拍着桌子一副要骂人的模样，“你就不能让我发个牢骚嘛我这好不容易休个假的你还给我添堵，现在的娃娃怎么都这么厉害这嘴毒的，张口闭口就感觉是观音菩萨给我净化心灵来了，真是后生可畏，再过十年我可千万别遇上你，不然我就得端着我的饭碗回家种地了。”

她一口气说完不带喘气的，紧接着还又开始叽哩呱啦的控诉我，“我说干闺女，你以后千万别当律师了，当什么律师啊，简直就是屈才了，你就该去当个房地产推销员，这巧舌如簧的要是月底分红你这杠杠的月薪啊。你要是生在三国舌战群儒的就该是你梁州而不是诸葛亮了。”

我翻了个白眼，把她的头发揉的乱七八糟的，然后赶紧躲得远远的，看着锦如想揍我一顿却又克制着的面容哈哈大笑。

她无奈地看着靠在墙角的我，脸上是欣慰和宠溺参半的笑容。我刚刚看着她，好像看见了我妈看我时那种吾家有女初长成的感觉。

我对着她笑得春花烂漫傻里傻气的。

锦如锦如，锦如花色春残饮。

回去时天边的晚霞如吸血鬼饮血后炽烈的双眸，天边燃烧着的巨浪铺天盖地地占据着整个天涯，城市华灯初上，无数熙攘的人群汇聚成人流又分散成支流奔腾而去，无数人怀揣着梦想点亮前途的灯，面对黑暗一步一步坚定地向远处的期盼走去。

他们把苦难与怨恨幻化成许愿的流星，给远方的人们带去福音，他们之中的锦如把福音带给了我，在未来的路上，看着我长成我想要的她的样子，揉着我的发顶看着我成为别人心里最美好的样子。

她就是现在的未来的我。

梨花落

粉红襦裙的女孩儿羞红着脸颊，粉白纤细的脚踝于碧水涟漪中，像一片梨花花瓣。

女孩儿今年正是娉婷袅袅的年岁，耳边松松挽了两团发髻，拿红绸缎扎了一边一个蝴蝶结，跑起来像两只蝴蝶在她耳边徘徊。

女孩儿没有名字，大家都爱叫她“乖囡。”

乖囡瞧着是个安静乖巧的女娃，实际皮得厉害，跑起来就像一阵风似的，硬是没人抓得住她。所以打乖囡会颠儿颠的跑路那会儿起，村里的人们就总能看见乖囡的阿姆柔着一副江南软墨的嗓子，急急地唤她，一声声的“乖囡”，柔情万千。

“乖囡。乖囡。”

乖囡蹙了蹙眉头，翻了个身儿，手在空中一挥，顺带着哼哼两声，“怎么了嘛！”

阿姆无奈的拿着巾帕给乖囡擦脸，“傻女，起床了。今日跟着你烟姐姐采莲去。”

乖囡一听采莲两字儿，立马坐直了身子，她亮着一双剪水秋眸，麻溜地钻进了一身儿红衣短褂里头。

轻舟破水而来，青莲层层叠拥舟而去。

两个女孩儿弯着腰，软语呢喃着江南小调。晨间的曦光松软，像黄油一般模糊出她们柔和的轮廓。

藕臂皙白，拉成一条直线。指尖轻轻捻起那青涩的莲蓬，放慢着动作丢进臂弯处的藤筐。

一来一往间，渔歌互答，乐趣无极。

艳阳天底下，两姊妹的发梢都沾了几缕汗，亮晶晶垂下脸庞，将粉脸装饰得分外俏人。

乖囡两靥带笑，她抱着一筐莲蓬，眼里眉梢都带着几分喜悦。“烟姐姐！我好厉害呀！”

烟姐姐轻轻揉了揉乖囡的发顶，“是。妹妹好厉害呢，采了这么多莲蓬，阿姆一定会奖励妹妹好多好多糯米滋的。”

乖囡乖巧地坐在小舟边上儿，小脚去逗那游来游去的小鱼。她被小鱼咬得“咯咯”直笑，溅起片片水花。

烟姐姐轻柔地看着乖囡，时不时把她往里边扯扯，生怕她掉下水去。

“烟姐姐！”乖囡声音糯糯的唤她。

“怎么啦？”烟姐姐弯着腰，歪了歪脑袋，笑意暖暖。

“姐姐，你好像很不开心的样子！”

“没有呀。姐姐只是在想事情。”

乖囡肉嘟嘟的手臂环住了烟姐姐的脖颈，“姐姐有什么不开心的要告诉乖囡哦！乖囡可以逗姐姐笑。”

烟姐姐垂了垂眉梢，檀口轻吐：“不见复关，泣涕涟涟。”

“姐姐！复关是什么呀。”

“复关……”烟姐姐乌睫抖了抖，“复关是个地方。”

“……姐姐，”乖囡睁大着眼睛，抿了抿唇，“姐姐不开心就不要想啦。”

烟姐姐紧抿着唇，用力地掰着莲蓬。雪白的莲子在手心里安稳地睡着，像一个个圆滚滚的雪球儿。

“吃吧。”烟姐姐伸出手来。

乖囡点点头，安静的靠着烟姐姐吃莲子。

锣鼓喧天，大红牡丹装饰的囍轿由人群簇拥着而来。

烟姐姐凤冠霞帔，金钗凤摇斜斜地点了一头，朱唇艳丽，嘴角眉梢上扬着，整个人儿都带了粉色。

抛大红绣球那会儿，烟姐姐自作主张地将绣球塞进了乖囡的怀里。

她身边站着红衣磊落的男子，一脸喜意，她拉着他的手，轻唤他，“复关，这是小妹，乖囡。”

既见复关，载笑载言。

恋人未满

“淼淼，我们可能不适合在一起。”

陆淼握紧了手机，指甲陷进掌心的肉里，尖锐的触感迟钝地刺激着大脑神经，她感觉到了一阵胸闷，缓慢地迈开脚步。

身旁的女伴察觉到了她的不适，停下脚步，侧过脸来看失神的陆淼，皱着眉从她手中抽过陆淼死死握着的手机，低头滑动屏幕，抬起头时手机已经黑屏了，女生叹了口气，一把拽住旁边还没回魂的陆淼。

“太差劲了！上周才信誓旦旦地写的告白，这周就说分手了。”白倩敲着她面前的饭盒，一脸愤怒。“喂喂，回魂了。”白倩戳了戳陆淼的脸。

陆淼抬起头来看她，“我没事。”说完又低下头去，调羹有一勺没一勺的挖着饭，往嘴里送。

“怎么没事！”白倩看着对面无动于衷的人，比当事人还激动，张牙舞爪的。

“哐当”一声，白倩的头被书砸了，陈琛在陆淼旁边坐下来，摸了摸她的头，“怎么了？徐冕要和你分手？”他皱了皱眉，眼里头是陆淼没什么表情的脸。

对面的白倩撇了撇嘴，“徐冕看不上我家淼淼，行了吗？你和徐冕好的都能穿一条裤子了，你会不知道？别哪壶不开提哪壶。”白倩嘟囔了几句，到底没说什么，最后只是站起来，拉过陆淼，把两个饭盒往边上垃圾桶一扔，准备走人。

陆淼被拉着站起来，杵在那抿着嘴，手揣在大衣外套里，冲白倩轻轻笑了笑，“倩，你先回寝室，我和陈琛说会儿话。”

白倩乖巧地点点头，有点担心地看了眼陆淼，“没事吧你？一个渣男而已，你乖，别放在心上，有事打我电话！”

“有我在，她不会有事的。”陈琛拎起书包，也站了起来。

“就是有你在才不放心。”白倩一脸不满，把手伸进陆淼兜里握了握她的手，确认她的手是热乎的，才转身走了出去。

“这么冷的天你怎么就穿这么点，脸色这么差，一会儿回去把裙子换了。”陈琛不动声色地给陆淼围了条围巾，拉着她往外走。

两个人并肩走着，一路上都没说两句话。

冬天快结束了。

律回春晖渐，万象始更新。陆淼突然就想到这句诗了，她本以为她和徐冕也算是新年新气象的一种呢。

她脸上挂着苦笑。陈琛停下脚步，低头问她，“徐冕心里一直有一个人，你知道的。为什么还和他在一块？”

陆淼看着远处枝丫上的新绿带着点露珠，抬头望天，估摸着昨晚下了场雨，一上午浑浑噩噩的都没注意到，和煦的阳光照耀着她，暖洋洋得就像徐冕为数不多的怀抱一样，温暖得让人眷恋。

“他和我告白了。”

陈琛蹙着的眉头就像两把刷子组成的倒八字，牵起几道额头上的纹路，他像是不相信一样，强压了口气，“你们交往不到半个月吧。”

“是啊，不可思议吧。昨天还在对你说‘乖，宝贝’的人，今天就无情的像对待陌生人一样，或许连陌生人都不如呢。”陆淼语气没什么变化，就像在陈述一个与她毫不相干的故事。

陈琛强忍住抓住徐冕揍一顿的怒气，他很英气的眉毛一直拧在一起，陆淼看着他突然“扑哧”笑了，陈琛听见陆淼突然笑出声来，有点奇怪地问她，“你不生气吗？”

“有什么好生气的，顶多是有点难过，这么多年的朋友，本来也不适合做恋人吧。”

陈琛揉了揉她的头，侧过身去从包里摸出手机，准备打给徐冕，陆淼按住了他的手。

“算了。”陆淼的声音有点不自然，她把头转向背对陈琛的那一面。

陈琛揽住她，陆淼没再说其他的，靠在陈琛肩膀上，陈琛感觉到陆淼哭了，却又不确定，她肩膀有点颤抖，却又没有其他的动作。

“淼淼。”温和的声音近在咫尺，徐冕的来电显示，让陆淼以为自己哭花了眼睛。

“我在。”陆淼插上耳机，周围的噪音有点大，右边就有群人在踢足球。陈琛躺在她身旁的草地上，不做声，陆淼揪着手里的那根草，抬头望着天，耳机里传来的声音让她的鼻子泛酸。

“我这几天想了很多，淼淼，你是个很好的女孩，骄傲独立，出色而且漂亮。但这种女孩，我可以欣赏，却不能留在身边做女朋友。”徐冕的语气和陆淼简直如出一辙的平淡。

陆淼想笑却笑不出来，她握紧了拳头，很想说些什么去反驳他，可却什么都说不出来。

“而且，我妈希望我找个普通的女孩来陪我过安稳的日子，你要的生活，我给不了。”

陆淼很想说，徐冕，你都上大二了，怎么还是高中生的心态？你说喜欢我的时候怎么不想想这些？现在又何必找这么多理由来搪塞我。可她只是流泪，无力地瘫倒在草地上。陈琛看着她流泪，叹了口气，用胳膊肘直起半个身子，从她耳边取下一边的耳机塞进他自己耳朵里。

“这也许是我的错，从一开始我就是以一个朋友在你身边，我也许并不明白我对你是哪种喜欢。是我对不起你，我根本不知道喜欢和爱是什么，我等了那个人三年都不知道我是否喜欢她。”

电话那头过了会儿，才传来徐冕低低的声音，“我心里已经没有位置给你了。”

“淼淼，你会有更好的人的，这么久我一直压抑着没有告诉你，对你说的未来我也从来不敢应允。”

陆淼边哭边笑，她轻蔑地呵呵了一声，长发柔顺的顺着脸庞淌下，挡住了她的面部表情。

陈琛只听到陆淼沉默良久却突然开口说，“徐冕，你想我离开你你就挑明了说，何必找那么多借口和理由，你是二十岁，不是十二岁，你难道不懂为自己的行为负责吗？你说什么你母亲希望你找个普通的女孩子陪你过安稳的生活，什么是安慰的生活？陪你茶米油盐酱醋茶地算计着你那小日子吗？那是你没本事。我要的生活你给不了你就别出现在我的生活里，别自作多情地在那叫嚷着我对你说的未来你从来不敢应允。你从来没喜欢过我，你只是活在你自己的憧憬里，误以为你身边所有的女孩都对你有意思，想对你投怀送抱，既然如此你就该窝在你那十平米不到的蜗居里抱着你那愚蠢的直男癌度过你愚昧无知的余生！”

陆淼抬起头，冷峻的脸色却很平静，眼角还有泪水，脸庞上的泪痕也未褪去，电话那头的徐冕停顿了会儿，有些无奈的语气，“陆淼，你没必要这么说吧，好聚好散不好么。”

“别傻了徐冕，分了手就大路朝天各走一边吧，以后老死不相往来。再说，我怎么没必要这么说？难道我说的不是事实吗？”陆淼的声音突然拔高了，语气里有难以掩饰的愤怒，几行泪争先恐后地坐着滑梯往下溜，陈琛用手揽住她的肩膀，喉结不明显地动了动，好像想说什么。最后只是从包里拿了包纸巾，抽了几张给她擦了擦脸，陆淼垂着眼睛，靠在陈琛怀里去了，手指绞在一起。

“是是是，你说得都对。”徐冕有点不耐烦了。

“徐冕，你给我等着。”陈琛对着电话那头骂了一声，把耳机从手机里拔出来，拿过陆淼的手机站起来往远处走了几步。

“什么好聚好散？你就是个傻狍子。”陈琛回过头发现陆淼盯着他看，没继续躺着，而是直着身子，苍白的脸色让陈琛的火气一冒三丈，他气得对电话那头低吼，“你犯浑别找陆淼！放不下方蔷去追她来招惹陆淼算怎么回事？”

电话那头徐冕好像想说什么却被陈琛打断了，陈琛好像迅速消了火气，“你和她就做个朋友吧，我会照顾好她的，从今以后，你见了她就绕道走。”说完他就挂了电话，走回陆淼身边，草地发出“簌簌”的轻微声响，陆淼抬着眼皮疲惫地看着她，懒倦地伸出手，陈琛会意拉她起来。

陆淼皱着鼻头，用手背揩去泪痕，笑着对陈琛说，“陈琛，谢谢你啊。”她拍了拍裙子和大衣上的草屑，如释重负地叹了口气，陆淼笑着说，“其实被甩了的感觉也没有那么难过。”

“说什么傻话，不想笑就别笑了。”陈琛捏了捏她的脸，“没事的，傻瓜。你会有更好的人的。”

“其实我刚才很想问他，为什么不要我了呢。但我突然就想起来，很早以前，我曾经告诉徐冕，我想通了一件事。”陆淼认真地抿着唇，嘴角有小小的弧度。“如果一个男人不再喜欢你，就没有必要挽回了。不管他是经受不住诱惑被人抢走，还是因为其他的什么原因，能被抢走的，总归不会有原因。苍蝇不叮无缝的蛋。”

陆淼看着陈琛，一字一句地说，“同样，我不会去管徐冕因为什么和我分手，分了就是分了，何必拘泥于过去，以前徐冕总是觉得我朝前看的太远，可我一直都觉得，如果你只把眼界局限于现在，那你也就只能在原地踏步，‘取乎上得乎中，取乎中得乎下’。且不说这些，从今往后，我们连朋友都没得做。琛琛，我曾经听过一句话，‘洗脸的毛巾可以拿来做抹布，可抹布却不能当洗脸的毛巾’。”

陈琛看着眼前的陆淼，他有点心疼她，但他只是柔和的回应她一声，“嗯。”

“所以，朋友可以做恋人，恋人却不能做朋友。徐冕可以毫不在意发生的这一切，我却不能。”陆淼突然迈开脚步往前走，空旷的操场上，巨大的太阳徐徐落下，夕阳光芒笼罩着她，她还是和以前一样，骄傲得有点光彩夺目。

“有人说，恋人未满是最美好的感情。我承认，因为那种暧昧会让人心醉。但一旦捅破了那层窗户纸，你就会发现，做朋友和成为恋人，完全是两码事，简直就是一道分水岭。就像橱窗里的模特被灯光渲染得楚楚动人，买回家衣服套在自己身上，你却发现它一点都不适合你。”

陈琛一直安静地听着陆淼说，他知道她并不是说给他听，而是说给自己听，但他还是温和地笑着听她说话，直到陆淼沉静下来。他扬着眉梢很正经地问她，“那我呢？”

陆淼一脸不解地看着陈琛，“哈……啊？”陈琛突然跨开大步走到她的对面，挡住了她的光，带着笑意的问她，“虽然我也算是你的朋友，不过我们之间似乎从来没有过暧昧，既然如此，是不是就算作是直接跳过恋人未满这一步了？如果是这样的话。”陈琛低下头揉了揉陆淼的头发，“看来，徐冕不要你了倒是件好事，至少对我来说是。”

陆淼僵硬地抬头仰望着陈琛，心里怨恨的抱怨着陈琛为什么长这么高。“你喜欢我？”陆淼一时大脑短路，眨巴着眼睛，舌头打结的说话都利索了。“为……什么？”

清秀的男生有点无奈，“原来喜欢也是需要理由的？”

陆淼有点垂头丧气的，和刚才光芒中骄傲得有点欠揍的模样判若两人，“可是我才刚被甩……”

陈琛习惯性地捏了捏她的脸，温柔地笑着对她说，“没关系，你不用这么快答复我，我只是告诉你我喜欢你而已，我都等了这么久了，不差这么一两天。”

陆淼嘟了嘟嘴，难得露出孩子气的一面，“你是盼着我分手吧？等了这么久是什么意思？喜欢我你还老欺负我？”

“国家有规定喜欢一个人不能欺负她吗？”话里全是戏谑的口气，陈琛拉过她的手，揣进他的外套里，“看来网上说得对。”

“嗯？”

“女孩失恋后告白成功的机率会高很多，看来我是捡到宝了。”

“啊？”

很多年以后，我和陈琛还在一起，而我，和徐冕也还是朋友，其实陈琛当初说的很对，我们做个朋友就好了，只要不再喜欢，实际上又有什么大不了的呢。不能做朋友只是因为还放不下罢了。

每个女孩也许都会遇见一个男孩，他们无话不谈，关系密切，恋人未满。但也仅仅是，恋人未满而已。

因为你的男孩，正在远方等待着拥抱你。

洛神

洛冰眼里是凤冠霞帔红装艳丽的妻子，他看着眼前的祭神，拉着她的手亲吻她，从此刻起，他们终于结束了二十五年的爱情马拉松。

从祭神呱呱落地到如今出落得亭亭玉立艳压群芳，洛冰可以说是完全尽收眼底，他们家和祭神家里不过一墙之隔，同单元同楼层，房门号码就隔着一个数字，从祭神他妈怀着祭神开始，洛冰一家就开始打趣的和祭神一家定下了娃娃亲，两个人的姻缘，从二十五年前就开始。

两小无猜，青梅竹马，如此让人心醉的词语用来形容洛冰和祭神真是再合适不过。从幼儿园开始到大学，两人都待在一块儿，幼儿园两人就在小区里头的幼儿园摸爬滚打，小学就在街道所在处的小学好好学习天天向上，放学的时候洛冰或是祭神的父母一定会有一个来接他们两个，晚上如果洛冰的父母出门了，就在祭神家里头打个地铺凑合一晚。

在祭神没有性别意识之前，她曾经还和洛冰在一个浴缸里洗过澡，当然那是五六个月大时候的事了。不过这也足够说明，这两家的关系好到了一定程度。而自然而然的，在洛冰和祭神眼中，对方就像是自己的兄弟姐妹，可就是这样，他们之间的情愫依旧在缓慢酝酿，直到有一天新米酿成米酒，树苗长成参天大树。

那是祭神十五岁那一年。

那一年，洛冰十七岁。

洛冰高祭神一级，放学放的比祭神晚。因为两人从小学开始就结伴回家，到了高中，再自然不过的，洛冰就开始送祭神回家。所以每天祭神都会抱着书包在洛冰所在的教学楼下等洛冰。

春去秋来，此时临近冬日，隆冬烈风却提前呼啸而来，祭神缩着身子抱着书包倚靠在柱子上，看着晚霞逐渐染上墨色，蹙着眉发了条信息给洛冰。

“你们还没下课么？”信息刚发送成功，祭神就听见有人叫她，她微微偏头寻找声音的来源，看到了不远处的学长。

季帆套着长风衣围着围巾向她走来，冷风呼啸之中，季帆却依旧不紧不慢地迈着脚下的步子，一贯的懒散，身上好像自带无数韩剧里男一号登场时脸庞上的柔光。他没和祭神打招呼，而是径直把脖颈上的围巾围在了祭神的身上。

像无数韩剧里的狗血剧情一样，男一女一必须要有男二女二的助兴，才能促成一段美好姻缘，而季帆正好上演了一把现实版《继承者们》里的崔英道。

“你又在等洛冰？他们还没下课吗。”季帆靠着祭神倚在柱子上。

“是啊，他们班主经常拖堂。”祭神低着头回答。

“快六点半了，到六年半就别等了，女孩子太晚回家不行。”

季帆看着缩成一团的祭神，皱着眉头把身上的大衣脱下来递给祭神。

祭神咬着下唇摇头，“谢谢学长，我不冷。”

季帆嘴上无言，手上却给祭神披上大衣，他神色有些不悦，“都冷得缩成一团了还说不冷？这么大冷天的洛冰那小子也好意思让你在这等他。”

祭神抬头刚想说话，就看见季帆身后的洛冰杵在那儿看着他俩。

季帆发现祭神欲言又止的模样，顺着祭神的眼神瞄过去，皱了皱眉，揉了揉祭神的发顶，对祭神说，“以后要是觉得冷就去学生会办事处等，这几天我们筹备新年晚会，你没事过来帮个忙画张海报吧。”

祭神乖巧地点点头，季帆又说，“我回去后让杨文把材料发给你，你明天下午等洛冰那会儿就过来。”

祭神说“好”，季帆挥手示意祭神回去吧，祭神小声说了句“学长拜拜”就匆匆向洛冰奔去。

洛冰揽过祭神，没好气地对季帆点了点头，叫了声“学长”就拉着祭神迅速离开。

祭神坐在自行车后座上晃着腿，习惯性地去搂他的腰，一路上洛冰都没说话，脸拉得比老马都长，整个脸比天色都黑。

祭神拉拉洛冰的衣服下摆，洛冰没搭理祭神，祭神耸了耸鼻头，嘟着嘴也不说话。两人暗暗较着劲，却又莫名其妙不知道为了什么较劲。

夜色苍茫，路上已是万家灯火阑珊，天际有几缕绛紫色，像是哪个游吟诗人随意抄起朋友的画笔泼墨而成。云团像被章鱼逃窜喷墨之后的样子，团团乌漆抹黑的。

到家了。祭神站在楼底下咬着唇不敢上去，楼梯的声控灯坏了，现在里头肯定是一片黑暗，什么都看不清。洛冰停好车回来，看见祭神穿着季帆的大衣站在路灯底下，整个人都变小了，影子拖得老长，心里不知道为什么烦闷得很。

他走过去牵起祭神的手，向楼上走去，祭神有夜盲症，在黑夜里就像盲人。这么多年，凡是祭神晚上独自出门，洛冰都会在祭神回来之前让她打个电话给他，他会在楼下等着祭神回来，带她回家。

今天祭神不知道是害怕还是怎么了，一踏进楼层就紧紧抓着洛冰的手，上楼梯的时候还摔了一跤。洛冰无奈地叹了口气，松开祭神的手，半蹲下身子，在黑暗中对祭神柔声说，“上来，我背你。”声音柔和得像池水，好像是怕吓到胆小的祭神。

祭神迟疑了一下，最终还是轻轻趴在洛冰的背上，手环着他的脖子。洛冰背着小小的祭神，突然不知道为什么，在黑暗中很开心地莫名其妙笑了。祭神把头贴在洛冰的背上，感觉眼前的这个少年好像长大了呢，以前洛冰在上小学的时候，还没有她高，后来初中就噌地一下和她一样高了，到了高中，已经比她整整高了一个头了，说话的时候，她总是要仰着脖子看着洛冰。但在祭神的印象中，洛冰好像永远都是那个穿着米老鼠图案睡衣在她家打地铺睡觉的小屁孩，没想到肩膀都这么宽了，像个青涩的男人。

祭神眯着眼睛，感觉洛冰这一路走得特别慢，好像走了半个世纪那么久。

她微笑着，闻着洛冰身上干净的青草混合着薄荷沐浴露的香味，此时她想起了无数玛丽苏小说里描写的男女主角之间的桥段，男人背上娇小的女人，他们幸福的朝前走去。祭神想到这里，羞红了脸。

此时的洛冰脑子里一片混沌，他不知道刚才那会自己怎么了，各种反常，情绪也烦躁得与往日大不相同，一点都不像自己了。洛冰下意识的撇着嘴思索，是从什么就时候开始的？对了，就是放学那会儿开始，他收到祭神的短信时老班刚刚说完下课，他来不及怨天哀哉就飞速地收拾了书包狂奔下楼，他边担心祭神傻傻地站在那儿被受寒，一边心里责怪自己怎么能让祭神这么冷的天在他们楼下吹着冷风等他呢，他脑子里乱七八糟的想着，眼里却闯进了极不和谐的画面。

他远远看见季帆的时候就感觉异常反感，他老早就看出来季帆喜欢祭神那个傻瓜，这让他感觉心里很不是滋味，像是野兽发现自己的领土被外来物种侵犯了。可他心里又完全不知道祭神对他来说到底意味着什么，这么多年，他早已习惯了祭神陪在他的身边，他也习惯了他的生命里有祭神这么一个人分享他的一切，可他又觉得自己从来没有有过喜欢祭神，要和祭神在一起的念头。

他眼瞅着季帆给祭神围上围巾，脚步不知道为什么停滞不前了，他下意识地撇撇嘴，垂着手臂不知所措地看着远处那两个人，夜幕尚未完全降临，远处天角的光芒挥洒在他们身上，像电影里一些打着柔光的唯美镜头，两人的剪影美得让人心醉，可在洛冰眼里却异常的刺眼，他侧过头，眉头深锁，额上一个川字拧了出来，心里不知道是什么滋味，总之他知道不怎么好受。

余光看见季帆好像给祭神轻轻搭上了外套，洛冰额上青筋好像跳了两跳，他快步向那两人走去，却在看见祭神腼腆羞涩的神情时倏而驻足。他看着祭神抬起头时看见他吃惊与尴尬的神情，神色不可避免地僵硬起来，他感觉自己好像打扰到了那一双璧人，他生生看着季帆揉着祭神的头发，倾着身子好像在对祭神嘱咐些什么，祭神乖巧地点着头应承着的模样。心里的不满瞬间燃烧起来，火势迅速蔓延，成为燎原之火。

东想西想了许久，已经到了六楼。洛冰轻缓地蹲下身子，祭神“嗒”一下落地，伸手点亮了门口的照明灯。两人的眼睛因为长时间处于黑暗之中，突然见光都有些闪躲。而祭神也因此错过了洛冰自己都不知道的，眼中的爱慕。

祭神从包里掏出钥匙准备开门，却突然转过身对等着祭神进家门之后再开门的洛冰说话，祭神小小的声音在寂静的夜晚格外明亮，洛冰听着祭神说话，后背迟疑的僵硬起来。

祭神说，“明天下午放学后我不等你了哦，你来学生会办事处找我吧，学长让我过去帮他画海报。”

洛冰不知道说什么好，只能点头，他轻轻“嗯”了一声，打开门走了进去。

祭神娇小的脸庞上有掩饰不住的失望，只是背对着祭神的洛冰没有看见。

高一的祭神学业还算得上悠闲，除了上课把作业完成还有大把的时间可以挥霍，只是她性格腼腆，朋友不多，又不喜欢出去游荡，于是除了被洛冰强行拖出去玩耍和窝在家里画画，好像就没有别的事情可以干了。

可是最近的祭神一到周末就跟着季帆到处写生，连和洛冰出去玩的次数都少了许多。两人好像应了祭神最喜欢的漫画家几米说的一句话，一个向右，一个向左。

祭神其实挺怀念和洛冰插科打诨到处骗吃骗喝的日子，可是她又很想跟着学长出去写生，季帆总是能找到让她欣喜的地方。

她好像陷入了两难的境界，但是当时她并没有意识到，她其实一直都是喜欢洛冰的。

祭神和洛冰都习惯了对方的存在，他们的感情在过去的十五年里，在心里生根发芽，只不过他们都误以为那是一种习惯。他们从未试想过和对方在一起的可能，因为他们实在过于熟悉，太熟悉的人，不适合成为情侣。

也许是某日老天拿青梅煮了酒喝糊涂了脑子，硬是要撮合他们两人。

祭神和季帆约好了周末去郊外写生，可临期时季帆突然接到某个美术大赛的通知，兴冲冲赶去了。凑巧的是，祭神那几日正好手机停机，等到当日前去郊外的路上才找了营业厅充了话费，才收到信息，此时她已经身处郊外。

祭神站在杂草丛生青树林立的荒郊野岭之中，头顶着瓦蓝得透明的天空，不知所措。

她下意识的拨通了洛冰的号码。全世界她只会背一个人的电话号码，她连她父母的电话都记不住，却唯独记住了洛冰的电话号码。也许是祭神过于懒惰不愿意花心思去记忆其他人的电话号码，又或许是祭神习惯了快捷键可以直接拨通她父母的电话，种种也许都避免不了反映出一个事实，她过于依赖洛冰。她潜意识里就是“有问题找洛冰”，祭神自己很明白，她根本离不开洛冰，没有了洛冰，她就跟失去了信号的导航没两样。

她不知道的是，她已经两个月没有联系过洛冰了。在她去帮季帆画海报之后没多久，季帆就开始接手洛冰的工作，成了接送她回家的人。

每天清晨季帆就拎着热牛奶靠着他的山地车，在祭神家楼下等着她。而洛冰总是在祭神家门关上后的五分钟再出门。他讨厌看见季帆。

如果老天爷此刻意识还清醒的话，他可能能看见祭神正匝着红线等待着手上缠绕着红线另一端的洛冰赶来，她沉睡在一派绿叶树影之中等待着她的王子踩着单车来吻醒她。

一段姻缘就此铺就。

洛冰怀里是安稳沉睡的祭神，洛冰在祭神额头上轻落下一吻，腾出一只手来翻阅大腿上搁着的画册，洛冰翻开扉页，祭神歪歪扭扭的字书写着一句话。

青梅枯萎竹马老去从此所有人都长成你的模样。

清风自来

象湖听见乖九问他，“鱼玄机是温庭筠的徒儿吗。”

他点头，“是的。”

乖九皱了皱眉头，语气有些迟疑：“那，他爱过她吗？”

清风卷帘，树影簌簌，夜色柔软得就像一片湖。

乖九手肘撑着语文课本，左手的钢笔在草稿本上无意识地来回划动，一笔一画，一撇一捺。她的大脑一片混沌，双眼无意识地盯着窗外那片翠绿。直到身旁的同桌使劲戳了戳她她才发现，讲台上的象湖正看着她，柔和的脸庞就像窗外那片夜空。她垂下手臂，把头埋在长发里，鼻腔里全是洗发水的清香，长发把她包围起来，围住了那片白色纸片。

象湖，象湖。凌乱的字迹拼凑出那个人的名字。

乖九喉咙有些哽咽，她闭上眼睛，在心里问自己，为什么呢？

自己为什么会喜欢上自己自己的老师呢?

她有些烦躁，手乱七八糟地捋着头发，“呲啦——”一声她拉开了椅子，尖锐的摩擦声在夜晚中安静的楼层里分外惹耳，乖九脸色有几分乖戾，她垂下了眼眸，不去看象湖。而是直接从桌肚里掏出一包烟往风衣兜里一揣，径直走了出去。也不管身后零零散散注视的目光。

乖九踢踏着脚下的拖鞋下了五楼，毫不犹豫地走向了学校西南角的那棵百年榕树下。细密的树影如潮水一般向她涌去，直到将她覆灭。

手上的打火机“哒”一声擦亮了火焰，细长摇曳着，在徐徐晚风中瑟缩着晃荡。乖九靠在树上，娴静如姣花明月。白烟袅袅，挡住了她的视线，身后窸窸窣窣的脚步声却听得一清二楚。

象湖，象湖。乖九无奈的捋了捋头发，抬起头望天。

她就算闭着眼也知道是他。

手上的烟被一把抽过，象湖冷峻着颜色，微微低头看着眼前的女孩，他轻轻蹙起眉头，想伸手去揉揉她的发顶，却被她偏头躲过。象湖嗓子有些沙哑，声线不如平时那么轻快，他问乖九，“怎么了？”

乖九无奈地笑了笑，抬头看着眼前的人，熟悉的眉眼勾勒出他温润的脸庞。乖九的眼眶有些湿润，她在心里呐喊着，怎么了？难道要我告诉你，我喜欢你啊，我真的好喜欢你吗？！乖九的胸腔瞬间像被冰冷的海水浸没了，空气中的氧气突然消失得无影无踪。

但她只是偏过头，笑着对他说：“没事，烦。”

象湖拍了拍她的头，“有事就来告诉我。还有，今后不许再抽烟了。”

乖九好像笑得很开心的样子，她温柔地看着象湖的眼睛说：“好，我会的。”

乖九第一次见到象湖时，她无比嫌恶这个像大男孩一样的男人，因为她最看不起娘里娘气的男人，尤其是一个大老爷们上课还要带扩音器的。她喜欢梁家辉那样的男人，挺拔英气，轮廓分明。

那自己是从什么时候开始喜欢他的呢。

乖九全身笔挺地站在礼堂里主持开学第一天的全体高三高考动员大会，清丽沉稳的好嗓子字正腔圆地念着主持稿。她手里紧攥着的白纸上，清秀的字迹就像那个人的脸庞一样，字如其人，果然不假。

她脑子里回想起大会前那会儿，她咬着笔头写主持稿，一写到转接请某某同学上台演讲就断片，卡壳卡了两个小时撕了八张白纸实在是没了办法，无奈之下只好去求助语文老师象湖，象湖拿着她的稿子很认真的逐字逐句的阅读，并且时不时用红笔批注修改一些细节。

当象湖看到转接处时，他挥了挥手把乖九叫过去，乖九一溜烟凑了过去，狗腿的就跟小李子见着了慈禧太后一个模样。象湖拿着红笔戳了戳纸，轻声念："这里……我们如今所受的一切苦难都是为了日后我们能够配得上我们所受的苦。你是不是写不下去了？"象湖抬起头，看见乖九正弯着腰撑头看着窗外，他抿了抿嘴唇，拿笔敲了敲木桌，女孩愣了一下才回过头，"啊啊？"叫了两声，反应过来乖巧地点点头，轻声说："是啊。"

"要接哪一句？是'我们应该坚定信念，艰苦奋斗……共创我们学校的辉煌'这一句吗？"

"嗯嗯，中间不用加太多，一句话就行了。"

"不用一句话，两个字就可以了。"象湖笑着看她说：

“所以。”

“哈啊？”乖九傻呆呆地看着他，眨了眨眼睛过了一会儿才反应过来。她抓过他手上的演讲稿定睛一看，小声飞速的嘀咕：“……我们如今所受的一切苦难都是为了日后我们能够配得上我们所受的苦。所以，我们应该坚定信念……共创我们学校的辉煌。”乖九眨巴着眼睛，心里万千头草泥马狂奔而过。

出办公室的时候一直默默念叨：“人才啊人才……”

大会一结束，乖九就满头大汗地奔进了语文教研组的办公室。午后的阳光散落在象湖的身上，星星点点像奚落的火焰。他穿得就像个高中生，被汗打湿的红色球服印着硕大的二十三号数字。

乔丹，乔丹。二十三号是乔丹的号码！乖九眼睛一亮，一股惺惺相惜之情油然而生。

乖九把面巾纸往他脑门上一拍，附带赠送一瓶益力多，她笑靥如十里桃花一般灼灼夺目，眼睛亮亮的，清亮的声音露出一股子喜悦劲：“老师，谢谢啦。”

“举手之劳。”象湖大咧咧的露出一口大白牙笑着，拿着面巾纸胡乱的揩了揩汗就开始喝酸奶。

乖九看着象湖的笑脸，愣了一下，她皱了皱眉头，迅速离开了办公室。

她攥着手里的白纸，目光炯炯。

乖九好像发现，自己有点喜欢这个人了。

初秋，秋风带着凉意掀起罗帐，铁窗外云烟四处逃窜，铺天盖地地席卷了整片苍穹。满眼尽是茫茫白浪。

乖九撑头看着窗外，她听见象湖站在她身边讲课，扩音器就在她耳边，她皱了皱眉，把头侧了侧，象湖不动声色地把扩音器的音量调小了，他敲了敲乖九的桌子，乖九无奈地拾起红笔开始翻阅眼前的试卷，右上角龙凤凤舞的一百二十五分鲜红欲滴，乖九瞄了一眼分数就熟练的翻到最后两面看象湖给她的作文写的批语。

短短四个字。

“有情皆孽。”

乖九心情顿时沉了下来。这是象湖给她作文写的批语写的最少的一次。

她还记得，高三的第一节语文课，他踩着第二个铃声进了班里，套着件叮当猫的T恤，长腿外头是件蓝白色的牛仔裤。乖九还记得那个时候她和她的同桌说，我第一次发现一个男人把牛仔裤穿得这么好看的。

乖九撑着头望着窗外，怔怔的想着乱七八糟的事情。

开学初那会儿语文课下课之后象湖敲了敲她的桌子，让她到办公室来一趟。乖九不耐烦的用脚撞开椅子，手里抄了把纸扇跟在他后头进了办公室。

“唰啦——”一声，纸扇展开，扇面上的桃树夭夭，撰写的几句长短句字迹行云流水。乖九扇着扇子，一本正经地看着眼前的象湖。

“你的语文成绩一直很拔尖，经常和第二名可以拉开十分到十五分的距离，这很难得。”象湖笑了笑，看着扇面又说：“字不错，平日里常练米芾的字？”

“练过半个月。十分遗憾，我对练字没有任何兴趣。”乖九不动声色的靠上了办公桌，把身体一半的重量支撑在桌上。她看着象湖，微笑着说：“还有，不是常常，是每次。”

象湖突然就咧开了嘴笑得很开心，他无奈地摇了摇头，站起身拉开一把椅子，示意乖九坐下。

乖九撇了撇嘴，跳上了办公桌，把脚搁在椅子上搭脚的地方："老师，你找我来有事吗。"

"听说你从高一到高二都拒绝担任语文课代表。"象湖微微抬起头，看着乖九。"我想知道为什么。"

象湖记得乖九的语文成绩一直很好，从进校开始就一路遥遥领先。刘校长教乖九班语文的时候，希望乖九任高一九班的副班长和语文课代表。当时他正好从她班门前路过，正好听见刘校长正在念班委会名单，听到乖九名字的时候他皱了皱眉，依稀记得这个女孩的作文异常出色，他停了停脚步，看见乖九不耐烦地站起身，徐徐晚风吹起她的长发，她把长发捋到耳后，微微抬起头看着讲台上的老师，声音并不大，却很清晰。

乖九一字一顿地说，"抱歉，我无法胜任。"

刘校长愣了愣，马上又说："这并不是你能不能胜任的问题，老师相信你一定可以的。"

乖九挑了挑眉，微微偏头看向了象湖的方向，她说："很抱歉，我可能要辜负你的期望了，我对于这两个职位没有任何兴趣。"

象湖站在外头笑出了声，对上了乖九望过来的目光。

象湖敛了敛笑意，因为他看见了讲台上刘校长火冒三丈的模样。他摇了摇头，拎着水壶离开了。

象湖眼里是乖九抿着嘴的样子，她披散着头发，黑发柔顺的流淌到腰下头，今天有体育课，她身上套着宽大的运动服，右手腕上戴着硕大的运动男表和一串沉香木珠。

好奇怪的搭配。象湖想。

他问乖九："听说你从高一到高二都拒绝担任语文课代表。"象湖微微抬起头，看着乖九。"我想知道为什么。"

"为什么？"乖九笑得人畜无害，"没有什么特别的原因，只是因为我不喜欢刘杨而已。"

象湖："刘校长是你的老师，直呼她的名字是对她的一种不敬。"

“哦，”乖九笑了笑，“老师，你在宿舍里说刘杨批阅我们班试卷水分过多的时候不也是直呼她的名字的吗？”

象湖挑了挑眉毛，问：“你怎么知道？”

“我经常去男生宿舍，会经过你的宿舍门口。”乖九摸索了一周，发现自己的扇子不翼而飞，她皱了皱眉头，随手抄起象湖桌上的一本书扇风，扇了一会儿突然停下手里的动作，“啪”的一下跳下木桌。

她的眼神瞬间就不同了，锃亮锃亮的，她兴奋地拉着象湖的手问：“老师，你也喜欢王国维吗？！”乖九抓着象湖的袖子，笑靥如花。

木桌上王国维的人间词话随意搁置在一旁。象湖也不拿书，笑了笑，回答她：“嗯，是。”

乖九开心地拍了拍象湖的肩膀，开始翻象湖的书桌，她一边翻一边发出“哇！”“呀！”的声音，和平日里沉静的模样全然不同。

突然之间她停了下来，象湖正觉得奇怪，转头过去望她，她拿着温庭筠的诗集怔怔地望着他。

象湖听见乖九突然问他，“老师，你知道鱼玄机是温庭筠的徒儿吗。”

他点头，“知道。”

乖九皱了皱眉头，语气有些迟疑：“那，他爱过她吗？”

象湖突然瞪大了眼睛看着她，他顿了顿说：“爱过。”象湖直直地看着乖九，“至少，我相信他爱过。”

乖九从地上捡起桃花扇往象湖桌子上一扔，“语文课代表我当了，还有，这扇子送你了。”

他是我遇见过最美好的老师，只有他会和我谈论王国维的人生三大境界，陪我翻找各种乱七八糟的关于长安鱼幼薇的野史资料。他总是无条件的帮助我支持我。

我并不清楚我到底喜欢他什么。

他是第一个在看了我的文章后评论我江郎才尽，并告诉我这不是作文，只能做文字交流的老师。

我从来没有这么喜欢过一个人，尽管我并不知道我对他的喜欢到底是哪一种喜欢。我仅仅知道的是，现在我只想看见他，并且告诉他我喜欢他。

人生不如意之事十有八九。我安慰自己。

我站在榕树下，点燃了一支烟。学生会纪检部的学生走过我身旁，奇怪地看着我，脚下的步子也跟着目光折了回来。

他对我说："同学，你不知道整个学校是禁烟的吗？"

"知道啊。"

他还没说话，象湖就跑着步过来了，他淌着汗抱着篮球站在我身前，生气地把我的烟抽走往树下的垃圾桶一扔，转身就走，我听见他说："到我办公室来一趟。"

我撇了撇嘴，跟着他进了办公室。

他把椅子踢到我跟前，"坐下。"他没好气地说。

我乖乖坐下，准备听他教训我的长篇大论。但等了好一会儿才发现他一句话没说，我抬起头看他，他皱着眉看着我，眉如青山。

“乖九，这是最后一次。平常你改改校服，不扎头发，偷偷跑出去吃夜宵，小打小闹的，我都是睁一只闭一只眼。但是我记得我告诉过你我最讨厌女孩抽烟。”

我咬着唇从毛呢大衣的衣袋里捞出一包烟往象湖办公桌上一扔，“知道了，下不为例。”

他突然站起身，问我，“乖九，你到底在想些什么。”

“没什么。”我低下头绞着手指，“象湖。”

他有些生气，不耐烦地应了我一声，往窗边走去。

“我喜欢你。”我说。

他转过身看着我，微微叹了一口气。

“我要结婚了，小九。”

我躺在学校的榕树下，清风凉爽，惠风和畅。

距离象湖亲口告诉我他结婚的消息已经有三个星期了，我并不是不明白我和象湖在一起的可能性有多小。我并不是不知道象湖即将要结婚了。但是我就是以为我在他心里是不一样的。

但是总是事与愿违。

我还是喜欢他我还是喜欢他，他依旧是我的特别关心，我依旧在日历里倒计距离他的生日还有多少天，我的手机通话记录依旧只有我和他的九十条通话记录，我的日记本里依旧夹着他给我写的从高一到高三的每一篇作文评论，我依旧会在夜深人静的时候想起他的模样记起他的眉眼。

可是从今天开始，我就要删除有关于他的一切联系方式，放弃每天在日历上画圈数数距离他的生日还有几天，清空手机通话记录，把日记本藏到我的木箱最深处。我再也不要想起他，即使某一天我花前月下独徘徊的时候想起了他，我也一定要告诉自己。

他不是我生命里应该出现的人。

情圣

回想起他和那个女孩的第一次初见，是在一年多前。

那天起风了，夜幕之中细雨如丝，并不冷，很适合情人合撑一把伞一起走在夜路之中。那时的他正带着一罐牛奶去见他的女友。夜色茫茫，他看见一个清秀的女孩在夜风中，发丝轻轻扬起，微微低头。他心里想，这个女孩性子肯定很腼腆。

他走得匆忙，忘了带伞，却在雨中行走的十分恣意。他路过那个女孩的身边，发现她正抬着头看他，笑得清隽，他驻足停了一会儿，对她笑了笑，看着她把手中的长柄伞递给了他，他垂眸接过伞，目光却落在了那个女孩儿的手腕上，一串花体英文文身在她瘦而白净的腕间格外引人注目。

他撑开伞，不动声色地罩住了女孩。

那个女孩靠着他的肩站在他身旁问他，“哪儿去？”

他偏头说，“老街那儿，你呢？”女孩也没说什么，只是迈开了步子的时候说："走吧。"他点点头，和女孩不紧不慢地走着，拐过一条条静谧的街道。走了半晌，他发觉不大对劲，微微皱着眉，问女孩，"这是往哪儿呢？"

女孩牵过他的手腕，不说话，只是继续向前走着。她的指尖冰冷，他静悄悄地由她牵着，由她带着他走近了街角一处酒吧，隐隐约约的萨克斯乐曲像勾人的丝线牵引着人。他在酒吧门口歇了伞，尾随着女孩走进去。

他站在那儿，看着高脚椅上跷着脚，长裙娉婷的女孩，她熟练的和酒保谈着笑，脸上的表情丰富而生动。她打了个响指，似乎说了句什么，他听不真切，只瞧见她接过酒保递来的两杯伏特加，晶莹剔透的玻璃杯在她腕间转动摇晃着，那串英文像是活过来了一般，跳跃着涌进金色的液体中。她一口气喝下了半杯酒，他看着她轻快地跳下，脚下的步子迈得翩跹。她把酒递给他，举起酒杯对他明媚一笑，又突然偏过头去，他转身顺着她的眼神望过去，是几个雅痞，女孩儿笑得张扬，纤瘦的左手朝着那几个男人晃了两晃酒杯，他们吹了声口哨，其中一个还向她抛了个飞吻，估摸着是看见了女孩身边的他，便没上前来。

在这儿，女孩似乎如鱼得水，脸庞的清秀与神色间的艳丽巧妙地融合，成了新的女孩儿。他静静地喝着酒，一直沉默着，直到女孩喝得两颊绯红，他起身把她安在座位上，然后把手中的牛奶递给女孩。

“咦，你不是要去老街吗？怎么在这儿？”她又要了一杯伏特加，拿着酒杯眯着眼睛看他，他拉着她站起来，不说话。“你还杵着干什么？把牛奶给你女朋友送去呀。怎么？还要我陪你去？”

“走吧。”他拉着她去结账，却意外的听见酒保说，“她在我们这儿一切消费免费。”

女孩儿面无表情地看着他，“你拿我当酒托？？”眼睛里头的寒意直直的刺向他。

“不是。”他微笑着揉了揉她的头发。“我只是没有让女孩儿付钱的习惯。”

“……”女孩张了张嘴好像要说些什么，但最后只是拉着他的手走出了酒吧。

外面雨停了，他把伞递给她。

她皱着眉拍了拍脑袋，“抱歉，我是不是把你给你女朋友的牛奶给喝了？你等等，我重新去买一瓶吧。”

“不用。”他拉住她的手腕，“她只喝我煮的羊奶。”

女孩挑了挑眉，冷哼了一声。

他无奈地笑了笑，揉了揉她的发顶。

“干什么？不要随便碰我的头，会长不高的。”她一把拍掉他的手，仰着头没好气地说。

“走吧。陪我去老街。”他从她手里拿过雨伞。

“你谁啊你，你叫我去我就得去？？”她翻了个白眼，手没轻没重地打在他的手臂上。

他皱着眉拉过她的手，眼神中是对她的无奈。

“好啦好啦，我错了。”她撇撇嘴，很可爱的样子。她抓住他的衣角，可怜巴巴地说，“不要生气啦。”

他又揉了揉她的发顶，“我没有生气。”

“切。”她不屑的哼哼了两声，仍然抓着他的衣角不放，过了会儿她突然拽了拽他的衣角，他停下来看她，“怎么了？”

她依旧是那副不屑的样子，但是又一直拿余光去瞥他，她嘟了嘟嘴，很霸道地说，“我叫扶苏，你可以叫我苏苏，以后不许忘掉！”

“嗯，好。”

“还有还有，我以后要找你的话，要怎么样才能找到你啊？”她走着走着又停了下来，还拿出了一个小本子和一只很可爱的笔，一脸询问地看着他。

“把本子给我。”他接过本子，把自己的家庭住址电话号码所在学校年级班级一股脑全写给了他。

“哇哇大叔，想不到你是高材生哎！”女孩走路蹦蹦跳跳的，像只小兔子。

“笨。”他拿笔敲了敲她的脑袋。

“哼。”她悻悻的嘟了嘟嘴，“我才不笨呢！”说着她又停了下来，“差不多到了，我回去了哦大叔。”

“你陪我一块上去吧，一会儿我送你回去。”他没头没脑地说出了这句话。

“喂喂喂！大叔你脑袋坏掉啦？你去见女朋友我去干什么！”她笑嘻嘻地抓着长裙，清秀的脸庞却是调皮的神色，和他刚刚见到她那会儿，是全然不同的两个女孩儿。

“没事儿，一会儿你见了她记得叫姐姐。”他牵着她的手腕进了一栋楼的电梯。

“大叔，我叫你大叔不该叫你女朋友阿姨咩！”她依旧是可爱的语调，神色却清淡了不少，并不像她的语气那般活泼。

“笨，你要是叫她阿姨她会把你扫地出门的。”

“哼！谁怕谁啊！大叔一会儿我和那个怪阿姨打起来你要帮我哦！”

“怪阿姨？？”他好笑地拍了拍她的脑袋，“一天到晚想什么呢。”

“是的！你是帅大叔，她是怪阿姨，嘤嘤，一点都不配！”女孩儿没等他说话，又叽叽喳喳地问他。“大叔你叫什么名字！多少岁了！”

“我叫容砚。容貌的容，砚台的砚。过了年二十八了。”他拉着她出了电梯，从兜里拿出了钥匙开了门。

“阿砚，”一个穿着围裙的女孩儿匆匆忙忙地拿着锅铲冲到门口，刚想给来人一个熊抱，却发现容砚身边带了个拖油瓶。

“阿姨好，我是这位大叔的侄女，我叫扶苏今年十八一枝花哦！”女孩儿仰着清秀的脸庞看着比她高半个头的女孩儿口齿伶俐的自报家门。

“哈啊？阿姨……？”被称为怪阿姨的女孩儿显然对这个称呼接受不能，她咧着嘴角问一旁忍俊不禁的容砚，“这个女孩儿真的是你的侄女？？”凉夏一脸问号的看着容砚。

容砚揉了揉身边比他矮了一个半头的扶苏，“是妹妹，笨蛋。”

“好啦好啦，还是姐姐你比较可爱！”她避开了容砚的手，向一旁的凉夏挥了挥爪子。

“阿砚我怎么不知道你有个妹妹？”凉夏依旧是一头雾水。

“路上捡的，别问了，吃饭吧，你饿了吧？下次别等我了，先吃就是。”容砚提着扶苏的衣领把她拽到餐桌边，他没好气地捏了捏她的脸，“再乱叫我就让你饭都没得吃！”

“是是是！皇上您消消气儿，臣妾先退下了。”扶苏扮了个鬼脸，一脸调皮的坐下了。

容砚无奈地笑了笑，洗了把手去帮凉夏端菜。

“阿砚，你老实告诉我，这女孩儿到底哪来的？”凉夏一脸郑重地看着容砚。

“今天路上碰见的，挺可爱的一小女孩儿。”容砚揽住凉夏的肩膀，“我打算把她带回家让我妈认了她做干女儿。”

“你开什么玩笑？？你才认识她多久？你了解她吗？”凉夏一改平日里的温婉语气，她手一挥，强硬的对容砚说。“吃完饭把她送回家，从此以后别再见她了。”

“不行。”容砚突然挺直了腰板，他垂下眸子看着凉夏，认真地说，“这个妹妹，我认定了。”

“你疯了！”凉夏皱着眉头去拉容砚的手，“容砚，你是不是喜欢这女孩了？”

“并没有。我只是觉得，她很像我的妹妹罢了。”

凉夏蹙着眉头，想起了容砚那个叫容颜的妹妹也是一溜儿的千面怪，她刚刚认识容颜的时候，以为她是个温婉文静的女孩儿，后来才发现古灵精怪得很，鬼主意一大把，成天黏着容砚，说话的语气像个三岁的小孩儿，偏偏容砚宠她宠的不行。

“……好吧，你喜欢就好了。”凉夏端着菜盘子先容砚一步出了厨房。

容砚端着剩余的菜盘子坐下了，扶苏偷偷乜了容砚一眼，在桌底下死命踹他，容砚抬眼看了扶苏一眼，扶苏一个劲地给他使眼色问他怎么了，容砚笑了笑，摇了摇头示意她没事儿，她嘟了嘟嘴，很委屈的样子。

“扶苏？”凉夏叫了她一声儿。

扶苏瞬间敛了神色，抬起头看凉夏的时候一副清雅淡然的模样把凉夏震的愣了两愣半晌没反应过来。

“姐姐，怎么了吗？”扶苏扶着碗用瓷勺优雅的舀着汤喝，一副大家闺秀的派头让凉夏额上青筋都跳了两跳。

“唔……没事儿，你……喝汤！”凉夏抿了抿嘴，悻悻的垂了眸。

一餐饭吃的怪异而沉默。

“以后别带我见凉夏了，她不大喜欢我，你看不出来吗？”扶苏轻飘飘的开口，又是一副淡然如水的模样。

容砚揉了揉扶苏的发顶，不说话。

“别揉我的头发！！”扶苏生气的打掉容砚的手，“你去找凉夏吧！”

“我会和她分手的。”容砚叹了口气，很认真地对扶苏说。

“你有病吧你。”扶苏皱着张脸，眉毛拧在一块儿。“和她分手了，和我在一块儿？”

“……”

“说话啊你！”扶苏急了，拿拳头往容砚身上招呼。

“别闹了。”容砚握住她的拳头。“一早儿那会儿，你怎么知道我要去见我的女朋友？”

扶苏挣脱容砚的手突然顿了顿，她舔了舔嘴唇，又咬了咬嘴唇，最后垂头丧气地说，“就是问的呗！”

“问谁？”容砚冷着眼看她。

“问……问你朋友。”

容砚放开她的手，“行啊，你厉害。”他脸若冰霜，转身就走。

“不是……你别走你听我解释！”扶苏急急忙忙追上去，拽住他的衣角死不撒手。

容砚停下脚步，“你说。”

“我……我是……真的很喜欢你的！还有还有……其实你朋友

一开始是不愿意告诉我的，但是我死缠烂打了好久他才同意帮我追你的！”

“你怎么会认识我的朋友？”容砚脸色柔和了不少，他微微低下头看着扶苏。

“我……上个月在喜来登看见你和一个男孩子从客房里走出来！那个时候我在那里实习！”

“实习？你在那儿能干什么？”

“哎呀就是好玩嘛就你别问了。”扶苏眼巴巴地看着他，“你别生气了嘛！”

“那你刚刚带我去那个酒吧干什么？”

扶苏撇撇嘴，“我就是想把时间拖久一点嘛！”

“把时间拖久一点，好让我和凉夏吵架？”

“不是！！哎呀你不要再问了。换我问你了！”扶苏跺着脚不满的撇嘴。

“你问。”容砚好笑地看着她，眉眼间都带了点点笑意。

“那……你要不要喜欢我？啊呀不是！你要不要和我在一起！”

“我还没和凉夏分手。”容砚提醒她。

“我不管！你要不要和我在一起啦！”

容砚把手揣在裤兜里，他倚着墙壁微微低着头，似乎在想什么事情。

“我数三二一，你再不说话我就走了哦！然后你就再也见不到我了！”扶苏鼓着嘴，“三！二！一——”

数到一的时候，扶苏眼角都带了点亮晶晶的东西，她转身就想跑，却被容砚一把拉过抱在怀里，“好了好了，要就是了，只是我还没考虑好，你看我们才认识几个小时，你对我并不了解，我对你也不大了解，是不是？恋人是需要有一定的基础的，何况我比你大十岁，有很多问题都需要解决。”

“噫，我知道啦！”她搂住容砚的脖颈，快速地在他的脸颊上亲了一下又躲开，她把头埋在容砚的胸膛里，声音闷闷地问，“你和凉夏在一起多久啦？”

“三个月。”容砚揉了揉扶苏的脸颊，在她嘴角亲了亲。

“哦！”扶苏撇了撇嘴，眼角耷拉着。

“干什么？问了又不开心。”容砚笑着捏了捏她的耳朵，“别气了，走吧。”

“才不！！还早呢！我们去喝一杯吧！！庆祝苏苏的胜利哦！”

“女孩子不要喝太多酒。”

“哼！不要啦！就今天晚上！！”

“……不行。”

“呜呜呜砚砚最好啦！亲一下你陪我去嘛！”

“……只此一次下不为例。”

“哇砚砚最好啦！亲一下！啵！”

三个月后。

“砚砚……你快来！……我操你妈啊干什么呢你你给老子滚一边去！”

凌晨两点，容砚接到扶苏的救急电话，揣上钱包手机就往酒吧赶。

“扶苏小姐，您在本吧的消费总计二十八万两千三百二十四元零六分，我们老板说给您抹个零，那样就是二十八万，请您在三天之内支付清零。”往日与扶苏谈天说地插科打诨的酒保此时冷若冰霜地看着扶苏，机械地念出账单的各个消费款项。

“二十八万？？你让蒋洲那个贱人给我滚出来，我他妈不拆了他的店！”说着说着一群人就开始拉拉扯扯的厮打起来。

“停。”容砚拉起被人群包围的扶苏，他看着怀里的小姑娘，心疼的给她揉了揉额上的乌青。“我替她还。”

“你替她还？”一个男人从柜台后边走出来，他不屑地瞥了扶苏一眼，“你瞎了眼才看上这女的吧？”

“婊子配狗，天长地久。”另一个男人叼着根烟嬉笑着说。

一群人哈哈哈地笑了起来，容砚皱了皱眉，他居高临下地看着那几个男人，皮笑肉不笑地说，“闭嘴。”那几个男人刚想开骂，扶苏就吼了一嗓子，“闭嘴吧你们也不看看自个是什么玩意儿就在这跟风点火，我的事轮到着你插嘴吗？滚远点吧你。”容砚突然又看了看那几个男人，觉得这几个男人很是眼熟，但怀里的小姑娘一直打着哆嗦，容砚便没再多想，只是赶忙把外套给她套上。

容砚刷了卡，带着扶苏匆匆离去。

那几个男人的嗤笑声一路尾随着他们。

过几日，扶苏似乎从人间蒸发了，她给容砚唯一留下的东西，就是那张账单。容砚看着那张账单，突然回忆起了那天酒吧的那几个男人，就是他和扶苏初识的那天晚上那几个冲扶苏吹口哨的雅痞。

“本市首例特大酒托诈骗案破获，该起案件诈骗金额高达一千四百万，受害人多达五十八人……首要分子蒋洲、扶苏被判处有期徒刑十五年，其他团伙成员被判处八年以下不等刑罚……”

人生几何

烽火连天，突厥的铁蹄一路南下，直至兵临离国城下。

畏缩一方的乡下诸侯急忙忙遣了斥候去探，得到的准信儿却是敌军势头锐不可当，放眼望去城外尽是清一色黑压压的将士，薄而坚实的玄铁盔甲包裹着野心勃勃的边疆民族；上万匹高仰着头嘶吼的骏马四肢精瘦有力，蓄势待发；骑马的小哥儿手臂一挥一落之间，意气风发的模样一览无遗。

这边儿军师正絮絮叨叨地说着敌军这一路战无不胜的赫赫战绩，那边儿火急火燎的士兵就呈上一支捎着信的长箭来。

那信分明是封战书，一旁弯着腰念信的士兵哆哆嗦嗦道："突厥约定离国五日后出城一战…"

诸侯瞪大了眼睛，狠狠一甩衣袖，"不战！"

"可…可这信上说，五日后我国若是闭门不出，一旦兵败，尽数屠城！"

日上三竿，这厢离国统兵的大将军酒还没醒，一副睡眼惺忪的邋遢模样。

前来传旨的副将早已见怪不怪，扯着嗓子就朝大将军耳边喊，"大将军领命！四日后率军出城与突厥一战。如今兵临城下，实为危急存亡之秋。且五万突厥铁骑来者不善，意图攻城，亡我大离国。孤意决，举兵力殊死一搏。此番鏖战，特予将军禁卫军五万，神枪营一万与江南骑兵一万兵士，共计七万兵力。”

话音刚落，大将军就松松打了个哈欠，软软地半跪下来接过兵符，而后又挥挥手，示意他明白了，副将请回吧。

过会儿人家副将一转身，他就马上倒回了床上，全然没有一点儿要领兵打战的紧迫感。不仅鼾声如雷，睡梦中还挥舞着双手，大声疾呼：草原的马奶酒真是一绝啊，一绝。

两军交战前，天赐大雾。

无边无际的白色像鬼魅浮生，天地之间尽是望不到头的阴暗灰色，苍白中透着无力。

双方达成一致，就天气原因歇战二日，改日再会。

回军营前，突厥的首领突然叫住了离国的将军。

“在下胡儿丹，仰慕将军多年。今日想请将军回答我的一个问题，还望将军答应我这个不情之请。”

“说。”懒洋洋的语调，活像个喝饱了酒的醉鬼。

“将军，为何而战？”

将军一愣，突然爆笑起来。他掏出腰间拴着的酒壶，狠狠啜了一口，一双眸子亮晶晶的。

“为战而战！”

霜重鼓寒，战争的号角吹响满天，冬日的早晨像抹了胭脂的小姑娘，红扑扑的脸蛋儿挂在天上，平白杀出了一片暖意。

离国摆兵严阵以待，亮堂堂的盾连成一堵墙，墙缝里的长枪短剑一柄又一柄，硬生生是逼得那抹暖意退避三尺。

交战多次僵持不下，战火纷飞中，突厥大君又一次叫住了哈欠连天的大将军。

“将军以为，战争又为何物？”

沉默半晌，他突然垂下了提剑的手，凌厉的剑锋随着他的疾步转身，在地上划出一个完美的圆。他站在圆心处，剑指天涯，指江山，指死去的魂魄。

“生命。”

第五次汇军，死伤惨重；满地哀嚎，一片狼藉。

大将军退回城内，只身长立于烽火台之上，手势一张一合之间，万箭齐发，百炮齐鸣。

突厥终是败下阵来，惶惶撤了兵。

像下战书时那样儿，一只带着信条儿的长箭射穿了大君的帽子。

凌厉劲道的笔迹云云飒飒。

“大君那天问我，人生几何？

杀伐天下，有酒有肉。一醉沙场，醒掌天下方不休。”

善良杀人

凌晨五点半，像往常一样，刚下班的陈喜宴赤着双脚，两只十二厘米的黑色高跟鞋在手里晃晃悠悠的颤着。她沿着偌大的中山路走下去，脚下的步子凌乱而无序。

走到这条路的尽头处，有个煎鸡蛋饼的小摊。陈喜宴在这儿停下来，要了两个鸡蛋饼和两杯豆浆。等摊煎饼的空当儿，她习惯性的仰起头，看看天空。凌晨五六点正是黑夜与白天交界的时候，这会儿的天总像是一幅巨大的灰色油画，透着令人瞌睡的疲惫来。

今儿的生意实在是不错，她那个包间的几个冤大头出手阔绰，加起来一共点了五六万的洋酒，粗略算下来，她怎么也能拿个五六千的提成了。

扶着濒临炸裂的大脑，陈喜宴狠狠往地上啐了口痰，骂道："他娘的狗东西，硬是灌了老娘整一瓶儿的XO，毛病。"骂着骂着她又打了一个大大的哈欠，脚下一个不留神儿，像是被个什么东西绊了下。她蹙着眉，低头往下一看，愣是给吓了一跳。

一个穿得破破烂烂的小男孩儿抱着膝盖，裹着一床不知道哪个垃圾堆里捡来的被子，蜷缩成一团儿。男孩儿满是泥水污垢的脸庞上，一双儿滴溜溜的小眼睛亮得能反光，直直地盯着陈喜宴手里的装着豆浆和鸡蛋饼的塑料袋瞧，嘴巴张得老大。

陈喜宴看着那孩子一副骨瘦如柴的模样，眉头锁得更深。她走到他边上儿，蹲下身来，把煎饼递给他。说话的嗓音不知不觉地柔和起来，“吃吧。”

男孩儿瞪大了眼睛，两只鸡爪子样儿的手伸过来，颤颤悠悠地接过那袋还热乎着的煎饼和豆浆。

出乎她意料的是这个看起来瘦得没人样儿的男孩，吃相却惊人的优雅。他不急不躁地端着杯豆浆，一小口一小口地咀嚼着煎饼，吃东西的时候腰杆还挺得笔直。

陈喜宴笑了笑，轻轻在男孩儿的手上拍了两下，然后拎着鞋子站起身来。正准备转身离开的时候，那个小男孩儿突然死死扯住了她的衣角，发出了像小动物呜咽一般的声音。

那声音不大，却异常清晰。

他叫道：“妈——”

“妈，我上学去了。”

屋里头刚睡下的陈喜宴听见陈傲的声音，迷迷糊糊地翻了个身坐起来，约莫是翻身的时候碰到了身上的旧伤，她的眉头重重的皱了起来，吃痛的“哎”了一声儿。

陈傲听见响声儿，拿着瓶药油走进来。他在陈喜宴床边蹲下，熟稔的往她手臂上倒了一摊药油。白皙的小臂上深浅不一的淤痕像条面目狰狞的蟒蛇，一路蜿蜒着向上爬去，直至遍布陈喜宴的全身。

陈喜宴看着陈傲低垂着眼眸，认真地在她的手臂上揉着的模样，叹了口气，“傲儿，吃早饭了吗？”

“一会儿路上吃。”陈傲把药油放下，他直起身子，很轻很轻的把陈喜宴揽进怀里，他的声线突然压得很低很低：“妈，有我在呢。”

陈喜宴看着陈傲轮廓愈来愈清晰的脸庞，拍了拍他的头，“没事儿，傲儿，真没事儿。别担心，你二叔这阵子气性儿大，再加上这不又输的急眼了，才没轻没重的…”她拉着陈傲的手晃了晃，“你答应妈妈，别恼他，成么？”

陈傲不搭腔，他扶着陈喜宴躺下，又给她掖了掖被角。他看着陈喜宴眼神里的恳求，喉结动了动，不由自主地放缓了语气，“妈，我不恼。快睡吧。”

陈喜宴听得了这话，才合上眼，安心睡去。陈傲抿着唇，轻手轻脚的把门带上了。

他站在陈喜宴的房门口，盯着门看了好一会儿。才拿着陈喜宴给他买的早餐，匆匆走了出去。

自行车骑到老街的路口处，五六辆山地车横七竖八地躺在路边上儿，车旁边站着几个穿着一中校服的男生，朝着陈傲来的方向张头张脑。

一个嘴里叼着烟的男生大老远就瞧见陈傲慢悠悠地蹬着车，一手扶着车把，一手握着杯豆浆，嘴里有一口没一口地吸着，一副懒散的模样往他们这儿来，他向陈傲挥挥手，“陈哥！”

陈傲点了点头，把手里喝得见底的豆浆往右手边的垃圾堆一扔。

几个男生见陈傲来了，迅速翻身上车，和陈傲并排骑着。

“陈哥，你怎么天天喝豆浆配鸡蛋煎饼啊，也不带腻的。”一个胖墩嬉皮笑脸地看着陈傲车把上挂着的鸡蛋煎饼，问道。

“陈哥他妈买啥他吃啥，就你话多。”叼着烟的男孩对着胖墩的后脑勺敲了敲。

“吃就吃呗你骂啥人呢？”胖墩揉着后脑勺嘟囔。

“我他妈说那是陈傲他妈妈买的——”

“林子。”陈傲打断了林铭杰的话。他凑到林铭杰边上，压低了嗓子问：“二叔最近还去老院吗？”

林铭杰点点头，也放轻了声音道：“听我大爷说，这几日几乎跟那住下了，一宿一宿通宵打牌。”

“怪不得这几天都没见着他人。”陈傲勾了勾唇角，漫不经心地笑了笑。

“陈哥，田建华这回欠了快小十万了，底下的人说再还不上就卸他一条腿。”林铭杰的眉头皱紧了，“而且我听说…白龙这次想搞次大的。怪不得呢，我瞧着老院那群人也是故意的，和白龙一块儿给他下套，把他圈死在老院里。”

陈傲歪了歪头，他看着林铭杰，做了一个抹脖子的动作，“怎么？白龙还惦记着夜宴那块肥肉呢？”

“田建华每年从夜宴那个场子抽的钱少说也有五六十万了，白龙想这块肥肉想了这么长久，这回可真是下足了血本的。”

陈傲抬起头，眯着眼睛看了看灰白色的天空。

“今天天气不错。”他脸上带着笑，没头没尾地说了一句。

巷口不知道哪一夜间就多了家小食店，一到晚上就热闹得很，一张张小方桌从街头摆到街尾。

陈傲放学放的晚，晚自修结束就接近十点了。往日里这个点儿，二叔一伙儿二流子最喜欢聚在这儿喝酒。不过这几日田建华在老院里赌得天昏地暗，陈傲也好几日没见着他的人影儿了。

初夏的夜晚略显闷热，几个大男人多半光着膀子坐在门口的小马扎上儿，露出大片大片张牙舞爪的文身，看着有几分渗人。陈傲粗略一看，有个人身上纹的老虎倒是眼熟，他走过去弯下腰，叫了声儿，“二叔。”

“哎？”田建华扭头一看，见是陈傲，二话不说就对着店家喊，“老板，来碗炸酱面，多放点辣，别搁葱！”他摸了个马扎在自己身边儿放下，“傲儿，来这儿坐。刚下课饿了吧？吃碗面，我一会儿跟你一块儿回去。”

田建华身边围着的一群人咋咋呼呼的起哄，“二哥，你这也太差别对待了！”

“这可是我儿子！”二叔摸了摸陈傲的头，笑得爽朗。

陈傲不吭声，不动声色地笑了笑，继续低头吃面。他盯着碗里红彤彤的辣椒末，突然就回想起了傍晚时分他站在老院儿前头，瞧见的那片红的发艳的天空。

老院儿从外边看，是个气派的四合院，青翠的樟树叶子绿油油垂在院墙边上，带着惹人喜爱的蓬勃生机。门口一左一右，立着两只笑眯眯的貔貅。黑漆漆的两张大嘴，像极了一望无尽的深渊。

不明真相的过路人，又如何能想到，这儿就是整个南城最大的地下赌庄呢。他抬头看看血色般的天空，海浪一般的火烧云翻滚着涛涛浪花，染红了整片苍穹，再尽数入了那两只高昂着头的貔貅的大嘴中。

陈傲骑着自行车慢慢悠悠地离开了，临行前他看着那实为地狱的老院儿轻轻摇摇头，略为惋惜的说道：“这样的好天色，再也不会有了。”

二叔与陈喜宴的最后一次争吵在夏末的某个夜晚，那一夜的蚊虫格外猖獗，细小又繁杂的虫鸣声惹得人心烦意乱，连带着人心中那一簇火苗也蹿得老高。

“我放在卧室床头柜里的四万块钱是不是你拿走了？”陈喜宴倚着卧室门框，语气不善地问田建华。“把钱拿回来，那是我要给陈傲交学费的钱。”

“拿不回来。”田建华叼着根烟，说话含含糊糊的。脸上仍是一副满不在乎的表情，说这话的时候，他整个人窝在沙发里嗑瓜子，眼神儿一直盯着电视机。

“田建华你还要不要脸？三番两次从我钱包里头拿钱就算了，现在还学会偷我钱了？”陈喜宴从屋里走出来，拿着电视遥控器就把电视关了。她指着田建华的鼻子说，“你摸着良心说，打你住进这屋子里以后，你做过一点家务没有？房租水电柴米油盐，哪一样儿不是我买的，你给过我一分钱吗田建华？一个大男人在外头挺会逞能，谁知道背地里是个吃女人软饭的窝囊废。”

“你他娘的给我闭上你那张臭嘴。”田建华骂骂咧咧的，一下子站了起来。

“你拿了我多少钱你数的清吗？”陈喜宴从抽屉里拿出一本本子，“这里头可都一笔一笔的记着呢，你今儿要是不把那四万块钱还回来，我赶明儿就去派出所告你偷窃。”

田建华冷笑一声，拽着陈喜宴头发就往沙发上撞，“告我？我今儿就打死你，看你还怎么告我。”

田建华手上的劲儿还没使出来，陈傲就开门走了进来，他一边低着头换鞋，一边对着田建华说，“夜宴那边出了点事儿，白龙带了几十个人过来砸场子，老六他们一伙儿刚到，两边这会儿估摸着已经杠上了。”他突然抬起头来，浓重的郁色沉在眼底，陈傲直直地看着二叔，表情耐人寻味。“你快过去吧。”

田建华一听，抄起门背后的一把砍刀就火急火燎地奔了出去。他开着车往夜宴赶的时候，徐徐的夏风一吹，没由来地打了个寒噤。

他想起对上陈傲目光的一瞬间，有种说不清道不明的怪异感。

直到白龙一伙人的刀不约而同落在他脑袋瓜儿上的时候，他才想起来，陈傲刚刚那是看死人的眼神儿。

像那片灰色的天空，泛着浅薄的悲哀。

田建华下葬的那日，天公不作美。磅礴的大雨倾盆而下，满世界的氤氲水汽像战场的硝烟，四处飘散。

陈喜宴一袭黑丝绒的贴身旗袍，苍白的脸庞上不施脂粉，愈发显得人憔悴。她栖在陈傲的黑色大伞下，低垂着微红的眼眸。

陈傲微微弯着腰，水色的嘴唇抿成一道直线，他紧攒着垂在身体两侧的拳头。良久才抬起头来，他看着陈喜宴，良久喉结才动了动："妈，"开口的一瞬间陈傲发现自己的声音不受控制的颤抖着，嗓子沙哑的可怕。他伸出手来，想去揽住陈喜宴的肩膀，手却又在半途中停了下来，怔怔的悬在了半空中。

"我知道田建华的死和你有关系。"陈喜宴素净的面容苍老的可怕，那些黑暗中的浮华像吸人精气的恶鬼，日复一日地吸食着她体内的生气。如今的她瘦得像一根竹竿，眼眶凹陷，一道道的皱纹像时间的巨斧，在她原本光洁无瑕的脸庞上留下罪恶的印记。

陈傲闻言，惊愕地看着陈喜宴。

"但是这件事不怪你，田建华造的孽太多，迟早要还的。"陈喜宴抱着臂膀，眼神落在了陵园后头的青山上。

"陈傲，我是个没有生育能力的人，但我也从未想过要去领养一个孩子，因为这之于我来说，真是太奢侈了。"她的声音又飘又轻，像是来自山间的一只游魂。"我到现在还很清楚地记得，在老街巷口把你带回家的那天，就像往常一样，天空是灰蒙蒙的一大片，见不着太阳，甚至连一丝云都没有。那时候我总觉得，我的人生是毫无意义的，就像那片黯淡的灰色天空。我甚至没有一个活下去的期盼，每天浑浑噩噩就过去了，眼见着自己彻底沦为一具活在声色场中的行尸走肉。"

陈喜宴摸了摸陈傲的头，像十多年前一样，动作轻柔而缓慢。"傻孩子，妈妈在拥有你以前，我的人生就像永无止境的阴天，但有了你以后，我的世界就有了太阳。"

那一瞬间她的眼眸突然很亮很亮，像燃起了火焰，也像是真正的太阳。

他们

直到如今，我依然记得很多年前晨梦浑身湿漉漉地站在我家门口，敲响我家门时，我突然很难过地扑上去抱住了她，她抱着莫名其妙号啕大哭的我，摸着我的头安慰我，“乖啦，我都没有哭呢。”

当时我拉着她进了浴室，把水温调好把她推到花洒下以后，却咬着唇不知道说些什么，最终还是她笑着把我推出了卫生间。

我还记得那天台风着陆，我看着窗外电闪雷鸣迷茫一片，氤氲水汽模糊了玻璃，我伸手去抹开那些水雾，靠着落地窗不知所措，我知道晨梦和清野分手了，可我却完全不知道如何去安慰晨梦，因为我知道，她越是难过，就越是要一个人躲起来疗伤。

我推开落地窗，铺天盖地的雨迎面而来，只是踏出了一步，浑身就感觉浸没在了水中，我不知道自己是怎么了，他们分手了，最难过的却是我。

晨梦和清野的爱情就像是史诗一样美好，被世人不停地传诵，好像所有的人都以为他们会一直走下去，我身边的人都认为他们就像神仙眷侣，可是他们还是分开了。

在过去的这么多年，我和晨梦形影不离，所以我对那个时候她和清野的点点滴滴如数家珍，这更让当时的我难以接受他们居然分开了，可当所有人都在哭天抢地地问“为什么”的时候，我突然就明白了，他们的感情再普通不过，只是我们需要有人成为我们现实中的神仙眷侣，所以他们就充当了这个角色。所有的人，从未真正关心过晨梦和清野本身，他们关心的不过是这对情侣之中的爱恨纠葛，就像他们每天必看的八卦娱乐一样。

过去我曾经真实目睹过，周末清野和晨梦吵了架，周一来了学校全级都在津津乐道他们吵架了要分手了，最让我感到难过的是晨梦那天晚上拉着我去看星星，她从头到尾都对着我笑，可到最后她告诉我，“其实他们就是在听八卦，我和清野就是他们眼里的演员，我们两个人的任何事情，都像是肥皂剧里的狗血剧情。而我还要当做毫不知情。”

从我和晨梦拉着手并肩走开始，我就开始无比心疼她，她就像个灯笼，不停地照亮着别人，自己却身处黑暗。她在学校里叱咤风云，任职无数，是人人羡慕的万年第一，是我们每个人上学时期都会遇到的学神，不仅如此，她承包了学校里所有大小节目的主持人，每周一站在升旗台上指点江山，以至于学校里任何一个人都认识她。她是家长嘴里别人家的孩子，并且长相虽然普通到会在街头淹没，却依旧有大把的男生喜欢她。

她曾经告诉我，“其实我一直奇怪，像清野那样的男生怎么会喜欢我的？”

清野长相清秀，身形挺拔，家境阔绰，简直就是翻版的道明寺，而晨梦与他相比，就像是另一个世界里的人，晨梦的家世并不好，而我们当时所在的学校学费昂贵，但因为她成绩优秀，一直都是全免，这也是她努力读书的原因之一。

我有一次问她为什么这么努力学习，她苦笑着对我说，“我们家是没有钱给我交学费的。”我第一次遇到这样的人，她真的就像无数狗血玛丽苏剧情里必备的女一号，家境贫寒品学兼优的女主角，有一个高富帅不可避免地喜欢上了她，并且对她一心一意。

只是现实中的男主角清野是个暖男，他就像个中央空调不可避免地温暖了所有在他身边的女孩，这些形形色色多如牛毛一样的女孩，就和他的正牌女友一样享受着在他庇护之下的温柔，后来晨梦回忆这段感情，对我说也许这就是他们分手最根本的原因。

可在当时他们分手的版本确实千奇百怪，而据我所知流传度最广的，就是清野喜欢上了高一的一个女生，这个女生，还是和晨梦关系很好的一个男生的妹妹，事后我去问晨梦，晨梦也默认了这个说法，我记得她当时的原话是，“不然还能怎么样？她们还希望剧情再狗血些吗？”

他们其实不过就是再普通不过的人。

晨梦其实就是普普通通的小女生，性格温婉，长相路人，成绩优秀能力又很强，自然在以成绩为重的我们学校就是老师的宠儿，任何大小事都被她承包了，而性格就是老好人的她当然十分受学生的欢迎。

至于清野虽然长得不错，但也仅仅是不错罢了，因为家境阔绰所以特别会打扮自个，整天外套鞋子帽子换来换去，俗话说得好，人靠衣装马靠鞍，这土包子换身新衣都成了城里人，更不要说身形挺拔长相还过得去的清野，再加上温润如玉的中央空调性格，自然就是不少小女生心里的男神。

当时的我们都过于盲目，看了几本琼瑶金庸，就开始瞎嚷嚷什么爱情。而他们，就是在我们过于盲目的情况下的牺牲品。

前几天我和晨梦说起这事她还嘻嘻哈哈地和我说其实她知道不论怎么样，最后她和清野都会分手的。我笑着问她是不是因为暖男是男人中的绿茶婊？她哈哈大笑，最后突然很严肃地说高中的恋情有几对走到最后的？我隔着电话都知道她此时一定是眼中噙着泪却又一本正经的和我聊天。

我知道她有多喜欢清野，她从来没有那么喜欢过一个人。他们曾经确实是真真正正地相爱过。只不过太过于短暂，一年都不到，我记得还剩一个月他们就在一起一年的时候，清野就和晨梦分手了。

当时她在台风中艰难前行最后发现只能来找我的模样，我现在用脚指头都能想象得出来，这么多年，我了解她，比了解我自己还多，她身边有无数个朋友，真正能说话的，估摸着也就我这么一个，她习惯了听别人倒苦水，就像个垃圾桶不停地接纳别人的垃圾，自己的垃圾却只能深藏心底，直到我成为了她的同桌之后，我们无所不谈之后，她才开始和我讲她所有不开心的事情，一讲就不可收拾，就像滔滔江水一般奔流不息，因为她从来就不知道告诉别人她很难过。

当时我估计是惊呆了吧，从来没遇见过这么傻的人。只会一味的关心别人，而自己却只会打落了牙齿往肚里吞。

可就是这样一个人，却要被当时她身边所有人当笑话一样看，每天大家就当着她的面叽叽喳喳地聊着晨梦和清野怎么样了，清野喜欢上别的女生了……而她还要笑着对那些叽歪他们事情的人。

她其实过得很累吧，那些年。

刚刚挂下晨梦的电话，我突然就明白了当年的我，他们分手为什么最难过的是我。

因为在那个时候，我不可避免地把他们当成了我心中的神仙眷侣，而因为和晨梦的关系，我不可避免地了解了晨梦和清野恋爱中所有阴暗的部分，这让我处于相信他们之间是有爱情的，和他们原来也和常人一样的矛盾情绪之中。

可当他们分手之后，我突然就不知所措了，就像无头苍蝇一样找不到方向，因为我心里的爱情标杆倒了，我开始怀疑这个世界上，是否真的有爱情存在？

其实到如今，我依旧不知道这个世上是否有爱情的存在。

就在刚才，我告诉晨梦我非常喜欢一件婚纱，她鼓励我去买。而我应承之后，她不知道是玩笑还是认真地问我，“你真的相信你和陈天能一直走下去吗？你们之间真的有爱情存在吗？”

我好像又回到了当年她和清野分手之后的不知所措与茫然，可最后我看着书桌旁的陈天，看着钓鱼灯清冷的灯光照射在他的脸庞上，他侧面硬朗的线条却突然柔和起来，他像往常一样知道了我在看他，他抬起头来笑着看我，我突然就异常开心。

于是我很认真的回答晨梦，“其实啊，两个人如果能一直走下去，不论是什么感情，最后都不是亲情吗？不过我和陈天又不是像我们父母辈那个年代，见没几面就结婚过日子了，我们到底是有感情基础的呀。而且刚刚你问我我是不是相信我和陈天会真的走下去，我第一反应是当然啦，并且我现在还是觉得我很喜欢他的，我觉得这就够了。我们都不止有过一段恋情，到最后挑来挑去，当初以为最喜欢的那个人，到底是过去了。而现在我和陈天，我不敢说他是我最爱的，但他一定是最适合的，所以，我会努力地让他成为我最喜欢的那个人的。”

晨梦应该是笑了，她的语气柔和像天边的云，她温柔地对我说，“那我就等着帮你拎婚纱了。”

我大剌剌地躺在沙发上看着落地窗外的美景，对着电话那头的她说，“傻瓜，你也快结婚了，就别东想西想的了，和你家那口子好好过，清野那茬儿早淡了，今天想起来就提，明儿个忘了就没这号人，我们都等到了属于我们的这个人，不是吗？”

她“嗯”了一声，笑着对我说，“乖啦，我都懂的。”

不管当初他们多么难舍难分多么神仙眷侣，过去的终究会过去，就像今天的我们，可以把曾经刻骨铭心的恋爱当做茶余饭后的闲谈。

他们在我们曾经的那个时代，熠熠生辉。

太阳底下无新事

早春的时候，四处总是湿漉漉的，连带着人也一副恹恹的模样。这会儿天才蒙蒙亮，稀薄的光线从纱质的窗帘里透出来，洒了一室熹微的晨光。

睡梦中的张凝蹙了蹙眉头，抬起手臂，掩去了落在眼皮上的一抹光亮。她下意识地向她身旁的那个位置伸出手去，像往常一样，那地方空落落的，滑腻的丝绸床单摸起来是一片冰凉。

林椿昨晚又没回来。

张凝缓缓从被窝里坐起来，她向着窗外抬起头，好让暖暖的金色阳光落在她的脸庞上，那一丝温热的温度让她想起了林椿掌心的温度。

她轻轻叹了口气，自嘲地笑了笑，随即翻身下床洗漱，今儿个中午她照例约了几个老姐们打牌。

可今天却有些反常，打张凝进屋里坐下的那刻起，牌桌上的另外三个女人就跟哑了嗓子似的，闷声不响，只顾低着头碰牌。平日里这几个女人最好在牌桌上讲八卦，东家长西家短的各路妖魔鬼怪，通通拉出来遛一圈儿，不把人家的风流情史扒个祖宗三代誓不罢休。

张凝心下奇怪，挑着眉尾扫了周围一圈儿，“嚯——”一下把排麻将一推，声色凌厉，“说吧，出啥事儿了？天还没塌下来呢，一个个跟嗝了屁似的满脸愁容。”

三个女人低着头交换了个眼神儿，过了好一会儿，这里头年岁最长的王太太才慢悠悠地开口问张凝，“凝儿，你们家林局长最近是不是有些忙呀？”

张凝的眉头又是一蹙，刚想开口，她左手边儿一个略显泼辣的年轻女人就挥着手帕嚷嚷出声儿了，“哎呀我说王太，您这拐弯抹角的怕是说到明年也说不到点子上。”

“那你讲喏，我闭嘴就是了。”王太撇了撇嘴，她一向看不惯这个歌女出身的红兰，总觉得她身上一股子狐媚子气儿。

红兰抿了抿涂得猩红的嘴唇，拉住了张凝的手，“凝姐姐，林椿上回亲口承认，他最近这半年都住在王静萱那个臭婊子的家里！昨儿个林颖川生日，林椿居然带着王静萱一同去了，那可是林府的家宴！”她像是气不过，手重重地往桌上一拍，震得几个立在桌子边缘的麻将都掉下桌去。“姐姐！你可不能就这么算了。”

张凝的面色不变，还挂着丝若有若无的笑意。“唉，我当什么事儿呢。我们家老林我还能不知道他吗，静萱是他老战友的小妹，如今这小妹孤身一个人在上海打拼，我们做长辈的多照看点儿也是应该的。再说了，昨儿颖川生日那会儿我正好在外头走不开，就想着让老林把静萱带去见见世面，多认识几个人也好的。”她在红兰的手上抚了抚，倒像是反过来安慰她似的。

她低着头从兜里摸出个银质的打火机，慢悠悠地点燃了一支烟，一边儿吐着烟雾一边儿淡淡地说，“我也知道，姐妹们几个都是为了我好，但这事儿真不是外头传的那样儿。老林这人，一贯以来就重感情。当年王炎阳在战场上救过他的命，那是天大的恩情。换句话来说，我们林家一家子都拿静萱当亲妹子看待。而且这静萱今年初刚毕业，林椿把她带在身边无非是想让她多历练历练。再说了，我们夫妻俩都忙，静萱又是个伶俐姑娘，留在老林跟前照顾，我也放心。你们说，是不是这个理儿？”

红兰翻了个白眼，推开张凝搭在她手背上的手，眼光直直盯着张凝看，一副恨铁不成钢的表情，“凝姐姐，说这话你唬谁呢？”说完便站起身来，拿着包就拉开椅子走了出去。

另两个女人面面相觑了好一会儿，也赶忙称作有事，匆匆结伴离了场。

硕大的屋子瞬间就剩下张凝一个人儿，她怔怔地望着窗外，下午大好的太阳把天空照的发白，街上熙熙攘攘的人群涌过来又涌过去，像一层一层的浪花翻滚着。她走到窗边坐下，用那只小巧的银质打火机，点燃了一支又一支烟，眼里的人海也翻了好几番。

一直坐到天边印上了几抹橘红色，张凝才反应过来今晚她还有个饭局。中午出门前出版社的书商才打电话提醒她，今晚在得月楼摆了一桌，请她务必赏光，谈谈她新书发售的事儿。

走出来的时候已经是下午五点的光景了。初春的太阳不论何时都是暖烘烘的，带着喜人的温度黏在人裸露的肌肤上。有那么一瞬间张凝被温暖得耸起了肩膀，她贪恋地抱了抱手臂，随即又像是难为情一般的，马上放下手来。

那一瞬间的温暖持续了很久很久，直到晚宴结束后还未褪去。

十一二点的老街，灯光零落。放眼望去，唯独一束婀娜的人影拉得老长。顺着影子一路看过去，张凝的眉眼脸颊都飘上了两酡绯红，一身儿月白色的交领旗袍显得人愈发单薄。再加上这在冷风中强撑着腰板走路的姿态，倒是让平日里说一不二的张凝硬生生显出一副楚楚可怜的模样来。

三月的夜风料峭，还残留着寒冬的冷劲儿，刮在人脸上是冰刀子般的疼。张凝又一次抱紧了胳膊，不由自主地回想起了下午那会儿的阳光，暖烘烘的。

每月十五月圆的日子，林椿都会陪着张凝回娘家一趟，陪陪老丈人。

张凝的父亲退休前是某省的军区司令，哪怕如今退居二线了也是沪宁杭一带有头有脸的人物。外头有些风言风语总说这林椿娶了张凝，就等于一脚踏入了龙门。但也不得不承认，如今年纪轻轻就身居要职的林椿，真实是得益于这个老丈人的一手提携。估摸着也是因为这个，林椿这二十年来几乎每月这一天，都雷打不动地来张家祖宅报道，陪着老爷子下下棋，侃几句大山。

只是这两年眼见着张敬修的身子一日不如一日，林椿的官儿也越做越大了。打前个月省里大洗牌换届后，林椿的正厅级一批下来，新官上任三把火，人这一忙起来，别说张敬修了，张凝一个月都和他打不了两个照面。真正算下来，张凝这个枕边人都一个多月没见着林椿的人影儿了。

吃饭的时候老爷子为着王静萱的事儿狠狠训斥了林椿一顿，

老人家愈到年纪大说话愈是直白，跟柄刀子似的直插进人胸膛里去。只见张敬修一拍桌子，右手指着林椿的鼻子咆哮道，“我这半截身子还没入土呢，你小子就敢爬到张凝头上去了？现在外头尽是你和王炎阳那个什么劳神子妹妹的绯闻，传得大街小巷到处都是。林椿，我告诉你，你不要脸我们老张家还要。别以为自个儿当了个文化局局长尾巴就翘到天上去了，老子当司令的时候你还在地里犁地！不知好歹的东西，没有我你哪来的今天？”

一直埋着头吃饭的张凝咬了咬下唇，突然出声，“爹，您别动了气儿气坏了身子，吃饭吧。我和林椿的事儿我自个心里有数。”她眼睛不看林椿，却在桌下轻轻拍了拍他的手。

听完这一席话，林椿的脸上竟还是挂着笑的。两片极薄的嘴唇勾出一个上扬的弧度，深邃的眉眼也仍旧是他一贯的谦逊模样。他大大方方的站起身来，给张敬修盛了一碗燕窝。搁碗的时候，他挺直了腰板说道：“爹的恩情林椿这辈子都不会忘，也不能忘。小子更是深深知道，没有您的提携，林椿万万不会有今日的一点成就。也请老将军放心，林椿定会护全了张凝，不让她受半点委屈。至于您说的这点脸面，就算是看在张家的份上，我这个不知好歹的东西也还是会要的，您且宽心吧。”

张敬修把那碗燕窝一摔，气得浑身都痉挛起来。他“嚯——”一下抄起长长的竹木筷子往林椿脸上扔过去，林椿松松一躲，脸上的笑意更甚，且又添了几分讽刺性的无奈。张敬修站起身来向林椿挥起巴掌的一瞬间，突然倒下了。

一群女人家发出尖锐的叫声，像几只无头苍蝇似的在大厅里转来转去，急得像热锅上的蚂蚁。只有张凝不动声色地一边挥手示意几个长工赶忙把老爷子抬进了里屋去，又一边遣了人去请大夫来。

自始至终，张凝没有和林椿说过一句话，她甚至连一个眼神都不想给他。因为她感到羞愧，即使在知道了那个早该被她正视的结局后，她仍是对他抱有一丝期盼。

那一夜实在是凑巧，她和林椿两个人都不约而同地在得月楼吃饭。

晚宴途中，喝得微醺的张凝拎着包走出了包厢，打算去卫生间洗把脸清醒清醒，顺带着把斑驳的妆面补一补。

但命运总是如此凑巧，她脸还没洗，就在走廊撞见了林椿和王静萱两人。他们那边约莫是刚刚结束，王静萱喝得半醉，整个人小小一只依偎在林椿的怀里。林椿抱着她，不时亲吻下女孩儿娇嫩如花朵般的脸颊。

张凝不知道那一刻她是什么感觉，她好像一下子被封闭了感官。耳边是巨大的轰鸣声和尖锐的呲呲声，震得头皮一阵阵的发麻。心更是像被汽车轱辘碾压过的野猫一般，血肉模糊，惨不忍睹。

她对上林椿含着温暖笑意的眼眸，那是往日她不曾见过的，一个男人面对真正的心爱之人时最温柔的笑颜。张凝低低一笑，勾起的唇角锋利而自嘲。过去她总以为林椿的心是个铁榔头，像是融不化的千年寒冰。殊不知那层冰冷不过是一堵围墙，专为他的心爱之人而辟。

王静萱像是半梦半醒之间受了惊，圈着林椿脖子的手收得愈发紧了。林椿抱着女孩的一只手在她的后背上一下一下地抚着，像给心爱的猫咪顺毛。

那种熟稔的亲密，像压死骆驼的最后一根稻草，在这块血肉模糊的心上再用尽全力地轰上一炮。

张凝再看不下去，竟如丧家之犬般，落荒而逃。

她在脑海里臆想过无数次这个画面，她甚至在脑海中演练过不下百次掌掴王静萱的画面，又或是把签了字的离婚证书扔在这对狗男女的脸上的画面。

可她从未想到过，当现实发生的那一刻，她却连面对他们的亲密无间都没有勇气。

这夜的夜色浓重，像一坨化不开的墨迹，一团漆黑中唯有一轮皎洁的明月高悬着，照亮了大张白绫的张家祖宅。

院子里四处都静悄悄的，夜深露重，春末夏初的寒意顺着两个人的脚底一点一点儿蔓延开来。只身长立的两个人相视无言，各色的面容也像是蒙上了一层冰霜。

半晌，才听见“咔哒”一声儿脆响，张凝手中的小巧精致的银质打火机冒出光亮来，她长长地吸了一口烟，恶作剧般地对着林椿的脸吐出一口浓厚的白烟，看着他被烟雾呛得连连咳嗽的模样儿，张凝突然笑出声来。

林椿缓了缓，紧锁的眉头皱得像块抹布。他向后退了一步，拉开了两人的距离。“张凝，张将军的头七过后，我会寄来离婚证书。离婚的具体事宜我会让静萱和你详谈，一切还是以你为主。”他放缓了语速，音调里很是带了几分安抚的意味。“静萱她性子柔弱，也不大会说话，实在是最近省里事忙，接下来这几个月我可能都难得有空回到上海来，让她来接手这件事也实在是不得已而为之。若是她不小心冲撞了你，我在这也先替她给你道个歉，还望你多多包涵了。”

即使张凝极力忍耐，她拿烟的手还是不自主的颤抖起来。她高高的仰起头，苍白的面孔像一块泛着青的玉。那玉盘上两个镂空的洞黑漆漆的，望进去是一片深渊。

她一开嗓，声音也控制不住地带着颤儿。“不了。明儿就登报声明，宣布离婚吧。”张凝扯开一个僵硬的笑容，“离婚证书我来拟就好了，这周日上午十点，你过来南京路那套老宅拿吧。”

“这周日我不得空——”

林椿的话音未落，张凝就恶狠狠地打断了他，“你带着王静萱一起来。”说完这句，张凝就像个喝醉了的酒鬼似的，跌跌撞撞地离开了这一隅。

时间永远停留在了那个春天，那个入夏的前一晚。

最后的最后，她会杀了王静萱，再杀了林椿。最后再对着镜子里的张凝开上一枪，镜子破碎的一瞬间，她凄厉一叫，捂着胸口软软地倒下去。那一瞬间她以为自己已经死去了，直到屋外的警笛长鸣，手铐落在她纤细得过分的手腕上时，她才疯癫一笑，徐徐落下两行清泪来。

在牢房里的每一天她都会捏着那个本来属于林椿的银质打火机，回想起他们相遇的那个春天。

日复一日年复一年的，怔怔地望着光照进来的方向。由他们相遇的那个春天开始畅想，直至记忆永远停留在了入夏的前一晚。

“林椿，自你我相遇，至今已是第二十年了。从见到你的第一眼起我就爱你，我们认识了多少天，我就爱了你多少天。

一个人能有多少个二十年？林椿，我把一个女人生命里最美好的二十年都给了你；也把我所能爱的所有爱都拿来爱你了。

订婚那天我对你说，我相信有些人，生来就是该联系在一起的，例说我和你。可惜的是，到现在我才明白，我们两个所建立的联系从来都不是爱情。”

张凝把桌上那页签好了名字的离婚协议书递给他，脸上依旧是淡淡的笑，她又点燃了一支烟，藏在烟雾后的嗓音添上了一分自嘲，“我写了二十多年的小说，想不到到头来，却硬生生把自己的人生过成了一出我最瞧不上的悲情狗血剧。最可悲的是，这么烂俗的剧情，我还是倾注了我毕生的心血去演完它。”

“这出戏之于你，是利益所驱；而我，却是甘之若饴。”

温润如玉

紧握着手中的怀表，古铜色的怀表在阳光的照射下却散发着古老而庄重的冷光。

“这是你外婆生前特意嘱咐留给你的，你要收好。”母亲难得淡妆的脸庞上透着严肃。

“我知道。”由紧握变为死死抓着手中的怀表，手心中有淡淡的汗溢出。

“小泽。”外公拄着拐杖直至我面前，握紧了我未拿怀表的右手。

“祖父……”我望着外公苍老的面容，紧咬着唇瓣。

祖父稳重的声音响起。“小泽，这个怀表是你外婆的嫁妆，我至今只见过一次，听你外婆的母亲说，这个怀表有非同一般的意义……”

非同一般的意义……顿时我耳畔只回寻着这句话。

外婆是江南水乡的女子，年轻时极其美丽，我至今无法忘记那双眼眸，秀丽的柳眉下，波澜不惊的眸光，极少的浅褐色瞳仁，眼角微提，浓密却不卷翘的长睫。

外婆是大家闺秀，出自书香门第，饱读诗词，身上带着好似与生俱来的浓重诗词气，婉约优雅。后嫁至外公，外公是知名大学的教师，后至教授，很有才气。

外婆与外公，却养育出了一个雷厉风行，言辞犀利的律师，她就是我的母亲，母亲有着如祖母一般美丽的眼眸与容貌，却没有如祖母般波澜不惊的眸光与浅褐色的瞳仁，她眼中永远是平淡与淡漠，瞳仁黑不见底，望久了，总好似万丈深渊，会将人吞噬吸入。

我继承了外婆婉约的气质与那独具特色的瞳仁，我也以此为豪。

母亲在我年幼时忙于奔波事业，无暇顾及我，便把外婆从江南水乡接至我所居住的城市来照顾我，一同来的，还有已经退休了的祖父。而我的父亲，因为工作性质，一年至少有四分之三的时间不在国内，并且长年累月居于国外。

因此我与外婆的感情极其深厚，小时候，我总是喜欢凑在外婆身边，依偎在外婆的怀中，听她讲那些并不精彩的宗教传说，外婆是虔诚的基督教徒，信仰耶稣，受祖母的影响，我也成了基督教徒，但后来我不解的是为何母亲却是个无神论者。

并且在外婆温润如玉的性格熏染下，怎么会教育出那样独断犀利的母亲？当然这是后话，我也曾问过祖母这个问题，祖母只是淡淡的笑，然后摸着我的头说，你母亲是与众不同的，你要以她为豪。我记得我当时只是懵懂地点头。

或许那是因为在我看来，母亲并没有什么特别或是与众不同。

除了听外婆讲那些古老却不精彩的宗教传说，我还喜欢看着外婆做各种小吃给我吃，什么糯米丸子红豆糕桂花糕鲜花饼，外婆都是信手拈来。后来母亲在我五岁生日那次带我去了KFC和西餐厅，我第一次接触洋快餐和牛排，从此便一发不可收拾地爱上了这两样食物，外婆的小吃对我的吸引力好像不那么大了，外婆也只是淡笑着带我每周去吃一次，后来外婆吃得多次了，便会自己做了，自己去菜市场买了整块的牛排，拿平底锅煎，黑椒汁蘑菇汁什么的也自己熬，并且还会雕几朵胡萝卜花作为点缀。不仅如此，外婆还会自己做汉堡和薯条，后来还让我母亲专门托人去买了个冰淇淋机做冰淇淋给我吃，我便继续恋上了外婆做的食物，以至于我再也不去KFC和西餐厅了，因为在我看来，没有一个厨师比得上我的外婆。

除了吃的，外婆还会教我认字，说是对我以后上幼儿园有好处，当时的我第一次见到那种方方正正的汉字，心中满是好奇，便跟着外婆一个字一个字地念，当我已经认了不少字时，外婆便开始教我唱那些民谣或是儿歌了，外婆特别喜欢在下雨和午睡过后唱那些充满民族风情的民谣，或是那些满是纯真无瑕的儿歌，外婆那柔柔软和的声音，唱起那些民谣与儿歌时总是充满了柔情，就好似春雨绵绵般。

其实，不论是当时的我，还是现在的我，依旧崇拜外婆，我认为外婆就是神一般的存在，她好像什么都会，并且还是那么温润如玉的女子，外婆就是我想成为的榜样，直至如今，我还是依旧渴望成为外婆那番的女子。三岁半时，母亲便送我到当地最好的幼儿园去，我开始有了小伙伴和小朋友，幼儿园的老师也开始教我们认字，认会十个字奖励一朵小红花，但那些字大多在两三岁时我便会了，于是我得到的小红花总是最多的，并且因此我也深受老师的喜爱，那时我总是会想，外婆就像是神，有先知先明的能力。外婆在我上中班时便开始让我接触宋词唐诗了，于是，我在幼儿园中班时便知道了李清照鱼玄机李白了，并且受外婆的影响在后来恋上了李清照那独一无二的词风。

再后来，在我中班上了一半时，母亲问我是否想去上小学，当时的我并未理解这句话的意思，依旧懵懂点头，就这样，我上了小学，在小学，我的作文篇篇都是范文，我小学转了三次学，也换了五个语文老师，所有的语文老师都极其喜欢我，尤其是五年级的语文老师，每次连看都不看我的周记就拿起来念，但我却从未让她失望过，因为我的文字中总是洋溢着别样的斐然忧伤……我那时的一切成就，若没有外婆，我相信我绝无可能有那时的成就。

时光流逝。我就这么平淡却又不平淡地过着，我一直有着外婆的陪伴，直至我高二那年，外婆突然进了重症监护室，那时她才67岁……

我听到这个消息时，不知如何形容此刻的心情，我的泪水就那么肆无忌惮地流了下来，没有人能理解我有多么痛苦……我咿呀学语蹒跚学步时，是那个婉约优雅的女子牵着我教着我，不论何时她都一直陪在我身边，我深深地依恋着这个女子，我恋旧她身上的一切包括她的气味……我已经习惯了有这个女子的陪伴的生活……我无法想象如果她离开了我我会如何……

我的心情跌至了无法望尽的深渊，我的心开始绞痛……我的泪狂流不止……我甚至开始发抖，我开始全身瑟抖，眸光紧盯着监护室的灯……我怕医生出来告诉我外婆她不在了……

等了很久，我的心情逐渐平静，我一直为外婆祈祷着，直至过了六个小时后，我发现母亲一直斜靠着墙，她的脸庞依旧淡漠，缓缓垂眸，她好似发现了我望着她，只是对我回以一笑，然后从包中掏出了香烟出来抽，我刹那间才发现我已经五年没见她抽烟了……我知道她只有在心情极差时才会抽烟，她此刻的心情，想必和我大致相同吧。

过了六个半小时，重症监护室的门打开了，我马上冲了过去，抓住医生问："廖医生怎么了我外婆怎么样了……"

廖医生笑了笑说你外婆情况还不错但是还有些后遗症，还需留院观察一段时间，待病情稳定时就可以出院了，在这之前先把她转到普通看护室去吧。母亲站在一旁听了后唇角扬起了些弧度，遂后对廖院长言，有劳廖院长了，那我现在下去交费。廖院长遂后和母亲寒暄了几句，但在这之前我已经冲进了病房。望着病床上苍白面孔的外婆，我的泪又一次不受控制地流了下来，我紧紧握住祖母青筋突出的手，紧咬着下唇瓣，心中不知道在想什么……好想已经丧失了思考的能力。

"泽啊……"祖母望着我，依旧是浅淡的笑容。

"外婆我在这，我在我一直都在……"我激动地语无伦次，明媚的笑容一直挂在嘴角。

"泽……外婆怕是挺不过这个月了……"还没听完我就气急败坏地打断了祖母的话，"外婆你说什么呢，你一定能长命百岁的，医生都说了你的情况不错的，你要相信医生，而且外婆一直那么虔诚的祈祷，主一定会保佑外婆你的……"语毕，我就嘟起了嘴，不满的望着外婆，外婆的笑容明朗了起来，“好好，我不说了，都依我们小泽的……”

我满足的望着那个虽然已经年过半百却依旧美丽的女人，心中的喜意更甚，她不会离开我的，我这样想。

可就在三天后，她彻底地离开了我……

是的，没有任何预兆，她就那么离开了，离开前只对护士言一定要嘱咐外公势必要将这个怀表交给我……她带着浅淡的笑容永远离开了这个世间，可她怎么可以这么残忍……我连她最后的笑容和嘱咐都没有看到听到，她怎么就可以离开……

外公将那个怀表交给了我。

紧握着手中的怀表，古铜色的怀表在阳光的照射下却散发着古老而庄重的冷光。

“这是你祖母身前特意嘱咐留给你的，你要收好。”母亲难得素颜的脸庞上透着严肃。

“我知道。”由紧握变为死死抓着手中的怀表，手心中有淡淡的汗溢出。

“小泽。”外公拄着拐杖直至我面前，握紧了我未拿怀表的右手。

“外公……”我望着外公苍老的面容，紧咬着唇瓣。

祖父稳重的声音响起。“小泽，这个怀表是你外婆的嫁妆，我至今只见过一次，听你外婆的母亲说，这个怀表有非同一般的意义……”

非同一般的意义……顿时我耳畔只回寻着这句话。

在这同时，我崩溃了。

我把自己关在房间里，死死盯着那个怀表，泪水肆意在脸庞上蔓延，那个女子离开了……我再也无法听到她那柔柔软和的声音唱的歌了，我再也无法吃到她做得独一无二的食物了，我再也无法看到她那浅淡的笑容了，我再也无法直视她那波澜不惊的眼眸了……她离开我了……永远地离开了……她的一切也随之而去了。

我把自己关在房间里很久，直至母亲来敲我的门，在此之前她从未打扰过我。她只是用她从未有过的浅淡音调告诉我，今天是外婆的葬礼。

那天下着绵绵细雨，我记得外婆逝去时飘着鹅毛大雪，才隔了不过几天便下了这如春雨的绵绵细雨……这是为了纪念那温润如玉的女子的离去吧……

我终于露出了笑容，因为我明白，她终究会离去，不过是时间的长短。

既然如此，我又何必自颓自废，这不是她希望看到的不是吗？我庄重的对照片上的那个温润女子行礼，然后转身离开。

我始终没有撑伞，我任雨水打在身上。

我浅笑着，就像外婆一样，走出了墓林。

很多年以后，我依旧不知道这个怀表的意义。

这时我已经有了属于自己的子女与丈夫，一日我和我的女儿与丈夫出游，女儿望着我脖颈上的怀表，依偎在我怀里，她纯洁无瑕的眼眸望着我，清脆的声音在我耳畔响起，她问我，“妈妈，这个怀表好漂亮啊，可以送给染染吗？”我只是浅笑，摸了摸她的头，“等妈妈离开宝贝时，妈妈就把这个怀表送给染染好吗？”“不要！”染染坚决地说。我直视着她的眼眸，柔声问道“为什么呢？染染不是很喜欢这个表吗？”“因为妈妈说要等妈妈离开宝贝了才会送给染染，染染才不要妈妈离开染染，染染要妈咪一辈子陪着染染！”我欣慰地搂着她，叙叙道“好啊……妈妈一辈子陪着染染。”染染满足地依偎在我怀中，把玩着怀表，霎然，那温润如玉的声音再次响起，我惊骇的坐直身，将怀表拿至耳边，外婆那温润如玉的声音再次环绕耳畔。

“染泽，我爱你。”

我没有流泪，我笑了，不是外婆那番浅淡的笑容，而是属于染泽的明媚笑容，是的，我明白了，我明白了这个怀表的意义。

我在这里

窗外人头攒动，梁州撑着头看大屏幕上密密麻麻的解题分析，余光却发现同桌笑得一脸傻样，梁州无奈地翻了个白眼，偏头望向窗外，果然，十堰和一群男生走了过去。

梁州撇了下嘴，把头凑过去，手上的笔随意搁下，看着沉默问，“哎哎，桌，你还记得第一次见到十堰的时候吗？”

沉默春心荡漾的眼神随着十堰的身影漂泊，直到听见梁州问她的话，才偏过头来看着梁州，笑得一脸甜蜜，很认真的回答梁州，“当然记得，我第一次见到他的时候，还是高一上学期那会，我去倒水，当时楼下操场有好多高二的学长，有几个长得特别好看，包括后来转走的那个校草庞离都在那儿，当时我还挺矮的，（梁州：现在也不高嘛。）闭嘴！别插话，我就踮着脚撑着饮水机那个水龙头往外看，特别花痴。然后他应该就从他们班后门走出来了，那时候我在看底下，他就和我说，‘班长，让一下。’（梁州：他干吗叫你班长？）我也不知道，可能是因为我当时是高一班的班长吧。”沉默把手一挥，白了梁州一眼，接着说，“然后我就往旁边挪了一下，接着看。但是瞄了他一下，之后就一直想他为什么叫我班长。”

梁州眨了眨眼睛，“……”

沉默依旧笑得傻了吧唧的，梁州扶额，心里将“恋爱中的女人都是傻子无智商的生物”高高挂起放大。梁州拉着她站起来，沉默站起来后傻呆呆问梁州：“干啥？”梁州说：“陪我上厕所。”

梁州和沉默经过二班门口时，沉默下意识地往二班后窗瞄，这两人好似心有灵犀，十堰知道沉默在看他，转头对着窗外的她笑了笑，沉默马上开心地转头拉着梁州继续往前蹦蹦跳跳地走。

两人一边走，沉默一边说她周末回家要干的事，兴奋之色溢于言表，梁州忍住扶额的冲动，左手揽住沉默，飞快地眨着眼睛，语重心长道：“亲爱的，现在才周一，周一好吗？！”

沉默横了她一眼，“切”了一声，突然猛地驻足对梁州说，“我想起来了！！周五十九号啊！！”

梁州挑了挑眉，等着沉默说完。

“十九号啊，我们在一起一周年哎，要去班里发酸奶唔。”

梁州望天，嘴上无言，心里把这对不知死活的秀恩爱狗男女钉上了十字架。

回到教室，教历史的佳姐正好走进来，沉默突然想到体育课上完是历史课，急急忙忙去找十堰借书。高二下学期要求要上高三上学期的课，沉默借了许久终是无果，只能每次上课都去找十堰借书。

一出门，十堰正好和一群人出来倒水，他看见沉默就停了下来，把水杯递给他旁边的男生，向沉默走了过来，沉默习惯地拉住他的手摇晃着，说：“把你历史书借我啦。”

十堰笑着说好，转身进去拿书，沉默抿着唇靠在门框上，十堰把书递给沉默，宠溺地揉了揉她的发顶，沉默抬头看他，嘴角有小小的开心的弧度，柔顺的发丝软软地垂在胸前。

她睁大眼睛看着十堰，却发现十堰皱了皱眉。十堰发现沉默校服上衣的第一颗扣字没扣，从侧面看校服领子完全是敞开的。

沉默顺着十堰的视线落在她的领子上，她抬头看十堰，十堰问她，“怎么没扣扣子？”沉默懵了一下，呆呆地说，“哈？我没这个习惯。”十堰的眉头蹙了两蹙，沉默马上把扣子乖乖扣上了，心里想着以后一定要好好扣扣子。

梁州撑着头，眼睛看着窗外楼角顶上的天空，眼神涣散呆滞，她听见自己身边有些窸窣声，知道是沉默借书回来了，她偏过了头看沉默，沉默此时闻着都带着浓郁的热恋中的气味，梁州微微笑，捏了捏沉默的脸。

彼时铃响了，沉默翻书翻到第三章，却发现手上的书白净得像是刚发的新书，她皱着眉，拿起了笔抿着唇给十堰补笔记。

补补写写之间，她又记起上学期初的时候，十堰把地理书丢了，托人买了本新的，之后来向她借书准备补笔记，沉默想想自己空余时间倒是可以帮他补上几页，便说我有时间就帮你补两页咯。事后十堰就直接把一本崭新的，散发着油墨香的书交到了她手上，最后沉默任劳任怨地帮十堰补完了所学以来所有的笔记。字迹工工整整，撰写时认真得像一年级的小学生第一次拿到作业。

梁州打着哈欠，只觉得全身困乏，侧头对沉默说，“我睡会，数学课再叫我起来，帮我画下重点。”说完把书往沉默桌上一扔，倒头大睡。

一晃三四节课过去了，窗外婆娑的树荫晃动着挥洒在梁州的脸庞上，窸窣的触感随着光影在面庞上跳舞，梁州感觉眼前水光潋滟，迷糊地睁开双眼，皱了皱眉，手肘撑着半个身子，她微微偏头，长手往沉默的桌子一伸，伸了个懒腰。

“睡醒了？”沉默问。

梁州抽了几张面巾纸擦拭桌上的口水，手背随意抹了抹嘴边，懒散的回答沉默，“嗯。”

“去洗个脸吧，下节课是眉姐的，你要是打瞌睡她能把你从六楼扔下去。”

“啊……好。”梁州摇摇晃晃地站起来，捋了几下头发，手里抓着杯子和速溶咖啡踢踏着去倒水。

上数学课时，梁州精神抖擞得像刚刚下田收稻子，发现今年粮食大丰收的淳朴人民，一改历史课时昏昏欲睡的模样，沉默一脸鄙视地对梁州说，“你长长心吧，读文科历史考二十五分，数学考满分？”

梁州挥挥手，继续埋头做题，嘴里嘟囔，“那我有什么办法？你又不是不知道我讨厌理科女。”

沉默呲着嘴，对梁州嗤之以鼻，“你也不看看你文综考多少分？”

梁州没搭理沉默说的，把题卷交了上去，打了个哈欠，又是一副睡眼蒙眬的样子，“我和班导提了这事了。”

“好啦……睡神转世。”沉默提笔继续做题，细密的汗珠很快被空调风拂去。

眉姐收完卷子之后，就开始闲聊，三言两语东加长西家短的最终还是聊到她们二班那群兔崽子，根据眉姐的说法，二班的男孩儿都是她儿子，下面笑成一团，有人喊，“眉姐你真能生。”

眉姐笑嘻嘻的，对那个男生说，“你就是我大儿子。”

那个男生悻悻闭了嘴，眉姐又开始唾沫横飞的讲故事，讲到上学期他们班男生打球，十堰骨折了，她还凑过头来问沉默，“那时候你们在一起吧？”

沉默点头后，眉姐笑得春花烂漫的，“我们二班男生质量就是好，你看连沉默都来我们班找男朋友。”

全班又是笑的东倒西歪的，还伴随着各种“切”“吹牛”的叫喊声，此时眉姐突然俯下身子对沉默低声说，“下课来找我。”沉默点头说好。

梁州有一口没一口地喝着食堂的蔬菜汤，用学生的话来说，那就是清水里加了两勺味精，连菜叶都见不着的清汤。沉默姗姗来迟，一坐下就开始吃饭，没什么表情，梁州蹙了蹙眉，站起来拉着她走出了食堂，直接回了宿舍。

“啊喂喂我还没吃啊！”沉默嘟了嘟嘴，垂着头坐在床上。

“吃个屁，你脸黑的都跟婷婷家的藏獒一个样了，再说了，食堂那种清汤挂面的，有什么好吃的。”梁州从柜子里拿了几个三明治和两瓶牛奶，往沉默床上一扔，“木子眉跟你说什么了？”

沉默愣了一会，低声说，“没什么。”

梁州翻着白眼看她，“说。”

“下课之后，眉姐就让我过去，让我去学生会，说是高三即将毕业，学生会主席空缺，让我准备接手，之后就和我说了一些相关事宜。之后她忽然就叹了口气，和我说，‘沉默啊，本来呢，我是不赞同学生谈恋爱的，可既然谈了，我要是棒打鸳鸯呢，你们肯定还是藕断丝连的，那也就没意思了。但最起码不要影响学习，你说是吧？’”

沉默喝了口奶，摇晃着腿继续说，“然后她就拍了拍我的肩，说什么我最近统考成绩不错，但十堰的成绩一落千丈，她希望我和十堰好好谈谈什么的。”

沉默从学生会回来之后一路恍惚，直到被梁州拖着回了宿舍也依旧不知所措。窗台上种的西瓜籽发了芽，小小的，绿绿的，红色的陶土盆被阳光烤得暖呼呼的，沉默把花盆抱在怀里，眼神呆呆的。

沉默说，“其实我也不是没有劝过十堰好好学习，可他和我说他家里不希望他上大学，想让他高中一毕业就去接手家里的厂子，但他也跟我保证过他会好好学习，不会让我失望之类的，但我从来就没有看见过他学习，从来都是在玩，我去找他也总是在睡觉，周末有没有在学习我更是不知道，而且最近他又开了个网店，忙得不亦乐乎的，我又不能打击他的兴致，可是这样一来，他就更不会想学习了。我也不知道怎么和他说，之前也总是有老师会来和我说，沉默啊，你要多叫十堰认真学习啊，他堂堂课睡觉，这样下去，以他的成绩三本都上不了的。可是我哪里会有办法呢？”

梁州一手插在裤兜里，另一只手安抚似的摸了摸沉默的头，说“我听过一句话，你如果还记得第一次见到一个人的场景，你们的缘分就还没断。”

沉默叹了口气，她如今对未来渺渺无望，她是如此希望他们能考进同一所大学，只是事实总是事与愿违，只怕是有缘无分吧。她闭上眼睛，靠着床边的楼梯，眼前还残留着温和的余温。

学校里种了成片成片的法国梧桐，不论走到哪里都是大树底下好乘凉，宿舍外也不例外地种了法国梧桐，枝繁叶茂，杖立青翠。午后的阳光好像从远方的云间落下来，穿越树叶之间的罅隙投在沉默的脸颊上，像柳条拂过鳞浪。

梁州看着眼前安静的沉默，她沉沦在这一派温暖日光之中，不知道在憧憬，还是冥想，梁州垂下眼睑，无声地走了出去。

沉默似乎感觉，一梦似乎回到了两人在一起时的场景。

去年暑假，月色上枝头，云间景象倒还亮堂，沉默一人窝在家中，洗完澡后就卷了床被子，趴在地上玩手机，那时她和十堰正打得火热，两人聊得热火朝天的，具体聊什么早已淡忘，但她恐怕是一辈子都记得她是怎么稀里糊涂成了别人家媳妇的。

沉默不知道那天因为什么自己发了条，“弟弟，乖啊”给十堰。

十堰回复她：我不要当你弟弟。

沉默：哥哥，乖啊。

十堰：我不要当你哥哥。

十堰：我要你当我老婆。

沉默：老公，乖啊！

十堰：说真的？

沉默：嗯。

一个“嗯”字，奠定了十堰媳妇的地位，于是十堰追也没追，鲜花美酒烛光晚餐更不要说，沉默就乖乖就范了，简直可以称得上是投怀送抱。

沉默回想起来只觉得甜蜜又苦涩，嘴角的笑容也僵住了，高一的时候完全不用考虑什么，学业相比高二也轻松了许多，只是人总是要不断向前的，总不能一味回忆过去，滞留在原地。沉默也知道，频频回头的人，总是走得比别人慢。

她叹了口气，准备什么时候去找十堰谈谈。

晚上沉默和梁州向值班老师请了假去整理学生会的事务。

两人穿过走廊，夜晚的月亮孤独而白崭，透露着清冷的气息，学校北面那棵百年老树枝叶伸展开来，像捕捉住了月盘，将它挂在上边一般。

“今天十五了吧。”沉默拉住梁州的手问。

梁州低头看了眼手表，算了算农历，“十六了。”

“过得真快。”沉默牵着沉默的手大跨步走着，经过二班时依旧下意识地往班里探头寻找十堰的人头。

不远处的十堰笑得温润如玉，梁州看到此派景象，温柔地抽出了手转身离开，沉默正觉得疑惑，却听见上方有低哑温和的声音。

“别找了，我在这里。”

沉默抬头，看见男生硬朗清晰的轮廓，终于忍不住抱紧了眼前的人，号啕大哭。

血染风华

她为红色而生。

古往今来，无人企及她的风华绝代。

泱泱四季，阳春四月，金辇稳妥地被十来人簇拥着朝华清宫行着去。

几个小太监小宫女伏跪着，其中一个太监偷偷眄了一眼过去。

“听说了吗，今儿个万岁爷可是赐了嫔位给那前几日去沁心湖游玩带回来的萧姑娘哟。”

“是不是刚才辇上那个？”

“可不就是，生得倾城，闻得舞得绝妙，姜山昨儿个刚夸她‘绝代风华，应为天人’呢。”

“姜首辅可是不夸人的，平生哪得几回闻呐。”

“嘀嘀咕咕什么呢？”元青驻足，看了脚下那群人，轻叹了口气，“快回自个宫里吧。”

几个太监连忙应声，然后行礼，“奴婢给国姓爷请安了。”

另几个新来的宫女一头雾水，听了国姓爷三字醍醐灌顶般的赶忙行礼，“奴婢给国姓爷请安。”

“阔礼。”等着那几个人站起来了元青才转身，领着身后浩浩荡荡一群人往前走。

“国姓爷长得可真好看。”

“再好看也不过是个太监。”一个宫女撇撇嘴，满脸的不屑。

“你懂什么，国姓爷可是皇上跟边儿的红人儿，这不新皇登基几个月而已就给了个内宫监太监，国姓爷不过二十有三，年轻着呢。”

“怎么就做了太监呢？”

“先帝时边疆战乱，不少儿童成了战俘，这些孩子都得阉割，国姓爷也是那里边的，”小太监长叹了口气，“可怜了。”

“行了，别嚼舌根了，刚才国姓爷不才让我们回各宫吗，赶紧回去吧，一会主子找不到人可得有阵闹腾了。”

一群人便鱼鸟般散去了。

自个宫内冷清的不行，萧红氲着江南水汽的剪水秋眸黯淡无光。

她手中攒着个哥窑杯子，圣上知道她喜欢这个，特地给她把能换的瓷器全换了哥窑。入宫一两日，直接赐嫔位，这般恩宠，本该是睡着都能笑醒的，只是她怎么会不知道，她就是个戏子。

扮演她双生妹妹的戏子。

她的笑靥如花，锦绣风华，绝代倾城，在他眼里，都是萧楚的替身罢了。

其实哪里用刻意模仿，并蒂双生，一颦一笑之间都是带着五六分相似的，再加上相同的身姿，翻版的容颜，都像一个人。

悲哀，悲哀。

更悲哀的是，萧红爱上了萧楚不爱的九五至尊，九五至尊爱上了不爱九五至尊的萧楚，萧楚爱上了不爱萧楚的画天，画天爱上了不爱画天的萧红。萧楚是萧红的替身，代替不爱画天的萧红；萧红是萧楚的替身，代替不爱画地的萧楚。

画天是画地的弟弟。画地，是君临天下的皇上；画天，是天下第一的医者。

佛理告诉我们，因果轮回。

这就是轮回吧，可是因为什么，结果是什么，无从得知。

“情不知所起，一往情深。”萧红低低呢喃着，腰上多了一双老手。

“十七。”低沉的音色带着动人心魄的美感，是他，果然是他。

“郎君。”萧红垂下眼睑，柔声哝意的唤他。

画地温润地看着倚着美人靠上的她，未绾鬓，如金墨样的秀发一垂到腰下，狐裘披肩松松的搭在肩坎上，一袭四方锦红衣似血，鎏金边滚动着，羡煞群芳的美貌，冠绝天下的身姿，都只有她才有，只有她才配坐在他的身边。

“你今儿个更加可人了。”画地头卧美人膝，手里的觞杯晃着清酒，“有句诗说得好，醉卧美人膝，醒掌天下权。”

“郎君，你定能君临天下，执政数月，遵从祖制，百废俱兴，国泰民安，如此，绝不负先帝所托，愿你成为明君。”萧红纤纤玉指握住膝上他的手。

画地手撑榻起了身，揽过萧红，娇躯入怀，他挑起萧红一缕墨丝别在耳后，定定地看着她。

萧红望着鼻尖前的人，屏住了呼吸，俊脸迅速放大，温热的呼吸与触感在她的唇间流连，她一下子就红了脸庞，睫毛抖着。

画地笑着放开她，揉了揉她的发顶，环住她的腰，“明日突厥使者进贡，你随我坐主位。”

萧红软软的倚着他，手搭在他的脖颈上，“我不过是个嫔罢了。”

画地抚了抚她的脸庞，轻柔地在她额头上亲了一下，“你是我的后。”

“明日你携安皇贵妃入席吧，这是个理儿。”

“朕就是理。”

萧红一直靠着他，听见他自称朕后后背却是一僵，画地也感觉到了，搂紧了些她。

“悉听尊便。”

说完萧红就消了声，阖眸像睡着了样。

画地抱起她，轻叹了口气，一脸无奈，将她轻放在床榻之上。

元青站在屏后道，“皇上，午朝了。”

画地看了眼萧红，任是熟睡样，便走了出去。

“萧楚有消息了吗？”

“密探来报还是老样子，楚姑娘还是位居画天两侧。”

“两人关系如何。”

“融洽不少。”

随着脚步声远去与此起彼伏的“恭送皇上”之中，萧红坐直了身子，锐气逼人，眼眸之中的水汽氤氲全是英气，手腕之上的血红玛瑙妆点得她艳媚不少。

萧红传来媵人，“去请安皇贵妃。”

媵人应声退下了，萧红眼乜铜镜，端坐理红妆，猩红丹蔻绾灵蛇鬓，凤钗灵动，螺子黛描远山眉，眼角一点朱砂。

“我生为凤后，却不是你的后。”

“只可惜你不懂，画地。”

窗棂外，绿上枝头，水天一色玉空明，雁飞云舞。

萧红面笑，“十年前我遇上你，也是这般好景色，十年后我爱上你，依旧是这好景色。你囚我于这宫中，却以为我便要依附于你。”

手挽媵人蹀躞至主殿，萧红慵懒靠着酸枝木椅，柔荑挹清泉入壶，水声霅，好茶香飘得满屋。春风起罗帐，午后的日曦烈得人刺目，抬盏酌茶。

辇铃凛凛，蛩声入耳，宫娥唱礼，“安皇贵妃到。”

书锦前脚跨入门萧红就听见她声了，“小红。”

萧红对她叫自个的称呼哭笑不得，只是两人熟络，便也就由着她的性子。

“锦儿，”书锦径直坐落在她身旁，萧红示意媵人上茶，“我好想你。”

书锦大大咧咧的接过瓷杯，然后大喝了一口，“啊”了声，“好烫。”烫得她一直吐舌头，“我也好想你啊。”

“傻瓜，烫伤了没？”萧红急忙嗔怪了一声，“怎么这么不小心呢。”凑上去看了看，“还好，没起泡，就是红了点。”说着一边让婢子拿了冷水过来。

大口灌了凉茶，书锦笑嘻嘻的，“没事没事。”

萧红沉了脸色，“还说没事？这么毛毛躁躁没个正经样子的，身居高位，要事事小心。我今后不在你身边，你更是——”

话还没说完，书锦就皱了皱眉，遣了服侍的人，闭了门窗，冷声问，“你又打算走？”

萧红看过去，书锦已然没了那副没心没肺的模样，萧红叹了口气，“你知道，我终究是要回西北的。”

“大漠有什么好？还是你想要回去画天身边？”

萧红随意一笑，“自然不是。”

“那是因为圣上将你当做萧楚？”

“……”

“既然这样，你为什么进宫？”

“为了了却一桩事，也算是断了我的念想吧。”

“了却一桩事？萧红，你的事就是我的事，过去那二十四年里，我有二十年是陪着你的，我认识你比你认识画地久多了，不论你是为了画天画地，还是为了你自己的念想，你都得给我把这事交代的一清二楚明明白白的，懂吗？”

“不就是了却一桩事吗，怎么弄得跟叙旧情似的…”萧红又笑了两声，看见书锦一脸不悦马上打住了，“我是放心你了，你啊。”带着几分宠溺，萧红拉住了书锦的手。

“这么多年了，你每次一说有事，我就明白，你最后一定会离开。”书锦的声音有些沙哑，她眸中带泪。

“乖，我不会走。”萧红站起身来，抱住了书锦，伏在她耳边低低地说，“明天……”

书锦点头，叹了口气，“我只希望，你不要后悔。”

萧红浅淡一笑，如梦如幻。

“吾皇万岁万岁万万岁。”

“华妃千岁千岁千千岁。”

国宴之中，觥筹交错，欢歌笑语，突厥使者此趟来带来突厥愿意永远依附，作为大天永远的附属国，永世依附……

萧红坐在画地身旁，笑得动人心魄，看跪在脚下的使者，他说愿意永远依附，却没有告诉你，他是依附谁。

未多说，便离开了宴席，前往后厅。

“都准备好了吗？”

“回娘娘，一切皆宜。”

她如今终究是个妃，为了这宴，或是其他，画地今早便传旨，华嫔有孕，封妃。

有孕？萧红嗤笑了一声，两人从未有过夫妻之事，这孕倒也是子虚乌有，就像她这个人。

“那就开始吧。”

鲜红绸缎飞入殿堂，万千彩带汇于一处，萧红脚尖轻点，跃于彩带之上，红装华裙之上，双凤齐飞，凤冠霞帔，朱唇明眸，绸缎绕梁，萧红手腕一动随绸带飞入正殿，身随彩带齐飞，衣裙共周遭一色，一群红蝶尾随她入殿起舞，翩翩而飞，好似仙子下凡。

满堂皆瞠目结舌，遂后是掌声雷动，喝彩满屋。

喝彩之中，红蝶随她水袖轻舞，在人群之中散开来，转圈后再扑飞入她水袖之中。

彩带纷飞之中，萧红已是无影无踪。

当她再次跨入殿中之时。

是十年之后了，一舞倾城的萧红被世人称为红蝶仙子，广泛流传她的容貌身姿，舞态笑颦之间，却没有人知道那场国宴的结果。

满堂人昏迷不醒，而画地迷迷糊糊之中，只听见萧红的一句话。

“画地，画地为牢，我从未爱过你，你最大的错误，就是同时爱上了我和萧楚，只不过你不知道，还洋洋自得以为萧红对你死心塌地。”

“我生为凤后，却不是你的凤后。”

世人知道的，不过是国泰民安，风调雨顺，边疆归顺，万国来朝。

那些文武百官朝拜的吾皇，不过是画地的代替者，画天。

血溅三尺，画地，天仁帝，崩时年二十八。

十年前。

画地爱上了萧楚，只是他那时爱上的萧楚，其实就是萧红。

世上哪有什么萧楚，不过一个萧红罢了，而巧的是，这个萧红，爱上的人是画天，而画天爱上的，也是萧红。

画地爱上了萧楚后又遇上了萧红，他一面爱着萧楚又自认为萧红是萧楚的代替品，其实他不知道两人是一个人，却依旧画地为牢，将萧红强行带入宫中还自以为萧红是爱他的是自愿的。

这么一个蛮横无理的人，哪里会温润如玉？

这一切不过是画天与萧楚演的一出戏，蒙骗了所有人的戏。

画地在宴会之前早已被囚禁于天牢之中，先帝本是传位于画天，却因为画天外征迟归而被画地篡位，画天之后便逍遥天下，不问世事，画地就此放松警惕，只是他不懂，要么就不做，要么就做绝。

那场戏，其实是做给书锦看的，书锦太过了解萧红，也了解根本没有萧楚这个人，因为书锦毛躁的性格，更是为了让她远离这场是非，萧红终于是忍下了早弑画地。

因果轮回。

因为，情不知所起，一往情深。

所以，情深必寿。

爱多了，自然活不长。

元青温顺地站在画天身旁，画天笑着看着坐在他身旁的萧红，血色染云锦，三十四岁的她，依旧风华绝代，岁月没有在他们二人之中留下过多的痕迹，却让他们情比金坚，长情地久。

萧红感觉到了画天的目光，柔柔一笑，朱唇轻启。

“我生为凤后，只是你的凤后。”

一念

二〇一七年冬至的时候，陆鹿和男友陈傲坐在老街巷口的一家糖水店吃汤圆。

那几天冷得很，哈口气就能在空气中燃起一团白色的火焰。回去的路上，陈傲问起陆鹿年后的安排。

她说，“我已经订好了去西藏的机票了。”

陈傲一边开车一边轻笑了声儿，“西藏啊，那地方可别随意去。像你这么弱的体质，有去无回可怎么办？”

陆鹿蹙起眉头，语气不善的说：“这种话怎么能乱讲？”随即“呸”了声儿。

他偏过头来，笑着看陆鹿，“这有什么？别那么迷信，这都新世纪了。”

陆鹿知道陈傲没有信仰的概念，只好强压下心头的怒气，掏出手机开始漫无目的的刷朋友圈，突然之间却看到朋友分享的一篇文章。

那是篇关于渡边纯一的《失乐园》的杂评，对于很多人来说，《失乐园》可能只是“情色小说”，甚至是“色情小说”。但是那之于陆鹿来说却是真正的人性，意义非凡。

“在最快乐的时刻死去，那就是无极之乐了吧。”陆鹿盯着车窗外旖丽的霓虹灯，轻轻说。

“嗯？你说什么。”陈傲以为陆鹿在和他搭话，身子微微向她的方向倾斜过去。

“看到一篇很喜欢的杂评，是讲《失乐园》的。”

“哦，那不是本黄色小说吗？”

闻言的一瞬间陆鹿惊骇地看向陈傲，却被他再正常不过的表情噎住了，顿时消了音。

陆鹿低头看手机，画面还停留在那篇文章的结尾处。

“若喜欢只是一种二维的简单，那爱是一种十维的复杂。爱有千种模样万种变化，其实早已超过了人类的概括能力的极限。但这一切都有一个前提，不论身处哪一个维度，你们首先，要在同一个平行线上。”

目光长久停留在这段话上，陆鹿重重地叹了口气。点击了左上角的“返回”键，退出界面后，赫然是朋友分享的朋友圈界面。

“乐园的摆渡者，情色之下的才是人性。”这是这句话吸引了陆鹿，思想上的不谋而合简直是大浪淘沙般的惊喜。

这个公号的名字叫“一念”，而那篇文章的作者叫鹿王。

如今回想起来，陆鹿真是觉得，有时候人与人之间的缘分，大概也正是一念之间所决定的。

大一第一个学期，陆鹿进了学校的乐队，和当时乐队的吉他手陈傲谈了恋爱。

其实在一起之前大家就不看好他们这一对，因为陆鹿和陈傲两个人就像是两个平行世界的一端。不论是对待事物的态度，还是身处的圈子，都截然不同。

唯一相交之处，大概就是音乐了。

想起陈傲刚追陆鹿那会儿，为了解她平日里的喜好，拐弯抹角地去打听。那阵子陆鹿正好迷三岛由纪夫，成日捧着本《金阁寺》不撒手，陈傲瞧见了后也跟着去读，又实在是看不懂，一气之下跑去和陆鹿抱怨说，“这个三岛写得是什么玩意儿，我看了后面忘了前面，倒回去看前面又不知道后面讲了什么。整本书看下来就记住了男主的名字叫沟口，这还是我来回看了三四遍才记住的。”

记得那时候陆鹿“噗嗤”一声笑出来，只当他直言不讳，可爱得打紧。事实上到如今再回想这一切，她又觉得，其实很多东西从一开始就埋下了伏笔。

刚开始在一块的那会儿，陈傲粘人得很，跟在陆鹿身边成天泡学校的图书馆。这两人的搭配倒是挺有意思，往往是陆鹿拿着本书在读，而陈傲在旁边贴着她睡觉。

每每睡到日薄西山之时，陈傲就会伸个懒腰，睁着水汽朦胧的眼睛去看正在安静读书的陆鹿。

这样的情况持续了快半年，有熟悉的好友问过陆鹿，怎么不让陈傲也跟着读两本书呢?

记得那时候陆鹿笑着回答，说道：“我为什么要去强求他做和我一样的事呢？从我们在一起的第一天我就明白，有些东西之于陈傲是根深蒂固的，更是外界因素无法改变的。

两个人到如今在一块儿一年多，分歧和矛盾也是日渐增多。这个升级的过程自然是不会让人感到到欢悦，更多的时候是无尽的痛苦。

意料之中的争吵来得无比迅速和激烈。

这几个月陆鹿都很烦闷，大概是因为接了太多公号的软文约稿，她陷入了前所未有的瓶颈期。每次打开WORD文档都无从下笔，她自嘲，活脱脱就是个骤然失声的歌者。

但此时的陈傲非但没有安慰她，反而在一次争吵后，讽刺地说了句话，“你的文章一直都有种炫技的味道在里面，除了那些花里胡哨的词语，根本就看不懂你在说什么。”

沉默半晌，陆鹿迅速转身离开。

走回宿舍的路上，一念之间，她掏出手机，拉黑了他所有的联系方式。熄灭屏幕的一瞬间，她看到了“一念”公号发送了今日份的推送。

那是一首很短的诗，她在快速读完后，身体先是不受控制地打了个寒战，再是起了全身的鸡皮疙瘩。

她阖上眼睛，口中一字一顿的去重复那首诗的每一句话。“…夜深了/床前的仪器灯忽闪忽灭/像深山里的求救信/无人回应。”

这首《病房》，我怕是这辈子都无法忘记了。陆鹿的眼眶酸涩，她无法用任何一个词语来形容她此时的心情。任何的言语都显得过于苍白无力，那种激荡心灵的震击，大概就是灵魂深处传来的回响吧。

一念之间，陆鹿突然有了力量。当晚她就写下了她日后的成名之作《初恋》，那篇文章后来被人改编成为剧本，搬上了大屏幕。最令人印象深刻的，就是那一双在黑暗中忽闪忽灭的红眼，那是绝望到深处，流干了眼泪的绝望。

但写下这样凄戾故事的陆鹿，却在那一晚充满了对未来的希望。

二〇一七年这一年，陆鹿好似痴狂了一样，疯狂地爱上了这个人的诗，每一天都在后台没日没夜地给他留言，并且想尽方法去靠近这个名为鹿王的作者。

半年后的一次网络峰会，陆鹿从她的编辑口中得知“一念”公号的负责人将会出席现场。她在得知消息后马不停蹄的赶往魔都，怀着她的满腔热血。

现场人山人海，她却不知道她的鹿王身在何处，现在站在台上的是一个情感博主。

“大家好，我是你们口中的恋爱大师肖邦。很高兴在这里与大家相会，在过去的一年中，夜会肖邦这个公号承蒙大家的厚爱，成功积累了数百万的粉丝。夜会肖邦是一个很纯粹的情感分享平台，这一年里，我在后台收到的最多的留言就是各类有关在感情中‘三观不同’的问题，例如说最基础的，两个人在生活中看待事物的观点总存在分歧，又或是在一起后才发现两个人的价值观人生观原来完全不同，屡见不鲜。”

“虽然世界上不可能存在完全契合的情侣，但是在这里我还是想告诉大家一句话：我本人始终坚信，我想要的爱情，我想寻找的那个人，应该是与我三观一致，步履相仿的人，我们可以在灵魂上活成一个人，在身体上相携前进。”

掌声雷动之中，陆鹿有几分恍惚，下一个上台的是她。因为她刚刚在几日前卖出了《初恋》的影视版权，荣获二〇一七年年度最佳新生代写手。

领奖的时候主持人问她：有什么获奖感言吗？

她笑道：“我给大家念首诗吧。我知道很多写手应该都和我一样，都会陷入某个瓶颈期，然后在某个一念之间，突然觉得自己的笔死掉了，再也写不出东西来了。直到我读到了这首诗。”

“夜深了/走廊被鼾声淹没/病魔无精打采/昏昏欲睡/

夜深了/床前的仪器灯忽闪忽灭/像深山里的求救信/无人回应

夜深了/他依旧睡得很沉/就像从来没有醒来过/无心入世。”

走下台的时候，陆鹿突然发现，不远处，一个身形挺拔的男人正端着酒杯，眼神直直地看向她。

她没由来的紧张，脚下的步子迈得缓慢。走近他身边的时候，他突然开口，“陆鹿？”

“啊？”这个熟悉的声音，一瞬间，陆鹿看着男人的眼睛骤然增大，她攥着衣服的手控制不住地颤抖着。

“今天怎么没给我留言？”

又一年

周三，老邢要过来吃饭的日子。

白橘烧了一大桌子菜，拿盘子扣住，用以保温。随后她哼着小曲进了浴室，淋浴，喷上L’eau。套上一如往常的老邢钟爱的丝绸睡袍，半遮半掩。

等待老邢回来的空当儿，白橘点了一支烟。照往常她是不抽烟的……这会儿，说不上什么让她心意烦躁。她痴痴地望着那支烟冒出白雾，烟灰积了老长，她却视而不见。

那一缕缕的白雾，在她眼里纠缠，她好像不知道现在是白天黑夜，好像又回到了上午。

她睡到十一点多才醒，爬起来冲凉后，便简单上了个妆，随手拉了两件衣服出门。站在久光百货里，她正为今晚的主菜食材犹豫不决时，突然听见熟悉的声音：

“橘子——”

白橘顺着声音望过去，心里咯噔一下，小声嘟囔。

“天，怎么是他，还有比偶遇前男友更衰的事情吗。”

她迅速别过脸去，长卷发松松的垂下来，遮住她大半个淡妆的脸庞。

“橘子？”

陈备一身笔挺西服，轮廓柔和的五官都带了几分久别重逢的笑意。他见白橘一直低着头，又问，“怎么？半年不见还开始害羞了？不可能吧，你可是咸鱼颜值主播扛把子啊。”

白橘摇摇头，刻意略过陈备话里的讽刺，她撩开额前的碎发，冲着他俏皮一笑，丢下一句甜腻腻的“我还有事先走了”，逃之夭夭。

没想到两人又在停车场杠上了，陈备开着辆喘着粗气的桑塔纳，硬是横在了白橘亮红色的奥迪TT前。

白橘叹了口气，打开桑塔纳的车门坐了进去。车里沉默良久，最终还是白橘开了腔，问陈备在哪儿工作。

陈备轻轻笑了声，“在一个半死不活的研究所当了个组长。喏，这车就是所里配的。”

“那还不错。”

“还是不如你。看看你这奥迪TT，连车牌都是BB520，看来你的金主没少花心思在你身上吧。”

陈备依旧勾着嘴角笑。

白橘垂着眼眉，咬着唇，肩膀一耸一耸的，像是在极力克制情绪。

陈备盯着白橘看，她身上迷人的木香像一只勾人的小手，他终于还是忍不下心挖苦下去。伸出手，将老情人紧紧拥入怀里。

对于白橘，这熟悉却又陌生的拥抱是她对于大学生活最后温存着的一丝记忆。

……

门锁转动的声音让白橘回过神来，她撩了撩头发，不紧不慢地站起身，迈开步子。

老邢一开门，就瞧见白橘一袭睡袍，曲线曼妙可人。她乜着眼儿看他，勾魂夺魄的眉眼上挑，点绛朱唇猩红。他大笑，牵起白橘的小手走向饭桌，问道：“美人儿，今日又是演的哪一出戏？”

“回公子，自然是——牡丹花下死。”

白橘一边媚着嗓子答，一边挨着老邢的腿坐下。

“妙，妙。”老邢就着白橘的手喝了一口汤，“今日这汤也不错，牡丹花想要什么奖励？”

“之前直播停了，我总觉得不是滋味，在家闲着也是闲着，太无聊了。”白橘娇笑一声儿，红唇也贴着老邢的耳朵打转。“明天开始我要重开直播，到时候可劳烦公子给我刷几个火箭顶顶人气呀”

老邢刚蹙起眉头，白橘的小手就轻轻按在了他的额头上，一边揉，身子一边迎上去，香水的味道十分迷人。

“好。都依你。”

白橘轻笑一声，马上在朋友圈微博里昭告天下：她又要开始直播了。

如白橘所料，隔日她在咸鱼出尽了风头，先是陈备从她朋友圈知道了她复播的消息，给她刷了几台飞机（一台飞机一百人民币）助兴，等晚些老邢刷了几台超级火箭（一台超级火箭两千人民币）后，两个男人隔空杠上了，连陈备都刷了将近一万五的礼物。

当晚白橘的人气霸居榜首，辉煌不减当年。陈备老邢也双双成为白橘直播间的房管，老邢忙不常来，陈备倒是每日准时准点到，除了尽房管的职责外还刷点礼物，一天至少两台飞机。一来二去，陈备也成了富豪榜上的红人，白橘的小粉丝们没有不认识他的。两人在直播间亲热得很，常常互相调笑。

其实现实里两人几乎没怎么联系，或者说，是白橘刻意在回避着什么。陈备足足当了半个月的房管才把白橘约出来吃了顿饭。

那一晚云多，天灰蒙蒙的。灯火摇曳，陈备趁势抓住白橘的手，刚想一诉相思之苦。突然白橘的手机就响了，她拿起来一看，备注是白妈，白橘眼睛滴溜溜的像只小鹿，转过去看陈备的表情，陈备揉了揉她的头发，“你妈的电话还不快接。”

白橘起身走到偏远的地方，接上电话。陈备在一旁悄摸的偷看。

电话接通才几分钟，白橘情绪就开始不对劲了，她握着手机的手青筋凸起，死死咬着下唇。

挂了电话，陈备赶忙问，“怎么了这是？”

“你知道我大四的时候为什么天天直播，想尽各种方法让粉丝给我刷礼物吗。”白橘苦笑，“那时候我妈的风湿越来越严重，高血压慢性胃炎更是一样不落，一身的病。”

“你为什么不告诉我？！”

“……”

白橘眼里盛着泪，像是有千番苦楚。

“傻瓜。”

“她前几天脑出血住院了，情况越来越差，我不得已才又出来直播的。”白橘靠着陈备的手臂说话，语气疲惫。

陈备还没来得及开口，白橘突然起身，她迅速拎起手提包，丢下一句“我绝不能拖累你”，就匆匆离去。

陈备看着她离去的背影，傻了眼，满心愧疚与心疼。

几小时后，直播软件里的白橘突然换了一身维秘新款，发髻高挽，她一边哼歌一边抽烟，眼神魅惑人心，拉长的眼尾像极了祸国殃民的妲己。直播间人数又创历史新高，礼物瞬间刷得飞快，陈备为了不从富豪榜上掉下来，连几张信用卡都刷爆了。

一时间场面极其热闹。快下播的时候，白橘突然接了个电话，有眼尖的粉丝看到备注是白妈，打笑一句，“是丈母娘吗？”

白橘沉默不语，表情凝重地离开了画面。

这时候，陈备像是疯了一样的，把卡里为数不多的余额全部给白橘刷了礼物。在陈备刷完他卡里最后一分钱，评论“能帮到你就好”时，白橘回来了。

她吐了口烟雾，说：“不是，我妈在我大四的时候就去世了。白妈是我男朋友，他成天叨叨我这儿嘱咐我那儿，和我妈一样，我就叫他白妈咯。”

她又是一笑，嘴角上扬的弧度极其美丽。

这也是陈备最后一次看见白橘的笑容，隔天白橘就消失在了直播软件中，据她的好友说：是她男朋友不乐意了。

后来，陈备给白橘几年前的手机上疯狂地发送信息，当然，如石沉大海一般没有回复。

从那以后，白橘也只是直播界的惊鸿一瞥。而她和陈备的故事，早就被忘却在那些“飞机”和“火箭”，那些纸醉金迷的奢华日子后面了。

偶尔，白橘看着偌大的房间，锃亮的大理石地板。看着精美的欧式家具和墙上的一幅幅“现代艺术”，她会感觉到空虚。这时候，她的脑海里总是浮现着一个场景：在大学图书馆后面，小花园树下，老邢抱着白橘亲吻…

白橘抬头望，哪里是老邢，分明是陈备的脸。

在我眼中的你

这天清晨的白雾厚重，氤氲的水汽迷蒙了路上行人的视野。借着一抹还未褪去的浅淡月色，四叶背着画板钻进迷雾里，一水儿的灰白纱裙仿佛融化在了那一片白茫茫之中。

在海边的一角支好画架，她随手抽出别在耳后的炭笔，开始描绘波浪的起伏。

傍晚，正是涨潮的时候。深蓝色的海水在空中高高扬起，又重重落下，激荡出巨大的白色浪花。

四叶及腰的长发在夜色之中像一面迎风飘扬的旗帜，她用画笔剥开眼前的发丝，看着海天交接之处染上一层毛茸茸的红色，那张牙舞爪的海浪像一头巨龙，由那红色之中奔腾而来。

恍惚之间，四叶似乎看见那条龙变成了一个人。

如月的银发衬得来人星眸剑眉，笔挺的黑色长袍随着他脚下的步子，徐徐而动。他由天地交界之处走来，此时的红日初升，万丈光芒喷薄而出。他身处光芒中心，像初临凡间的天神。

四叶沉着一双眼看向他，手上的画笔提起来，又落下，起起落落之间，画布上悄然添了一抹墨色的人影。

时月对上四叶的眼眸，这一刻他的眼里盛着那个一如月色静好的女孩儿，纤长的手指握着木制的画笔，蝶翅一般的睫毛扑闪着，看的他一时愣了神，好一会儿才缓过来。

他身形一动，刚想迈开步子向她走去时，一个温润如玉的声音响起来。

“你在那儿站一会儿别动，好吗。”四叶的画笔顿了下来，她抬眼看他，眼眸之中像有徐徐流转的月光。

时月勾了勾唇角，收回脚下的步子，“好。”他当真立在那儿不动，任由她画他。时月之前内心的狂躁在对上她眼眸的一瞬间分崩离析，此时他的眼里只有眼前这个黑发白裙的女孩儿，他安静地看着她姣好的面容。

随着“咔哒”一声儿，四叶取下画板上的画来。她走过来递给他。

时月低头去接那幅画，一片深蓝之中，黑色长袍的男孩儿像会发光，浅浅淡淡的阳光裹着他，尤为瞩目。

“我会发光？”时月的语气多了几分笑意。

四叶认真地看着时月点头，“在我眼里，是的。”

时月听了这话，愣了愣，突然又笑开来。

“…傻子。”

四叶不搭话，只是垂着眸子，抱着画板低低地笑。

此时的朝阳正好，席席海风轻轻吹起四叶的纱裙，曳尾的裙摆被风吹得鼓起来。时月看着她瘦削的小腿，直皱眉头。

他脱下外衣轻轻裹在她身上，“…傻子，你也太瘦了点。”

四叶裹紧了温暖的黑袍，唇角都带了微微的暖意。她张了张嘴，像是想说些什么，却被时月抢先一步。

“那我们去吃早饭吧。我刚到这儿人生地不熟的，还得劳烦姑娘你带带路。”

“有事相求就叫姑娘…”

四叶带时月去了间她平日常去的面馆，一坐下来，围着米白围裙的老板就乐呵呵的凑过来，“小叶来啦，今儿还是老样子吗。”

四叶“嗯嗯”了两声儿，又转头问正在看菜单的时月，“嗳，你要吃什么？”

“和你一样。”

等面上来的这会儿，时月去一旁的橱柜拿了两幅碗筷，再向老板要了壶开水，仔仔细细地过了遍水才递给四叶。

四叶接过碗筷的时候手在半空中愣了一下，“啊，这种事我来就好。”她笑了笑，“我和朋友出去吃饭一般都是我来做这些事的。”

时月轻轻蹙起眉头，轻描淡写地说，“那往后就让我来吧。”

“哈？”

这会儿老板正好端了两碗鱼丸面上来，热腾腾的白气在两人之间升起一面白色的屏风，掩去了四叶眼里的喜悦。

时月拿起四叶的碗，利索地盛了一小碗面给她。

“快吃吧。这么吃不会太烫。”

四叶点了点头，一边吃面一边偷瞄时月。方才天色暗淡，瞧不清他的模样，现在仔细一看，那远山般的眉，湿漉漉的像鹿一样的眼睛，真是好看得像水墨丹青画上的人。

“今天还挺冷的，你怎么这么早来海边画画？”

四叶慌乱的对上时月的目光。

“…我很喜欢早晨的大海。”

时月“嗯”了一声，认真地看着四叶，“还有呢？”

“太阳升起的那一瞬间，万籁俱寂，天地之间都是红蓝交映的光辉。

太好看了……所以我想把这一刻记录下来。”

“这么一想，你的那幅画倒是有几分遗憾了。如此美丽的景色之中却多了一个我，实在是有煞风景。”

“不是的！”

“你是比那一刻还美的景色啊。”

四叶的脸颊染上了一抹浅淡的绯红色。

时月喉结动了动，轻叹一声，“说你傻，还真是傻…”他伸出手去拍了拍四叶的头。“以后这么早起，要记得多披件衣服知道吗，看你瘦得一阵风都能吹走了。”

“嗯……”四叶把头埋得更低了。

沉默了好一会儿，半晌才听见四叶低低闷闷的声音，“我才不傻…我说的都是大实话好不好。”

“好。你说什么就什么，行了吧？真是个傻子。”

临走的时候，外边忽然下起雨来，两人只得站在面馆的屋檐下躲雨。

“你想看大海吗？”时月突然问道。

“嗯？”四叶瞪大了眼睛看向时月。

此时他正好侧过头来，温润的眼眸里盛满了期待。

“好啊。”四叶重重点头，毫不犹豫地说。

他们租了一辆车，马不停蹄，一天一夜，赶去了广西北海。

四叶也不知道她是着了什么魔，就这样恍恍惚惚地跟他来到了广西。

眼下正是傍晚时分，银白的沙滩像冬日大雪过后的街道，落日余晖滚落一地金黄，冷色调与暖色调的交汇撞击出别样的美感。

四叶眼角眉梢尽是喜悦，此时的她沉浸在这天堂般的海天盛宴之中，饕餮般贪食这天地间每一寸光景。

她急急忙忙转身，刚想去取她的画具，就看见停好车的时月提着她的画架向她走来。

他一言不发地支好画架，递了一只画笔给她。

“去吧。我都知道的。”

四叶的心随着他轻柔的话语提起来，悬在半空中。她感受到了她的心脏在下陷，在变得柔软。她咬了咬下唇，抬起眼看向他的时候，眼角眉梢都带上了浅淡的羞怯，脸颊像两瓣桃花。唇角高高扬起，眸子笑得眯起来。

时月在她的不远处坐下，白衫磊落，笔直的身板像青山松柏。悠悠海风掀起他额前的黑发，清晰的脸部轮廓泛着薄薄的金光。

他也在看着她笑。

她裹着他黑色的大衣画画，银色的长滩在画布上逶迤。画笔一起一落之间，四叶的眼神时常飘到时月的身上。偶尔对上他的视线，两人也是相视一笑。

时月撑着头静静地看四叶，就像初识的那日，他安静地站在那里任由她画。

直到四叶停下手中的画笔，时月才直起身子向她走过去。

那画布上空无一人，有的只是一片海。

那画布上，深深浅浅的晚霞跃上海面，波光粼粼的光斑像夜晚的繁星。

时月凝视了这幅画好一会儿，突然拿过四叶的画笔，他描绘出一个女孩儿的轮廓，乌黑的发，白色的曳尾长裙。

“这是我吗？”四叶伸手去触碰那一片凸起的颜料。

“嗯。是你。”

“那…我不会发光呢。”

画上的女孩与那一片海融为一体。

“没关系。在我眼里，你会，就好了。”

后记

“这个世界有太多的声音。城市在说，现实在说，过往的人在说。你可以聆听，却不能被淹没。”

每个人的心都是一片海洋，而每一片海浪翻涌的声音，都是我们日复一日的点滴。这些细小的音符聚集在一起落在纸上，就是你的聆听与感悟。但从前我总认为这张乐谱只属于那些能与我一般感悟这只曲子的人，它很私人。所以这些年我一直很少提及它们，我将每一分贝的暗涌藏在心里，局限于自我的小领海之中。

王寅在《想起一部捷克电影想不起片名》中曾经说过，“我想起你，嘴唇动了动，没有人看见。”

声音也是一样的。

你只有把它唱出来，把它以你的方式去演绎出来，它才能为人所知，才能为更多虽然素未谋面却志同道合的人所理解，并感同身受。

洪门雨露

二〇一八年五月十二日夜十一点零七分